NF文庫
ノンフィクション

海防艦激闘記

隈部五夫ほか

潮書房光人新社

海防艦激闘記——目次

海防艦二十二号　米潜ハーダー撃沈の凱歌　平野孔久　9
北海の護り二〇〇〇日「国後」一代記　西俣敬次郎　21
艦長が綴る丁型海防艦の実力と全貌　隈部五夫　32
殊勲の丁型四号海防艦　硫黄島出撃記　寺島健次　46
海防艦「天草」太平洋〝対潜哨戒〟道中記　小泉国雄　80
占守型に始まった甲型エスコート艦列伝　杉田勇一郎　90
にっぽん海防艦〝乗員&人材〟ものがたり　正岡勝直　104
副長が見た占守型「国後」と北方護衛作戦　相良辰雄　114
択捉型「対馬」南方船団護衛七つの戦訓　鈴木盛　138
丙型海防艦八十一号　非情の海に涙する時　坂元正信　149

韋駄天三十一号〝魔の海域〟を突破せよ　関水宗孝　159
護衛艦隊「千振」「淡路」南シナ海の慟哭　石山泰三　173
丁型一五四号艦長〝機雷掃海〟戦闘日誌　隈部五夫　183
忘れざる鵜来型「宇久」艦上の九ヵ月　伊藤浩　218
日の丸船団の守護神〝海防艦〟盛衰記　佐藤和正　246
日本海軍甲型海防艦　戦歴一覧　伊達久　256
付・戦力の中核　海軍小艦艇かく戦えり　正岡勝直　281

写真提供／各関係者・遺家族・「丸」編集部・米国立公文書館

海　防　艦（丙型）

艦名	竣工年月日	建造所	沈没年月日	原因	場所
1	昭19－2－29	三菱神戸	昭20－4－6	飛行機	廈門南方
3	〃	〃	20－1－9	〃	基隆北西
5	19－3－19	日本鋼管	19－9－21	〃	比島付近
7	19－3－10	〃	19－11－4	潜水艦	17－43N 117－57E
9	〃	三菱神戸	20－2－14	〃	済州島南東
11	19－3－15	〃	19－11－10	飛行機	オルモック湾口
13	19－4－3	日本鋼管	20－8－14	潜水艦	35－41N 134－35E
15	19－4－8	〃	19－6－6	〃	サンジャック南西
17	19－4－13	〃	20－1－12	飛行機	サンジャック泊地
19	19－4－28	〃	〃	〃	〃
21	19－7－18	日本海	19－10－6	潜水艦	ルソン北西方
23	19－9－15	〃	20－1－12	飛行機	キノン北方
25	19－7－2	日本鋼管	20－5－5	潜水艦	黄海
27	19－7－20	〃			（佐世保）
29	19－8－8	〃			（〃）
31	19－8－21	〃	20－4－14	潜水艦	済州島付近
33	19－8－31	〃	20－3－28	飛行機	宮崎県青島沖
35	19－10－11	〃	20－1－12	〃	パダラン岬
37	19－11－3	日本海			（横須賀）
39	19－9－27	日本鋼管	20－8－7	飛行機	巨済島付近
41	19－10－16	〃	20－6－9	潜水艦	対馬海峡
43	19－7－30	三菱神戸	20－1－12	飛行機	パダラン岬
45	19－12－23	日本海			（伊勢湾）
47	19－11－2	日本鋼管	20－8－14	潜水艦	35－41N 134－38E
49	19－11－16	〃			（大湊）
51	19－9－21	三菱神戸	20－1－12	飛行機	キノン北方
53	19－11－28	日本鋼管	20－2－7	潜水艦	カムラン湾沖
55	19－12－20	〃			（北海道）
57	20－1－13	〃			（宇部）
59	20－2－2	〃			（対馬海峡）
61	19－9－15	舞鶴			（サイゴン）
63	19－10－15	三菱神戸		機雷	（七尾）
65	20－2－13	日本海	20－7－14	飛行機	室蘭港
67	19－11－12	舞鶴			（対馬海峡）
69	19－12－20	三菱神戸	20－3－16	飛行機	香港付近
71	20－3－12	日本鋼管			（北海道）
73	20－4－15	〃	20－4－16	潜水艦	39－36N 142－05E
75	20－4－12	日本海			（北海道）
77	20－3－31	日本鋼管			（呉）
79	20－5－6	〃			（北海道）
81	19－12－15	舞鶴			（七尾）
85	20－5－31	日本鋼管			（〃）
87	20－5－20	〃			（舞鶴）
95	20－7－4	新潟			（横須賀）
205	19－10－10	浪速			（大湊）
207	19－10－15	〃			（七尾）
213	20－2－12	三菱神戸	20－8－18	機雷	（釜山港）
215	19－12－30	新潟			（大湊）
217	20－7－17	三菱神戸			（七尾）
219	20－1－15	浪速	20－7－15	飛行機	函館付近
221	20－4－2	新潟			（大湊）
225	20－5－28	〃			（七尾）
227	20－6－15	浪速			（〃）

注：場所欄中の（　）は終戦時の所在を示す。

（出典：丸Graphic Quarterly No20 1975年4月　潮書房発行）

海防艦激闘記

海防艦（丁型）

艦名	竣工年月日	建造所	沈没年月日	原因	場所
2	昭19－2－28	横須賀			（舞鶴）
4	19－3－7	〃	昭20－7－28	飛行機	横須賀
6	19－3－15	〃	20－8－13	潜水艦	北海道厚別沖
8	19－2－29	三菱長崎			（北海道）
10	19 〃	〃	19－9－27	潜水艦	奄美大島北北西
12	19－3－22	横須賀			（舞鶴）
14	19－3－27	〃			（七尾）
16	19－3－31	〃			（北海道）
18	19－3－8	三菱長崎	20－3－29	飛行機	仏印東方
20	19－3－11	〃	19－12－29	〃	ルソン西岸
22	19－3－24	〃			（七尾）
24	19－3－28	〃	19－6－28	潜水艦	硫黄島南岸
26	19－5－31	〃			（七尾）
28	19 〃	〃	19－12－24	潜水艦	ルソン西岸
30	19－6－26	〃	20－7－28	飛行機	由良内
32	19－6－30	〃			（北海道）
34	19－8－25	石川島			（対馬海峡）
36	19－10－21	藤永田			（大湊）
38	19－8－10	川崎	19－11－15	潜水艦	マニラ西方
40	19－12－22	藤永田			（大湊）
42	19－8－25	三菱長崎	20－1－10	潜水艦	沖縄西方
44	19－8－31	〃			（佐世保）
46	19－8－29	川崎	20－8－17	機雷	（朝鮮木浦）
48	20－3－13	藤永田			（呉）
50	19－10－13	石川島			（大阪）
52	19－9－25	三菱長崎			（北海道）
54	19－9－30	〃	19－12－15	飛行機	ルソン北方
56	19－9－27	川崎	20－2－27	潜水艦	御蔵島東方
60	19－11－9	〃			（西鮮）
64	19－10－15	三菱長崎	19－12－3	潜水艦	海南島東方
66	19－10－29	〃	20－3－13	飛行機	〃
68	19－10－20	川崎	20－3－24	〃	東シナ海
72	19－11－25	石川島	20－7－1	潜水艦	鎮南浦付近
74	19－12－10	三菱長崎	20－7－14	飛行機	室蘭港
76	19－12－23	〃			（西鮮）
82	19－12－31	〃	20－8－10	飛行機	北鮮東方
84	〃	〃	20－3－29	潜水艦	仏印東方
102	20－1－20	〃			（対馬海峡）
104	20－1－31	〃			（〃）
106	20－1－13	石川島			（西鮮）
112	19－10－24	川崎泉州	20－7－18	潜水艦	宗谷海峡
118	19－12－27	〃			（佐世保）
124	20－2－9	〃			（〃）
126	20－3－26	〃			（呉）
130	19－8－12	〃	20－3－30	飛行機	仏印東方
132	19－9－7	播磨			（北鮮）
134	19－9－10	〃	20－4－6	飛行機	厦門南方
138	19－10－23	〃	20－1－2	〃	ルソン島西岸
144	19－11－23	〃	20－2－2	潜水艦	マレー半島東方
150	19－12－24	〃			（舞鶴）
154	20－2－7	〃			（対馬海峡）
156	20－3－8	〃			（北鮮）
158	20－4－13	〃			（北海道）
160	20－8－16	〃			（播磨）
186	20－2－15	三菱長崎	20－4－2	飛行機	奄美大島
190	20－2－21	〃			（大阪）
192	20－2－28	〃			（対馬海峡）
194	20－3－15	〃			（〃）
196	20－3－31	〃			（北海道）
198	〃	〃			（対馬海峡）
200	20－4－20	〃			（七尾）
202	20－7－7	〃			（〃）
204	20－7－11	〃			（舞鶴）

注：場所欄中の（　）は終戦時の所在を示す。

（出典：丸Graphic Quarterly No20 1975年4月　潮書房発行）

海防艦二十二号 米潜ハーダー撃沈の凱歌

爆雷で敵潜撃沈。また高角砲で反航砲撃戦を演じた丁型海防艦の戦歴

当時二十二号海防艦航海士・海軍少尉　平野孔久

爆雷戦の戦果を確認することは、なかなかにむずかしい。

飛行機なら落ちるし、水上艦艇なら沈む。ところが、水中にいる潜水艦は見えない。ただ、重油やその他の浮遊物が見えるだけで、夜間はそれすら見えることは少ない。探信儀、聴音機で反応をたしかめるが、それでも確信はもてない。

船団護衛では潜水艦を制圧したら、任務上すぐに船団にもどって護衛をつづけなければならない。したがって、大部分が「効果不明」となる。「撃沈確実」と報告しても、なんとなく後味が悪い。

昭和五十四年、海防艦顕彰会の戦記編集にあたり、私が乗艦していた第二十二号海防艦の記録を委任されたので、防衛庁戦史室でいろいろと断片的な資料を調べているとき、米軍側の資料があることがわかり、さっそく本艦の記録とつき合わせて戦果の裏づけがとれた。これにより、日時と場所が一致した二つの戦闘の結果が明らかになり、戦争中からモヤモヤし

ていた気分がいっぺんに晴れた思いがしたものである。

以下に、その二つの戦闘経過を私の体験もふくめて述べてみたい。

歴戦米潜水艦との対決

昭和十九年八月二十二日の早朝、米潜水艦により大損害をうけたヒ七一船団の遭難海域での二日間の対潜掃討をおえて帰投中の佐渡と松輪(択捉型)、日振の三海防艦が、比島マニラ湾口北西二十五浬《かいり》の地点で、米潜ハーダー、ハドーの協同攻撃をうけて全滅する悲劇がおきた。

明くる二十三日、二洋丸を護衛していた駆逐艦朝風《あさかぜ》が、またもハドーの雷撃で艦首をやられて陸岸にのし上げ、二洋丸はルソン島西岸リンガエンに近いダソル湾の奥に避退していた。第三南遣艦隊より、この二洋丸救出の命令が、当日までマニラ湾内キャビテの一〇三工作所で整備補修中の本艦二十二号丁型海防艦にくだった。僚艦は第一〇二号哨戒艇(哨一〇二／元アメリカ駆逐艦スチュワート)であった。二隻はコレヒドール水道をぬけ、バターン半島に沿って、暗夜の海で之字運動をくりかえしながら北上した。

停泊中の暑さから解放され、熱帯の夜風が心地よい。翌二十四日、空と海が黒から青へと少しずつ色が明るくなって、ダソル湾に近づくころには完全に夜が明けた。北東にサンフェルナンドの灯台が白くかがやいている。また、海上には朝風の無残な姿も見える。二艦でしばらくあたりの哨戒をつづけた。やがて哨一〇二から信号が送られてきた。

「我、二洋丸ヲ誘導ス。貴艦ハ湾口哨戒ヲ続行サレタシ」

哨一〇二は本艦からの了解信号をうけると、すぐに変針してダソル湾内に入っていった。青い空と海、緑の椰子《やし》林、そのなかに哨一〇二の真っ白い船体が朝日をうけている。じつに美しい、平和な南国の朝の景色である。そんな光景をながめながら、本艦は哨戒をつづけた。

このとき、付近に米潜ヘーク、ハーダーがひそんでおり、われわれの行動を潜望鏡で見たヘーク艦長は、タイ国駆逐艦フラルアングがダソル湾内にむかい、掃海艦が沖合をうろついていると思ったと回想している。

突然、本艦二十二号海防艦の一番見張りが大声でさけんだ。「潜望鏡、右三〇度、二〇」

丁型海防艦22号＝昭和19年３月竣工。戦局の傾斜により被害増大、護衛艦を急造量産化すべく構造を簡易化直線化したのが丙型と丁型海防艦であった

「艦橋、目標探知、右艦首、感三」と水測室からの報告が伝声管を通してもたらされた。ほとんど同時に発見したのだ。

「配置に付け」のブザーが鳴る。「戦闘、爆雷戦」

「前進強速急げ、二分の一」航海長の号令で、艦は潜望鏡に直進する。

「送波器揚げ」

配置につく足音が消え、艦首方向に淡緑色の太い潜望鏡が、まるで一升ビンのように海面上につっ立っている。その対物レンズは、あきらかに本艦に指向している。各科から「配置よし」「前進強速、回転整定」と応答がある。

一度水中に没した潜望鏡が、ふたたび上がった。今度は根本まで突き出している。次の瞬間、魚雷発射の気泡が潜望鏡の突出しているあたりから大きく湧きあがり、雷跡が右に左に蛇行している。定針距離をすぎると、三本の雷跡はまっすぐに、まるで本艦に吸い込まれるように伸びてくる。敵潜は潜没した。敵のカウンターパンチである。

「第一投射法、発射用意」艦は雷跡にむかってすすむ。それでもずいぶん時間があったように思われる。命中かなと思った瞬間、一本は右舷、二本が左舷を、ちょうど本艦をはさんで舷側すれすれに通過していった。敵潜はどちらの方向に逃げるだろうか。考えているうちに潜没地点の直上だった。

「発射用意、テーッ」後部の爆雷砲台では、両舷の投射機から爆雷と投射箭がゆっくりと弧をえがいて飛ぶ。艦尾の投下機からも爆雷が落下していく。三列の大きな水柱が湧き上がり、海面はかきまわされた泡また泡で煮えくりかえっている。

爆発音がつぎつぎに響く。まさに修羅場である。艦の塗料がばらばらと落ち、船体は鋲《びょう》もゆるむかと思うほど身振いをする。

一連射がおわると、艦は大きな円をえがいて浮標と発煙筒をいれた海面にもどり、聴音と探信を開始する。反応はない。今は静まった海面に、やがて重油の帯が海底からにじみ出るようにひろがり、小さな木片が少し漂っているのが見えるだけである。機関科員のなかには、敵潜の魚雷が本艦の舷側をこする音が聞こえたという者もあるほど、きわどいところだった。どうやら仕留めたらしい。第二十二号海防艦は「撃沈確実」の電報を、第三南遣艦隊をはじめ関係方面に打電したのである。

深々度潜航で南に退避していたヘークが、ハーダーが潜伏していたあたりに十五発の爆雷音を聞いたのは、ヘークの時計が午前七時二十八分をさしたときだった。その後、二組のスクリュー音と探信音が聞こえ、九時五十五分にはまったく静かになった。そしてそれ以後、ハーダーとの連絡は絶えたと記録している。

真っ白な船体の哨戒艇一〇二号につづいて、緑色の船体の二洋丸がダソル湾から出てきた。その船上には数機の飛行機が見える。本艦はその外側に占位すると、一路マニラにむかった。

夕方、各艦からお祝いの信号をうけながら投錨、入港作業のおわったのち振り返れば、バターンの夕焼けがいちだんと映えていた。

わが海防艦二十二号に撃沈されたハーダーは、駆逐艦の雷《いかづち》、水無月、早波、谷風、海防艦の佐渡、松輪、日振の七隻と商船十隻を沈め、艦長ディレイ中佐（ハドー、ヘークをひきいる狼群の指揮官）は、その功績により大統領引見章をあたえられ、死後には議会名誉章をさずけられるなど米国の英雄であり、殊勲艦であった。

浮上潜水艦を追跡

当時、第二十二号海防艦は三十一戦隊に所属しており、広島から旗艦の五十鈴とともに魔のバシー海峡に進出して、潜水艦狩り専門の任務につく訓練に従事していた。しかし、十月十八日、捷号作戦の発動と同時に第一機動艦隊補給部隊に編入され、二十一日には給油船の高根丸を護衛して、会合点の奄美大島の古仁屋にむかい、二十五日に入港した。

十月二十七日、空母なき機動部隊の伊勢、日向、大淀、五十鈴などに給油して任務が完了したので、二十九日午後三時に出港した。東水道を出て、本艦丁型第二十二号と丙型第二十九号、丙型第三十三号海防艦の三隻で高根丸を護衛する。深夜、赤十字もあざやかな、不夜城のような姿の病院船氷川丸《ひかわまる》と航路を交叉した。

三十日の朝九時ころ、一回目の敵潜襲撃があった。高根丸の船尾にむかう雷跡を発見、射点と思われる場所へ反転して探信攻撃をおこなった。効果不明、ただ威嚇制圧して占位地点にもどった。二回目は午後四時ごろだった。ドスン、ドスンと二回にわたって魚雷の命中音がしたが、爆発音もなく、高根丸はいぜん航行している。探知をつづけても、捕捉できない。雷跡も見えなかったので、あるいは反対舷であったかも知れない。このとき爆雷戦はおこなわなかった。

　この二回の攻撃は米潜トリガーのおこなったもので、この間に北西の風が強くなり、ときどき強い雨も降った。

　三回目は日没ごろで、ドカンドカンと大爆発音がして高根丸の機関部、すなわち往航には防雷網が張ってあった場所に、みごとな細い水柱が二本、三～四十メートルの高さまで上がって、なかなかくずれない。

　ブザーが鳴る。今日は三度目である。「各科配置よし」の報告がなされたときには、艦内はまったく静かになっている。海はすこし荒れ模様である。高根丸はそのなかに停止している。敵の射点を推測して艦首をむけた。

「目標探知、感五、艦首、五〇〇」あらたに水測室と呼ばれる室から報告がきた。換装した三式探信儀のブラウン管に輝点がたって、距離が読める。送波器も上げ下げしなくてもよい。三〇〇メートルまでつめて爆雷を発射する。次発装塡ができしだい、第二次攻撃をおこなった。

　高根丸を攻撃した米潜サーモンは魚雷四本を発射し、そのうち二本を命中させて、深々度にもぐっていた。

　三十発の爆雷音を聞いたが、頭上で爆発した至近弾四発により、操舵装置と艦尾が破壊された。強度船殻は機械室、前部二次電池室の上方で湾曲、三一インチの主機械吸入管は圧潰した。後部発射管の昇降扉は吹き飛ばされたが、艦底鈑が昇降口框にボルトでとりつけてあ

丙型29号海防艦。昭和19年8月竣工だが、20年5月に触雷、行動不能のまま終戦を迎えた。爆雷投下軌条や切り落としたような艦尾の直線的形状がわかる。右側の艦は日振型7番艦・崎戸

ったために、全滅をまぬがれたのである。浸水のため試験潜度をこえ、深度計の目盛りを突破してサーモンは沈下する。全乗組員は必死で噴き出してくる海水を止める努力をしたが、沈下する一方であった。ここにおいてノーマン中佐は、生きる最後の望みは水上戦闘で戦いぬくしかないと決断した。

一方、わが二十二号海防艦では戦果確認をおこなうが、日はすでに没し、雨はあがったものの効果は不明である。

信号員長が二番眼鏡にかわると同時に、「浮上潜水艦、左二〇度、七〇、方位角一八〇度、遠ざかる」と報告する。

ただちに「戦闘、砲戦」「最大戦速」「取舵《とりかじ》」が命じられて、追撃にうつる。

サーモンの逃げる方向には、月齢十二の月がかかっているので、見逃す心配は

ない。本艦は最大戦速十七・五ノットを出すが、距離はなかなか縮まらない。そのとき、一弾が飛来して二番眼鏡で信号員長の補助をして方向角の目盛りを読んでいた信号兵の膝関節に命中し、その場に倒れる重傷をうけた。艦橋は色めいた。

機関室と伝声管でやりとりがあって、機関長が艦橋にあがってきて敵潜を眺めていたが、「何とかしましょう」と言うと、もどっていった。今は前進全速、ログも十九ノット近くをさしている。

夜九時ころに、照射射撃を一度やった。米潜水艦サーモンも速力を上げたのか、距離はいっこうに変わらない。腹のことなどすっかり忘れていたのに、戦闘食の握り飯と缶詰の飯蛸《いいだこ》がくばられたときは、その美味《うま》かったことが忘れられない。しかし、太平洋の鬼ごっこはまだまだ続いている。

わが二十二号海防艦は左右からの敵襲に注意しながら、間合いをつめて高根丸の仇討ちとばかりにすすむ。午後十一時半ころ雲が出て月を隠し、靄《もや》のなかにサーモンが入った。そして遂に見失った。艦橋に落胆の色が走った。

反航砲撃戦の果てに

突然また視界が急にひろがり、ぬめっと濡れた船体で反航する米潜水艦の姿が目の前に現われた。

「目標、右四五度、反航の浮上潜水艦、一五、射ち方はじめ」

一番砲が二度目の射撃をはじめた。敵も反撃してくる。硝煙の臭いと煙、それに発射音が艦橋にたちこめる。彼我の距離は嘘のように近づいてくる。片舷九門の機銃も銃撃にくわわった。真紅、赤、橙色が線となって夜空をつらぬいて飛びかう。きれいなものだ。

敵の一弾が右舷前部に命中したが、爆発はしなかった。錨鎖庫に浸水した。防水の令とともに、隔壁補強や木栓打ちがはじまった。艦首がいくぶんさがった。主砲は高角砲のため俯角がかからず、あまりにも敵潜の位置が近すぎたのか、残念ながら命中弾はない。そのうえ、トリムが変わったので、よけいに照準がきまらなくなったと思われる。

夜戦では下から上を攻撃する方が優位となる。そのうえ乾舷からいっても、被弾面積の大きさからも、敵の方が有利であった。サーモンが正横にきたときは、わずか五〇〇メートル以内である。二番砲も射ちだした。指揮所の三番眼鏡がふっ飛び、電信室にも砲弾が入りこんでアンテナを切断した。砲術科員の被害がとくに多い。戦死四名、重軽傷者二十四名である。

一方、サーモンの方は、米国側セオドア・ロスコーの記録によると、次のように述べられている。

「——敵艦は突撃してきた。ノーマンはガミガミ命令し、敵の方向に回頭して、砲員は直接弾道距離で射撃し、敵艦の舷側に達し、五〇ヤードの距離で敵の甲板を掃射した。発砲のはね返りがきたけれど、それはサーモンを悩ます荷物でもなかった。日本の砲手は、その場で蜂の巣のように孔をあけられ、艦はズタズタに切りつけられ、最後にサーモンの航跡のなかに見られた時は、沈没しつつあるように見えた」

射ち合いながら、両艦はすれちがった。反航戦だから、離れるのもはやい。雨が降ってきて、ふたたびサーモンの姿が消えた。反転追撃をしようにも、まさに五里霧中である。新設の二二号電探も故障が多く、使いものにならなかった。ついにサーモンという大魚を逸してしまったのである。

第二十九号海防艦の記録によれば、高根丸は三十一日午前零時十七分、左舷中部に三回目の直撃をうけ、残重油に引火炎上して沈没、船員一名を救助したのみで捜索を打ちきったとある。

サーモンは雨のカーテンの中で、応急修理した無線で三隻の僚艦を呼びだし、その警戒幕に守られて脱出した。翌日には飛行機までくわわって、十一月三日サイパンに帰投して凱旋将軍のような歓迎をうけた。

さらに、ここからパールハーバーに回航したが、損害が大きすぎて廃棄処分になったという。乗員一同はそのまま、建造中のスティックルバックに転勤している。

傷ついた二十二号海防艦は人力ポンプまでつかって前部の排水作業をつづけ、バウトリムで速力十一ノットというゆっくりした速力で十一月一日、呉に入港した。ブイ取り用のカッターをおろすと水船になり、ダビッドにもどすと、海水が流れ落ちるしまつであった。

信号で港務部の曳船を呼び、負傷者は呉病院へ、本艦はドックへと運ばれた。それにしても、米潜水艦の頑丈なことにはおどろかされた。爆雷戦で損害をうけても、相当数が帰投していることである。

わが二十二号海防艦も損害個所の修理をおえると第十八戦隊に編入され、機雷部隊として十一月九日にはふたたび戦列に復帰したのである。

北海の護り二〇〇〇日「国後」一代記

北洋警備を主務とした占守型海防艦の性能実力と戦争末期の奮戦

当時「国後」航海長・海軍大尉　西俣敬次郎

海防艦国後《くなしり》は戦前の就役であったため、開戦当初から北方の重要作戦につぎつぎと参加したのち、終戦の当日まで休む暇もなく、津軽海峡以北の警備と海上護衛などの任務をはたして生き残った艦である。また、戦時中の全期間をつうじて活動しながら一人の戦死傷者もなく、敵からのわずかの損害もうけることなく責務をおえた。不死身ともいえる海防艦は、ほかに例を見ないと思う。

私は海上輸送作戦が全海域で激化してきた昭和十九年七月、南方の第一海上護衛隊護衛艦から、国後の航海長兼分隊長に補せられて小樽において乗艦した。その後の国後は、対潜、対空装備の増強などのための入渠修理以外は、連続してオホーツク海や日本海あるいは千島周辺などの北洋において、警備、護衛などの任務に終始したのである。

ここで一応は、艦の誕生と開戦当初からしばらくあとまでの戦歴にもふれておきたいと思う。

国後は戦前、無条約時代にはいったのち、第一駆逐隊にかわり北洋警備を主務とする新しいタイプである占守《しむしゅ》型四隻（占守、国後、八丈、石垣）の一隻として、昭和十五年十一月、日本鋼管鶴見造船所で建造され、艦首に菊の御紋章をつけた軍艦として就役した。

戦争中期に、この型をモデルとして簡易化するとともに、対潜対空装備を強化した択捉《えとろふ》型（十四隻）の建造がすすめられたが、輸送船団の敵潜水艦による損害が急速に増大するにいたって、さらに対潜護衛艦の緊急建造が決定され、各型海防艦の大量建造がおこなわれて合計一七〇隻が誕生した。そのなかにあって、国後は北洋警備の任務に対応しての耐水耐寒の設備と、北海の荒天結氷にそなえての復原力にくわえて、長航続距離能力をもつなど大きな特長を有していた。

それらは日米緒戦の諸作戦において存分に発揮せられ、みずからの役割をよく果たしている。すなわち、開戦時にハワイ攻撃にむかう機動部隊の単冠湾《ひとかっぷわん》集合や出撃前後の哨戒および支援などの任務を遂行したが、そののちにおいても僚艦の石垣、八丈とともに、アリューシャン列島のアッツ、キスカ進攻作戦に連続参加した。つづいての同島の防備強化や玉砕した山崎部隊の輸送、補給作戦などをふくめ、北千島との間を数回も往復したほか、これに関連する出動が三十回におよんだが、これらをすべて完遂していることなどは特筆すべきことである。

昭和十八年七月には、天佑による成功といわれたキスカ撤収作戦でふたたび勲をあげているが、それ以後は、カムチャッカ沿岸漁業の引揚げ送り込みや、船団護衛と哨戒活動に従事していた。このような時期に私は、従来の南方海域におけるそれとは対象的な環境にある国後に着任した。

これより先の昭和十七年七月、国後は軍艦籍から艦艇籍の海防艦となっていたが、小艦艇でありながらその艦歴から、軍艦としての制度、規律、習慣が残されていることがとくに印象的であった。戦前、高等商船学校出身であって、航空機への搭乗をめざして海軍現役士官に転じた当時の艦長は、のちにみずからも潜水艦乗組の経歴と南方での駆潜艇長の経験をもち、すぐれた対潜水艦知識と旺盛な意欲にくわえて速断力をそなえた人であったが、厳しさとやかましさもまた格別であった。一方、乗組の多くが北陸方面、日本海側の出身であって、誠実であるとともにきわめて粘り強い気質であったが、この艦内の人の構成が、北方海域における気象海象や任務遂行によく適応した理由のようにもおもえた。

昭和十九年にはいって、日本海、オホーツク海、千島列島海域にも、改良された魚雷をもち電探を駆使する戦法を身につけた敵潜の行動がしだいに活発になりはじめ、このころからわが方の損害も増加しはじめたのである。そののち、つぎつぎと南方海域の制海権が失われ、海上交通路も断たれるにいたって、敵潜は近海から日本海、オホーツク海などその侵入の度をくわえてくるのであるが、北洋における特殊事情や自然現象をあわせ考えながら、当時をふりかえってみたいと思う。

第三の敵〝気象海象〟との戦い

北方部隊にとっては、敵潜や航空機にくわえて夏冬それぞれの気象海象との戦いがある。南方のような酷暑にはわずらわされないが、北洋独特の濃霧中の護衛には大いに悩まされた。出港と同時に危険がともなうのはどの海域も共通であるが、狭視界では電波兵器による彼我の能力の格差が増すが、護衛船舶を見失うとか位置測定にそうとう苦労するのもこの海域である。待望の天体がでても水平線が見えなければ意味がない。高等商船卒業の航海屋をもって任ずる自分でも、人工水平線利用の艦位は自信がもてなかった。

開戦当初の夜戦で能力を発揮した帝国海軍得意の網膜の周辺、視力による見張術も霧中ではあまり役に立たない。何日もつづく警戒直の二時間中において、人間の集中力の限度、三十分をどのように使うかも問題である。水測兵器のほか艦をあげての警戒能力を極度にだしても、敵潜の電探に対抗することは難しいものであった。

船団の通航地域をまもる艦艇や航空機の哨戒などの協力をえながら、他方では韜晦《とうかい》運動（夜陰や視界悪化を期しての大角度に航路変更）あるいは大迂回航路選定などもこころみた。これらが奏効したのか、あるいはまだ敵の積極的攻撃が北に向いていなかったのか、原因はいずれにしても昭和十九年夏の同艦周囲の損害は比較的すくなかった。それでも数日間の霧中航海で船団からはなれた一隻を捜索する余力がないため、動静不明のままついに帰着をみなかった船についいては、当時の事情があったにせよ、まことに心残りであった。

逆にオホーツク海の冬は結氷し、氷原となる。また春からはその氷は壊れて重なり合い、流氷となって千島列島周辺を流れる。小型艦艇にとっては小さな氷山としての警戒を要した。

しかしこの季節も、列島各基地との部隊や物資の輸送、カムチャッカ沿岸漁業への往復航海は間断なく続けられた。例年、一月十日ごろから宗谷海峡通航の最後の時機がくるとされていた。

昭和二十年一月、小樽からの船団は七日、海峡を通過し北千島に向かった。この航海においては、氷原の周辺から内側のかろうじて航行できる付近をときには蓮《はす》の葉状の氷間をぬい、あるいは氷原を圧開しながら航海をつづけた。結氷する付近に敵潜は接近しないとの判断からである。

小型ながら砕氷艦大泊《おおどまり》に準じた国後の耐氷設計がそれを可能にした。すなわち、水線付近の鋼板の増厚、低速時推進力保持に適した機関、推進器や舵の構造ならびにタンク配置などがそれである。過去の記録やデータを参考にし、前路の観測、予測をくわえながらの針路選定であるが、ときには反転やひんぱんな針路変更の結果、推測位置に誤差を生じた。耐氷性のない商船は、せっかく圧開してもふたたび閉じる水路に入れず、続行を見あわせて引き返すこともたびたびであった。

氷海の航海は、氷との力闘である。船体や乗組員の身体には大地震でも感じないようなショックを受けながらの航行に、非直者も休めない時間がつづく。結氷に閉じこめられたなら、解氷時期までは行動不能のところがある。氷海を脱出した水面はなめらかで快適であるが、そこからはまた敵潜のひそむ海である。しかしこの航海はとどこおりなく完了した。

結氷のつぎは当然ながら解氷から流氷の時期へとつづく。この流氷は敵潜や船とをまぎら

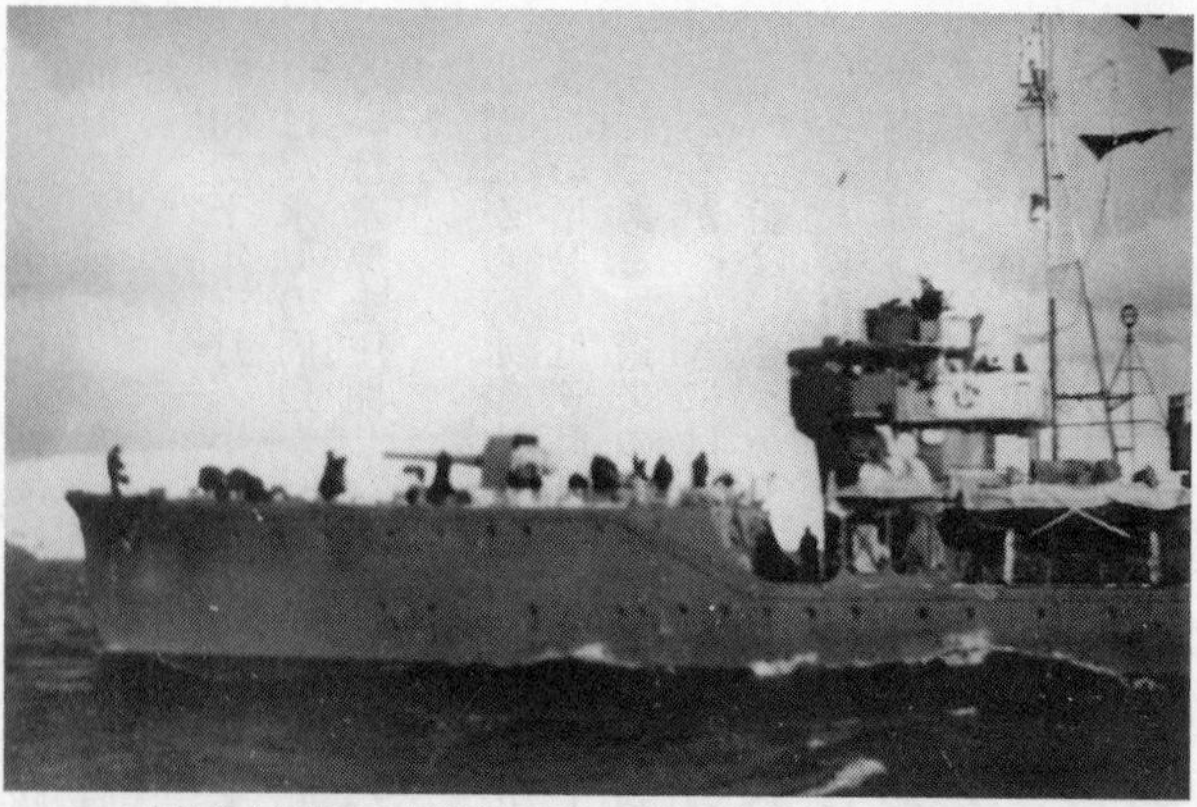

アッツ島旭湾を出撃する国後(占守型２番艦)。船首楼甲板が艦橋前で切断されているのがよくわかる。12cm 砲３基、艦橋両舷に25ミリ連装機銃　各１基、舷側に舷外電路が設けられている

わしい測的の対象になるとともに、危険な漂流物でもある。時化《しけ》がなくても冬の北洋の航海は容易でないものがあった。冬期、大陸から通過しつつ発達する低気圧による荒天も北洋の特長である。大時化のなかでは敵も行動が制約されるため、攻撃される危険は少ないとしても、かわりに荒れ狂う海との戦いとなる。波頭は艦橋よりも高い。国後の構造は甲板の外に出ることなく、艦内全通であるので、開口部を閉鎖すれば潜水艦に近い。

　また荒天と上部結氷による重心上昇にそなえて、復原力は格段によい。復原力曲線によると傾斜一二五度まで復原可能となっていたが、私の経験では六十八度が最大であった。寒気きびしいときは、航海中の波や飛沫で甲板上の構造物は結氷し、全艦氷の塊りの感じになり、重心は上昇するが、

安定性には余裕がある。さらに、オホーツク海を北上すると寒気は零下二十度以下となり、当直が終わっても睡眠をさまたげる。冬期の氷海に入れば数分で意識喪失し、救助は困難とされており、上陸のさいの交通でさえ危険がともなうのも北の海の特性である。

国後型の主砲は一二センチ水上砲三門であって、おもな対空装備は昭和二十年初めに増備した二五ミリ機銃であった。しかし航海をとわず、対空戦の実績はほとんどない。いずれの基地に停泊しているときにも本格的な空襲には遭遇せず、損害のでた襲撃は同艦が不在のときにおこなわれている。

占守島での定期的空襲も戦闘に入らないていどの経験しかない。この地区で興味あることは、アリューシャン基地からの来襲である。ソ連領ペトロハバロフスク経由で南下する米機は、ソ連情報の傍受解読により確実に予想できるが、ときに視界不良のため引き返して、当方の港外避難や対空配置が徒労に終わることがあった。時間と心理的な損害というべきであろうか。

電波兵器は濃霧や吹雪にわずらわされる海域でこそ効果が期待できるが、この艦には他に遅れて昭和二十年三月、ようやく対水上電探二二号が装備された。規格に合わない真空管や部品をくりかえし取りかえ、組み合わせをかさねた結果、距離五千メートルくらいの浮標を反射波で捉えるまで整備できたことは、当時としてはたいへん成功であった。しかし感度をあげると過熱する機器を、視界や敵情にあわせて必要時にベストの状態におくことにもっとも腐心した。この月、同時に三式水中探信儀と深々度の爆雷も増備したことなど、ようやく

小樽沖で雷撃をうけ大破、艦首を切断し波切板をつけた笠戸(左)。右は神風型駆逐艦の春風で53cm 発射管と12cm 砲、前檣に梯子状13号電探が見える。笠戸の前檣上にはラッパ状22号電探

にして対潜戦闘能力は向上してきたのである。

昭和十九年から二十年の五月ごろまでのこの海域の敵潜の活動は、活発化しはじめた段階だった。われわれの掃討作戦や攻撃もかぞえられるていどのものであった。それでも幾度か船団やみずからも攻撃を受け、あるいは浮上してつきまとわれ、ときに夜間浮上の敵に遭遇するなどの戦闘場面で、対潜攻撃、制圧などをくりかえした。

とくに昭和十九年十二月、松輪島沖で哨戒中に探知攻撃したときと、昭和二十年六月、掃討中に捕捉攻撃したときにおいては大量の気泡や相当量の油流出を認めたので戦果を期待したが、戦後の記録

を見るに残念ながら沈没までにはいたっていないようである。

昭和二十年五月、本艦のような小型艦艇にたいし一度に六本の雷撃をしてきたが、四本はそれて減速沈没し、転舵によりかわした二本は自爆して事なきをえたが、このときの攻撃はさほど執拗ではなく、敵が避退に力をそそいだためか、ついに捕捉攻撃の機会を見のがした結果となった。

昭和二十年三月、沖縄上陸のころから近海の状況は大きくかわってきた。四月に北方部隊へ択捉型海防艦の第一〇四戦隊が編成され、旗艦に福江（択捉型十番艦）、警戒部隊として八丈、占守、国後にくわえ、笠戸（択捉型十四番艦）と択捉があたった。占守型四艦のうち石垣はすでに昭和十九年五月、松輪島沖で沈没し全員が戦死しており、戦前の海防艦の残った三隻が北洋の警戒にあたった。

制海、制空権をうばわれた全海域の損害は、とどまるところを知らず、津軽海峡以北の水域だけでも終戦までに商船の沈没隻数は一二〇隻以上におよんだのである。僚艦の笠戸は六月、国後と共同掃討作戦中に、敵を捕捉攻撃にうつった瞬間、雷撃のため艦首を切断、国後は敵を制圧しながら同艦を小樽まで護衛した。

そののちも引きつづいて担当海域の護衛哨戒はつづけられたが、四月に北方における在庫重油から最後の補給をおこなった。艦の行動可能の日数もやがて見通しがつくと感じたのである。

終戦十ヵ月後の座礁放棄

北方部隊は戦時中にソ連の無線通信を傍受し、あるていどまでは暗号を解読したはずであった。しかし、高度の機密暗号はやはり解読は不可能であったのであろう。八月九日、とつぜんソ連が参戦した。占守島に上陸侵攻をはじめたため、現地守備隊は、防戦の可否を幾度か中央にうかがいを立てていたが、傍受の範囲では回答指令は遅れたようであった。

ほとんどの海軍艦船が戦闘能力を失って、燃料も枯渇した戦争末期に、海防艦のみは海上護衛のため、警戒のため航行可能なかぎり責任をはたしつづけた。

八月十四日の終戦の前日、国後は北千島にいる守備隊に補給する弾薬食糧を搭載し、特務艦第二新興丸を護衛して稚内を出港した。大本営からは、特別攻撃輸送隊の名称をあたえられた編隊であったため、在港全艦艇の激励の送別をうけて感激の出発であった。しかし明くる十五日、終戦の放送によりこの任務は中止されたのである。終戦の玉音放送をうけた感銘は、国民一人一人の胸にあって、それぞれ異なるかもしれない。

しかし、国後に関するかぎり、全員一時に休むことができない。この小艦艇に二二五名の兵員が爆雷を床にしてまで寝食を共にし、まさに一致団結して戦ってきた。戦果は華やかではなかったかもしれないが、全力をつくして責務につとめてきた。好運にめぐまれたにしろ、艦内で一人の戦死者もなく、全員で最後まで戦いつくしたことを有難く感じているものである。

さて、最後の任務を中止して稚内に帰着したあと、指令による艦内の終戦処理に入らんとしたところで、引きつづいて樺太の在留邦人の引揚げに従事する指令をうけた。十七日より大泊～稚内間のピストン輸送にあたり、乗艦限度の民間の人を迎えて送った。しかしソ連海軍は、二十日午後三時までに港から立ち退《の》けと通達してきた。国後が最後の邦人を乗せて出港したのは、午後二時三十分ごろであったが、ソ連艦艇とは会うこともなく大泊をはなれ、ぶじ稚内まで送りとどけてわれわれの最後の任務は完了したのである。

しかし、あれほど氷原や荒天下、さらには時化にもビクともしなかった国後は、昭和二十一年六月四日、荒天のため静岡県御前崎付近で座礁し、放棄されてしまったのである。こうして五年五ヵ月にわたる国後の生涯は閉じたのであった。

艦長が綴る丁型海防艦の実力と全貌

軍艦のかたちをした艦に乗れると勇んだ一五四号艦長七ヵ月の戦闘日誌

当時一五四海防艦長・海軍少佐　隈部五夫

隈部五夫少佐

順位や等級に、甲乙丙丁をつけることがある。甲乙丙丁が海防艦の型をしめす名称として使われていたが、私は乗艦するまで知らなかった。それまで乗っていた特設掃海艇は二八三トンの焼玉エンジンの、海上トラックと呼ばれた貨物船で、船底に穴をあけて水中探信儀をとりつけ、船首に八センチ水平砲一門をそなえつけ、上甲板に兵員室への木製の開閉戸をもうけてあった。

この船で冬の日本海、玄界灘を警備することは、天候と戦うもう一つの戦争であり、はやくこの軍艦らしくない艦《ふね》からのがれたかった。

昭和二十年一月、「第一五四号海防艦長に補す」という電報を受けとった。これで軍艦のかたちをした艦に乗れる。やっと一人前の海軍軍人となれると念願がかなったものの、この偶数番号の丁型艦は、特異な艦であることを初めて知った。

主機のタービンエンジンは軍艦なみだが、推進器は単軸で、回転は左回りであった。甲乙丙型は主機はディーゼルエンジンで、推進器は二軸であった。推進器の二軸か単軸かは、航行中の操艦には差異を感じなかったが、出入港の操艦には、単軸艦は二軸艦の何倍もの苦労をしいられた。商船で単軸にはなれていたが、回転が右回りであったので、この左回りには最初はめんくらった。

操艦がむずかしいから、丁型艦には操艦体験の豊富な人が配乗されたかというと、そうではなかった。甲型艦には先輩、乙型、丙型と若くなり、丁型には商船時代に船長経験のない若い人が乗っていた。甲乙丙丁がなんとなく、かつての順位を思い出させてくれた。

軍令部は、海防艦を短期間に竣工させるよう命令を出したといわれている。甲乙丙型よりも丁型は建造期間が短かったようである。丁型艦は量産型海防艦といわれ、昭和十九年から二十年にかけて、つぎつぎと竣工、戦列に参加していった。資材の入手も困難となり、竣工は急がねばならないので、艦としての要求は最小にとどめられていた。艦体は丸味がなく、艦首より艦尾まで角ばっていた。電気溶接された甲板は凹凸があり、雨が降れば甲板に水がたまり、艦長室では漏れて落ちる水を、バケツで受けていた。

軍艦には士官室が二室あったが、丁型艦には一室しかなかった。居住区はもともと狭かったうえに機銃や電探が増設され、乗組員はそれだけ多くなり、居住区は改造されたものの、いっそう狭くなった。

甲板の下に部署をもつ乗組員は、その持ち場で寝起きすることもあった。海防艦には大型艦のように休養の場所はなかった。出港即戦闘の海防艦であったから、当然のことであるといわれるかも知れないが、夜も昼もこちらを狙っていた水中の敵と、いつ飛んでくるかわからぬ空の敵の中を行く海防艦の、知られないもう一つの苦しみであった。

これらはまだ我慢できたが、艦の安全にかかわる事故があいついで発生し、苦労させられた。試運転の速力試験中、いまからマイルポストに入ろうと最高速力とし、舵をとった。そして舵輪を戻しはじめたところ、戻らなかった。

艦はたいへんな速力でまわりはじめた。ドックマスターは急いで主機を停止し、艦をとめた。調べてみると操舵装置の軸受が焼きついていた。修理して試運転は続行した。この舵の故障は脳裏からはなれず、操艦の大きな負担となった。

訓練を終わって呉に入港後、兵器、機器を点検し、主機タービンの羽根が錆《さ》びているのを見つけた。調べてみると潤滑油にビルジがまじったことがわかった。潤滑油のパイプは、ビルジタンクの中を通っていた。その継ぎ手の結合不完全で、潤滑油管の口が開いていて、この開口からビルジが潤滑油に混入し、タービンの羽根は錆びた。増産せよ、竣工を急げとせきたてられ、資材の粗悪もくわわり、平時では考えられない事故となったのである。

丁型は一軸で操艦に苦労した

ほとんどの海防艦長は、応召の予備士官であったといわれている。航海長、機関長も応召

第154号と同じ丁型海防艦8号＝昭和19年2月竣工。丙型との一番の違いはディーゼル機関の生産が間に合わず、戦標船A型タービン機関を採用、船体を一部改正した。黒煙を吐いている

予備士官であり、予備学生出身の予備士官が乗り組んでいた。だが、丁型艦だけは、機関長は兵より昇進した士官が補せられていた。第一五四号海防艦には五人の予備士官が乗り組み、海防艦長、航海長、機雷長、航海士、砲術士として職務を分担していた。当局の意図するところがいずれにあったかは知ることができないが、艦は空と海中からの攻撃にそなえねばならなかった。

海軍機雷学校が昭和十九年三月二十五日に海軍対潜学校となり、新しい教育がはじまった。ここを卒業した予備士官二名（対潜二期、四期）に高等科を卒業した下士官を配し、ほかに砲術を専攻した予備士官一名を乗り組ませ、潜水艦と航空機にそなえよとの人事であったのであろうか。

学業なかばにして召された、世にいう学徒動員のものも含め若い士官三人が、それぞれ自分の持ち場を守っていた。一人一人の乗組員が懸命の努力をつづけているのを見るにつけ、いくたの先輩艦が歩いた道をあゆもうとするこの艦で、同道することには忍びないものがあった。

出撃して帰らない海防艦を知るたびに、自分の艦の前途を暗示される思いを、払いのけることはできなかった。海防艦以下の小型艦艇は、最後まで踏みとどまって海上をまもった。それだけに犠牲は大きかった。多くの戦友がいまも海底に眠っている。

佐伯湾には対潜訓練隊があった。竣工した海防艦は、訓練隊司令の指揮下に入らねばならなかった。そして約一ヵ月の訓練をおこなった。

丁型艦でまず訓練をはじめねばならないのは、艦長の操艦であった。佐伯の湾は広かったが、真水の補給に接岸する内港は小型艦艇用で、艦首を浮標に、艦尾を岸壁に着けた。護岸によりかこわれ、出入の港口は狭く、外側には潮が流れていた。

丙型以上の二軸の艦は、両舷の推進器を使って後進で港内にはいった。ところが丁型の一軸で後進をかけると、直進せず艦首が回る。これに港口の潮流がくわわり、護岸が遠くなる。そこで前進をかけ、艦首をたてなおすと、艦尾がふれて護岸に近くなる。二軸の艦から見ていると、なにをしているのかと思われるかも知れないが、艦長は苦労していた。戦後、この港に入ったことがあるが、前進で入港し錨を打って回頭し、商船式と笑われた。

対潜訓練は呂号潜水艦を潜航させ、何回か実施した。このころ佐伯には学徒出陣の予備士官、すなわち対潜学校第四期の海軍少尉が多数実習中であった。これらの海軍少尉が対潜訓練に出港するたびに乗艦し、本艦乗組員とともに、水中聴音、探信儀による測定の練習をしていた。その人員が何名であったかなどはわからない。

あの狭い水測室に多数が閉じこめられて、呂号潜水艦の潜航音を聴き、その位置をさがした。神経を集中しなければならない作業だけに、人いきれで息苦しくなる熱気のなかで、身動きもできず、集中していた学徒出身の若い士官の姿が思い出される。

呂号潜水艦にたいする訓練は、艦長には潜水艦の位置はしめされていた。潜水艦長と打合わせはしていなかったが、海図上に潜水艦の行動時間と位置、針路は記入しておいた。したがって刻々うつる対象位置は頭のなかにあった。

水中聴音機と水中探信儀がいかなる働きをするかは、恥ずかしいことであるが、私は知らなかった。一度見たくなって、相手潜水艦が接近したので、その状況を見ようと艦橋をおりた。艦橋をはなれることを許される時ではなかったので急いだこともあって、はっきり見とどけることはできなかった。映像がうつしだされていたが、潜水艦の位置と反対側にもそれらしいものが動いていた。魚群にも反応するとのことで、実戦にはなお訓練が必要であると感じて、急いで艦橋にかけあがった記憶がある。

丁型艦はタービンエンジンで、振動が小さい。聴音にも探信にもディーゼルエンジンよりは有利であると感じた。

この対潜訓練も安心して続けることができないほど、戦局は逼迫《ひっぱく》してきた。そのためかどうか知らないが、訓練を瀬戸内海にうつした日があった。訓練を終わって呉に入港後、佐伯の空襲を知った。

振動は小さいが丁型は燃料消費は多い

安心とまではいかなかったが、ひと通りの訓練で乗組員も艦に慣れ、戦闘配置につくのに支障はなくなった。呉に入港するのを待っていたのは、南に向けての出港命令であった。

丁型海防艦はタービンエンジンで、ディーゼルエンジン艦より燃料消費が多い。せっかく建造したものの燃料は底をついていたので、丁型艦をシンガポールにむけて片道の燃料を積み、出港せよとのことであった。積めるだけの弾薬を積み、戦力を補給し、燃料油のある南方で、護衛に潜水艦の掃討に持てる力を発揮させようとの計画であった。

造船所にいたころから流れた噂で、門司を出発したのちは消息不明と、艦の名前まであげて話す町の人もあった。真偽はともかく、このようなささやきがあるほど、日本の南方海上は敵に支配されていた。南方にむけて出港した艦は、九州地方に達する前に、敵潜水艦との戦闘を覚悟しなければならなくなっていた。

出港を前に主機タービンの羽根の錆《さび》がわかり、修理することとなり、南方に向けての出港準備は中止された。修理は昭和二十年三月いっぱいかかった。四月一日には敵は沖縄に上陸した。出港を急がねばならなくなった。もう瀬戸内海さえ安心して航行できなくなっていた。南方の海が安全に航行できなくなってからも、補給はつづけなければならなかった。輸送船の護衛を任務としていた海防艦は出動しなければならなかった。行く先には潜水艦も機動部隊も予想された。そんな海に航空機の援護もなく海防艦は、一二センチ砲二門と機銃の兵装で出撃していった。

海防艦の行動表をみれば、門司または佐世保出港が多くなっている。シンガポールまたはマニラ向けの船団を護衛し、途中で敵潜水艦の雷撃あるいは敵機の攻撃により沈没した海防艦が多い。機雷による航行不能の海防艦もある。とくに昭和二十年にはいって、丙型、丁型海防艦の沈没が多かったのはいたましい。

昭和二十年四月七日は、戦艦大和の沈んだ日であるが、この日を境として艦艇の行動に変化があった。日本が世界に誇った技術によって完成した軍艦が、燃料油不足のため、錨泊を余儀なくさせられた。水雷戦の華とうたわれ魚雷攻撃を主として、北はキスカ島より南はガダルカナル島に転戦した水雷戦隊の駆逐艦もおおかた姿を消し、航空母艦と行動を共にして航空機と戦う力をもった駆逐艦も、燃料がなく動けなくなった。

それでも補給は欠かせず、数少なくなった輸送船の使命はむしろ大きくなり、海上航行は危険と知りつつも、出港しなければならなかった。

このころ、一隻の輸送船が上海にむけて門司を出港した。護衛に海防艦三隻がえらばれた。これらの海防艦は、就役いらい一年以上も海上にあって、サイパン、マニラ、シンガポール、バリックパパンなどと敵潜水艦の跳梁する海を護衛し、そのつど成果をあげた強力な護衛艦であった。しかしながら、勝ちに乗った敵潜水艦の行動は大胆になり、電波兵器の性能もよく、輸送船ともども海防艦二隻は沈められた。

定期便B29がふらせた機雷の雨

門司には第一護衛艦隊司令部があり、海上護衛の指揮をとっていた。戦局はさらに防備強化をせまられ、日本海における海上交通の確立、主要海峡、湾口の防備強化を任とした連合艦隊最後の艦隊として、第七艦隊が編成された。長官（岸福治中将）以下幕僚は、第一護衛艦隊の兼務となった。海防艦のなかには第一五四号のように、第七艦隊にはいった艦もあったが、護衛艦隊に編入された海防艦が多かった。海防艦が両艦隊司令長官の指揮下に入り、一体となって日本の海上の防衛と船舶の護衛に全力をあげることとなった。

最後の港となった門司港の岸壁には、海防艦の出入りがはげしくなった。南方より帰ってきた海防艦の艦橋に、まるいマークを貼ってあるのを見かけた。これは潜水艦を爆雷によって撃沈した証拠の標識である。何気なく語ってくれた艦長であったが、その立場がわかるだけに苦労がしのばれた。

せっかく入港しても、前線基地門司では休むことはできなかった。艦は次の出港にそなえて、食糧弾薬の積み込みを急がねばならなかった。なにしろサイパン島に基地を確保した米陸軍航空軍第二十一爆撃兵団は、B29に感応機雷を積み、二五〇〇キロはなれた日本沿岸に投下した。関門海峡の封鎖を目標とし、五月以降は飛行回数も機数も多くなり、門司に入港した海防艦は、夜はこの機雷投下機と戦わねばならなくなった。

敵機は毎日、同じ時刻に飛来した。昼間は偵察機Ｂ29が一機、高い空を南から飛んできた。この偵察機は爆弾を投下することもなかったが、それでも飛び去るまでは、これに備えねばならなかった。夜になれば、定期便のようにＢ29が機雷を投下した。陸上に焼夷弾を投下し、焼きはらったこともあった。

昼間の偵察機は高空を豊後水道より北上し、毎日きまった時間に飛んできた。情けないことではあったが、迎え撃つ日本機は一機もなく、これを見ていると我慢できなくなった。海防艦の一二センチ砲の威力をためしてみようと発射したが、敵機はあわてることなく、変針

佐世保軍港に集結した海防艦。左より丁型の第22号と第12号、択捉型の隠岐、丁型の第40号と第104号、丙型の第217号が並び、右端遠方に丁型２隻

もせず悠々と飛び去った。

夜間はそうのんびりとはいかなかった。電波兵器を駆使した敵機は、天候に関係なく飛んできた。梅雨空の視界の悪い夜も、焼夷弾攻撃よりも技術を要する海峡への機雷投下を確実に有効に実施した。しかもその高度は四千メートル以下で、爆音は海防艦の戦意を高ぶらせた。門司港に停泊中の海防艦は容赦なく砲を撃ち、機銃弾をあびせ、機雷投下を未然にふせごうとした。しかし、敵機は一二センチ砲の射程内にあったと思われるが、撃墜することはむずかしかった。ただ一機に命中し、B29は火の玉となって海上に落ちた。

飛んでくる時間も高度も、進路に多少のちがいはあったが、毎晩同じように来襲する飛行機を撃墜することは、海防艦の装備兵器では困難であることの証しともなった。停泊の海防艦ですらこのとおりであったことをみると、航行中の海防艦の対航空機戦の苦戦が思いやられた。一機を撃墜したのちの停泊中の海防艦の戦功争いは激しく、撃墜したという海防艦が何隻もあらわれ、すばやい海防艦はただちに司令部に電報を打って報告し、ほめられ確認をとりつけたという話がある。

海防艦は帝国海軍壊滅の証人

昭和二十年八月十五日正午、配置についたまま、玉音放送を聞いた。雑音がまじってよく聞こえなかった。あとでアナウンサーが戦争の終わったことを、はっきりと伝えてくれた。日夜休むことなく戦っていたので、ほっとした。艦橋で聞いていた乗組員は高ぶる者もなく、一語も発せず静かであった。艦も沈まず、乗組員を戦死さすこともなく、全員が家族のもとへ帰れると思うと、もうそれ以上なにも望むことはなかった。

聞きおわって、なにかを言いたげに見る目が合ったと思ったら、その目は下をむいた。つぎの目も同じであった。私は艦橋にいる自分に気がつき、「ご苦労さん、これで終わった」といって、艦橋を出て艦内をまわった。

軍艦のかたちをした艦に乗りたいと思って乗ってはみたものの、就役してみると、敵は頭上にも足下にもせまっていた。頭上の敵は日本全土にあり、国民は爆弾、焼夷弾の攻撃を覚悟しなければならなかった。船はこれにくわえて、水深の深い海には潜水艦、浅い沿岸には感応機雷が待っていた。上と下からの攻撃に、海防艦の装備で戦うことには困難があった。

その困難に打ち克って一人の戦死者もなく、敗れたとはいえ戦争は終わった。戦争末期の海上防衛の主力の海防艦、はたして生き残った艦は何隻あるだろうか。苦しい戦いであっただけに、去来するものは暗いものばかりであった。

母港の呉に帰った。兵装の解体と弾薬の陸揚げをはじめた。兵装は工廠の手によって解体され、弾薬は艀《はしけ》に積み、対岸の江田島にはこんだ。士官の軍刀は各自責任をもって処理することとした。

作業が終わって数日後に、米軍士官が乗艦し、武装解除の状態を点検した。艦橋から居室、居住区と点検し、机の引き出しのなか、寝台のマットの下まで見てまわった。敗れた者の悲哀をいやというほど味わわされた。いままで戦っていた相手である。人に負けたのではなく、

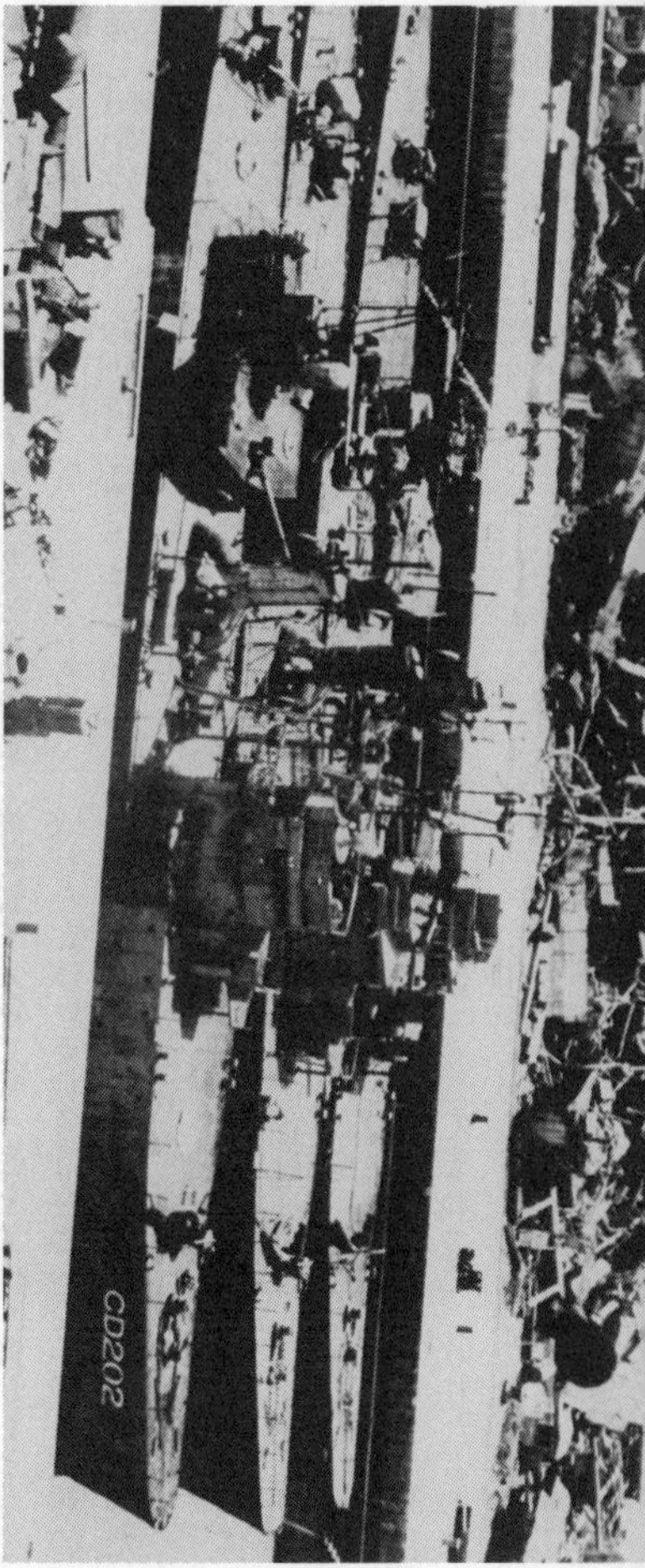

解体のため佐世保に繋留中の丁型海防艦。手前は第202号（20年7月7日竣工）で、兵装は撤去されている

物に負けたという感じがぬけきれなかった。それはけっして負け惜しみではない。

島国で、食糧も工業原材料も油も、外国から輸入する日本がもっている宿命である。燃料油がなく駆逐艦以上の軍艦は錨泊して戦列に入れず、不沈空母といわれる日本列島には、戦う飛行機はなくなっていた。この屈辱は、敗れた瞬間まで戦った海防艦乗組員の誇りであり、運命であった。

創設いらい八十年になろうとして、その間、輝かしい時代をきずきあげ、威容をほこった帝国海軍の栄光は、ここにさびしく消えた。どういうめぐりあわせか知らないが、存在を知る人も少なかった海防艦、戦争末期の量産海防艦、八月十五日まで戦った海防艦、竣工、就役してわずか六ヵ月余の海防艦が、奇しくも、帝国海軍壊滅の証人となった。

乗組員は武装解除点検の米軍士官の去ったあと、兵装がとりはずされ、ペイントの色もあせ、がらんとした甲板に帝国海軍の最後を見た。

殊勲の丁型四号海防艦　硫黄島出撃記

乗艦十二度に及ぶ出撃で対空対潜対艦戦闘を生き抜いた機雷長の体験

当時四号海防艦機雷長・海軍中尉　寺島健次

寺島健次中尉

昭和十九年二月、武山《たけやま》海兵団における基礎教程をぶじに終了した私は、つぎの術科教程として対潜学校（当時は機雷学校と称した）へ入学した。戦局はいちだんと厳しさをまし、第一線士官の要請は急であった。とくに戦争の様相は艦隊と艦隊の砲戦から対空対潜戦闘に、そして要地確保のための船団護衛は不可欠の急務とされ、護衛駆逐艦、海防艦など護衛艦艇の建造がいそがれた。

そのため、われわれ第三期兵科予備学生対潜学校艦艇班にたいする期待も大きく、それがまた、われわれに対する猛烈な訓練となり、じつに厳しい毎日であった。まさに、近代戦の必要が生みだした急造護衛艦および急造士官であった。

昭和十九年五月三十一日、海軍少尉に任ぜられた私は、休暇に入ってすぐの六月中旬、第四号海防艦乗組を命ぜられた。同期生の第一陣である。出発準備もそうそうに、出発者十二名とともに「総員整列。総員見送りの位置につけ」の号令で、クラス全員が左右に整列するなかを「頑張れよ。俺たちもすぐ征《ゆ》くぞ。さようなら」と、こもごもに呼びかわし、握手しながら最後の「帽振れ」の合図にいささか目頭をあつくして、勇躍戦場におもむいたのである。

とはいっても、じつは私が乗る四号海防艦は横須賀に入港中であり、即日赴任、乗艦せよという。心の中では、ひそかに赴任の途中を楽しみにしていただけに、じつに残念であった。しかも、聞いてがっかり、見てびっくりとはこのことで、サイパン作戦より帰った本艦第四号は、まったくの満身創痍で、全艦いたるところ穴だらけ。絆創膏がわりの鉄板鉄片が一面に貼《は》りつけてある。そして、着任挨拶に入った士官室および通信室には、肉片をはぎとったあとの油の汚点《しみ》がべったりとついていた。

横須賀海軍工廠の岸壁に係留され、修理と機銃増設のためのリベットの騒音のなかで、艦長の水谷勝二少佐（神戸高等商船学校卒）に着任の挨拶をした私は、通信士兼航海士および第三分隊士を命ぜられた。しかし実際は、それにくわえて機雷士として水測も見よとのことで、何のことはない、なんでもやれというのと同じである。

ついで各士官、担当部署に紹介されたのも束の間、本艦は二、三日中に修理をおえて出撃するから軍需部に行ってこいという。さっそく三分隊航海科の先任信号員の増田兵曹とともに、軍需部へ行った。西も東もわからぬ海軍工廠のなかを歩きまわり、通りぬけ、じつに忙しい初日であった。これが対潜学校出発、即赴任乗艦の第一日目である。

まず戦闘はわが体内より

あわただしい出港準備ののち、ペンキの匂いも新しく、機銃の増設も完了した本艦四号海防艦は工廠の岸壁をはなれた。いよいよ出撃である。

それより前の六月二十日ごろ、着任祝いをかねて壮行会がおこなわれた。いくらか艦内の勤務になれた私にとり、はじめての正式上陸である。酒がはいり歌がでるうちに、みな心が通じあっていた。いわゆる小艦艇乗組の連帯意識である。「錨をあげ、前進微速」の号令とともに在港艦船からの「帽振れ」をうけて、われわれは出撃した。

短く、また苦しかったとはいえ、いまとなってはなんとなく懐かしい対潜学校のある久里浜の方をはるかにのぞみ、（ああ、今頃みなはどうしているか）などと思いながら艦橋に立った。艦は防潜網と警戒水域をさけて海堡の西側をとおり、浦賀水道を一路南下し、房総半島の鋸山《のこぎりやま》を左に見て船団の集結地である館山にむかった。

ぶじ投錨し船団と合同した。第十二号海防艦を先任艦とする硫黄島行きである。当時、十二号には大森少尉が航海士として乗っており、同行の第五十二号駆潜艇には長岡少尉がいた。ともに対潜学校艦艇班の同期生である。

翌朝、館山湾を出撃した。

ところが、緊急輸送とかで無理に出航したためか、途中からすごい荒天航行となってきた。

固縛《こばく》したポンプも流失し、通風筒より機関部に海水の飛沫がはいるような状態だった。とてもではないが、ひどいガブリである。副直将校として艦橋勤務に立っていた私は、窓枠にしがみついていなければ、とうてい立っておれず、片舷傾斜も四十度くらいあると思われた。私は当直将校（砲術長柴田大尉）に思わず尋ねた。

「いったい本艦は何度くらい傾けば沈むのですか？」

　このため、当分のあいだ酒を呑んでは砲術長にからかわれる材料を提供したのである。そのうち、胸がムカついてきた。対潜学校教官の黒川中尉がわれわれに心得として「靴下をポケットに入れておけ。そして吐気《はきけ》がしたら、その中へ出してシレッとしておれ」と教えてくれたが、その余裕もあらばこそ、ぐっと込みあげてくるのをこらえるだけで精一杯である。

第4号と同じ丁型海防艦42号＝19年8月竣工。丁型は主機としてタービン1基と重油専焼罐2基を搭載、出力2500馬力で速力17.5ノットが可能であった

まず戦闘は、わが体内よりはじまった。

胃の中との奮闘努力の根もつき、スワ逆流と思ったそのとき、無意識に艦内帽をぬいでその中へ。そして、ふたたび汚物とともに頭上へのせた。情けないが、帽子の縁からは汚物の水がポタポタと落ち、頭の上には昼食の証拠品を戴き、それでも教わったようにシレッとして艦橋に立つ青年士官。まったくもって漫画である。

しかし、艦長以下、艦橋に立つ兵にいたるまで、見て見ぬふりをしてくれ、あとで航海長から「よく頑張ったなあ」といわれ、面はゆい思いをしたものである。ところが、どうであろうか、しばらくした後には、艦がガブリ出すと「従兵、おかわり」とライスカレーを三杯も食べる猛者《もさ》に変身したのであった。

結局、その日は荒天のため下田に仮泊することになって変針したが、夕方ちかくになって、「神子元《みこもと》島の灯台が見えない。岩礁があるので危ない。だれかマストにのぼって注意しろ」と命じられた。これはいわゆるガンルーム士官の任務だ。しかも、本艦では私以外に誰もいないのは当たり前で、必死でマストにしがみついて登った。

やっと横桁《げた》にまたがり、前方を見ると、夕方の低くたれこめた台風の黒い雲と、波の間にポカッとあいた切れ目に、灯台の上部が見えた。

「右一〇度。灯台近い」左を見ると、第五十二号駆潜艇が、まるで潜水艦のように艦橋まで波の中にうずもれている。「左、駆潜艇同航。五・〇」

そして、とっぷり暮れたころ、下田港にやっと辿りついたのである。

翌朝、台風が通過し、船団はふたたび出航した。途中、航海長の平野大尉（東京高等商船卒）に初めて天測をやれと命ぜられた。

「ヨーイ、テ、テ、テ」

みごと三センチ角くらいの三角形ができた。並んで旗甲板ではかっていた航海長の位置とピッタリで、おなじく高等商船出身の艦長もでてきて、「予備学生出身者の腕はどうかと思っていたが、なかなか大したものだ。安心したよ」とほめられたのが印象にのこっている。

通信士として電文に目を通したり、航海士として艦位測定、時計照合、また副直将校としての艦橋勤務など、なんとなくこなせるようになったころ、船団もぶじ父島へついた。父島の二見湾は水深四十メートル、周囲は峨々たる山にかこまれた入口の狭い湾である。湾内はそれほど広くはないが、船団基地にはもってこいであった。

しかし、サイパン陥落後は父島もけっして安全でなく、B24爆撃機の来襲がたびたびあった。一機からときには十数機の編隊を組んでの来襲で、P38双胴戦闘機を同行することもあった。沖合にひそむ敵潜からの通報によるのか、船団が入港すると、とくによく現われた。私の艦もその後、在泊中に島の入口の南側にある飛行場方向の山かげから、いきなり旋回して突っこんできたB24と交戦したことがあった。

本艦は父島の司令部への連絡もそこそこに、待機中の輸送船および硫黄島までのピストン輸送専門の特設艦艇などとともに急速出港し、硫黄島へ直行した。今度は之字運動なしの急航である。北硫黄島をすぎ、硫黄島西海岸の海面につくと、船団はリーフの間をぬって内海にはいり、本艦はサンゴ礁の外側を警戒航行した。大発などに乗せられた兵や物資が、つぎつぎと島に揚陸されていく。十二号海防艦の大森少尉の話によれば、このときはそれまで母島にあった栗林兵団の司令部が渡ったそうである。

海上より硫黄島を望見すれば、ちょうど大きな鯨のようであった。双眼鏡で見ると、上下二つの飛行場に戦闘機らしきものが散見されるものの、樹木は少なく岩山のゴツゴツしたありさまは、この島に何万人もの兵士がいるとは信じられないほどであった。

父島に帰った本艦は、ふたたび北上して内地へ急いだ。帰途は鳥島の東をとおり、八丈島の沖を通過、大島へと、ぶじに航行をつづけた。そして、なつかしの母港横須賀に帰投したのである。

ビール瓶か潜望鏡か

七月十三日、息つぐ間もなく、ふたたび出撃である。このときから所属は、横須賀防備戦隊より海上護衛総隊司令部の護衛部隊に編入された。略して「二海護」である。前回とおなじく房総半島にそって南下し、館山湾に集結した。こんどは二号輸送艦、五十号および五十一号駆潜艇などと一緒である。五十一号駆潜艇には同期の尾崎少尉が乗っていたと記憶する。

七月十五日未明、船団を護衛して出航した。行く先は父島をへて硫黄島である。途中、之字運動をくりかえしつつ一路南下していった。十七日の夜、父島の西北一〇〇浬《かいり》付近を航行中、左はるか後方がパッと赤くなった。しかしそれも瞬時のことで、ふたたび暗闇にかえった。しばらく後方に注意していたが、何ごとかわからない。そのうち、後方の駆潜艇より「左後方の駆潜特務艇一隻、敵潜らしきものにより轟沈せるもののごとし。われ捜索に向かう」との連絡があった。どうやら潜水艦がいるらしく、十分に注意しなければならない。

しかし、翌朝になっても手がかりはなく、船団はそのまま南へ針路をとった。とにかく急がねばならないのだ。

そのころ、陸海軍とも硫黄島こそ最後の拠点と大いに力をいれており、そのための緊急輸送に狂奔していた。もちろん敵も当然これを察知して、強力な潜水艦群を散開させて攻撃をかけてくる。硫黄島の守りの体制が完成できるか否かは、一にわれわれの手にあり、またそれをいかに妨害するかは敵潜水艦の手にあった。毎日が、われわれの決戦場となりつつあったのである。

今回のわれわれの任務は、戦車兵団を硫黄島へ護衛することであった。しかものちに聞いた話では、それは西戦車兵団（戦車二十六連隊）で、ロスアンゼルスオリンピックの覇者、男爵西《にし》竹一大佐（当時は中佐）のひきいる兵団だったという。

明けて七月十八日、私は当直勤務に立って、艦橋で双眼鏡を目にしていた。艦首より順次に右二十度方向まで見たとき、波間にちいさい棒のようなものが、スーッと見えたような気がした。アレッと思い、もう一度見なおしたが、もうなにもない。当直将校に「なんだかビール瓶か棒のようなものを見たような気がします」と報告し、ただちに見張員とともに目を皿のようにして探したが、なにもない。陽炎《かげろう》だったかと思い、そのままとなってしまった。

それから約三十分後、当直を交替して艦橋をおり、士官室に入ったとたん、ズシンという音響とともに、艦がふるえた。

「戦闘爆雷戦！」やはり先ほどのは敵潜の潜望鏡であったかと思い、艦橋にかけあがってみると、第十雲洋丸がやられている。と思うまに、こんどは日秀丸がやられた。八千トン級の巨船が白煙をふいて停止している。前方を走っていた海防艦が右へ回頭し、爆雷攻撃をおこなうが、効果のほどはわからない。

やられた船の上では、陸軍の兵隊が走りまわっている。船はまったく行き足をとめており、およそ二、三十分ほどもたったとき、大きな筏《いかだ》が何組も組まれて海上に浮かべられた。その間にも船は沈んでゆき、輸送船からは兵隊が筏に乗りうつりはじめた。

日秀丸はやがて船首からしずかに沈みはじめ、約一時間後にはまったく海上から姿を消してしまった。その間に、残りの船団を他の護衛艦が誘導して避退し、本艦や駆潜艇は救助作業をおこなった。筏の群れの百メートルほどまで突っこんで停止したが、なおも敵潜の攻撃が可能な状況下での救助作業のため、全罐はもちろん即時待機である。

「オーイ、ここまで泳いでこい」と呼ぶが、なかなか勇気をだして筏から飛び込む者がない。われわれがなおも繰りかえし叫んでいると、やっと一人が飛び込んで、こちらに向かって泳いでくる。もうすぐだ。それを見て、筏の上からは兵たちが一斉に飛びこみ、本艦に泳ぎつくと、おろされた縄梯子にすがりついて引きあげられてくる。

だが、縄梯子の数に限度があるため、艦長は「舷梯おろせ」と命じ、一名でも多く少しでも早く救助をいそいだ。しかし、ラッタルの下まで泳ぎついた兵たちは、みな完全軍装のうえに陸軍式の乾パンのような形の救命具をつけ、なかには銃までもっている者もおり、自力ではなかなか海中からあがれない。

それを見た私は、舷梯の下までおりて片手を支柱に巻きつけ、片手をさしのべて、一人ひとりを引っぱり上げた。年配の兵も若い兵もいた。大事そうに銃をもつ者も、裸同然の兵もいた。

無我夢中で彼らを引き上げているうちに、中年の大尉殿が泳ぎついた。彼は舷梯の下まで身体を引き上げるのがやっとなくらい疲れていたのか、舷梯の途中で動けなくなってしまった。これでは本人もまた水中に落ちてしまうし、舷梯の下の兵も助からないと判断した私は「大尉殿しっかりしろ！」と尻を思いきりひっぱたいた。それでハッと我にかえった大尉は、なんとか艦上に這い上がっていった。

そのうち、艦上がさわがしくなり「通信士、早くのぼってこい」という声が聞こえ、気がつくとすでに艦は動きだしている。しかも舷梯は波で洗われはじめており、私の足は浮きあがってくる波のなかにあって、重くて抜けない。大変なことになったと思っていると、「曳けーッ」の号令とともに、私は舷梯と一緒に引き上げられ、大いそぎで艦に乗り移ったのであった。

陸兵救助で艦内満杯に

「戦闘爆雷戦」ふたたび敵潜が襲ってきたのだ。しかも、救助作業海域の下にもぐりこんでいる。卑怯なヤツと思うが、敵も必死だ。爆雷攻撃か人命救助かと私は思いながら、波間にむかって叫んだ。

「はやく本艦を離れろ。仰向けになれッ、手を放せ、別々になるな。一緒におれ。すぐ迎えにきてやる」

しかし、いまが命の瀬戸際と思う兵たちは、高速で走りはじめた本艦四号海防艦の命綱にしがみついたまま離れない。水圧と艦の増速により、わずか二、三名をのぞいてあわれにも力つき、何ともいえない悲しい目をして艦から離れていった十数名の兵士の姿が、三十数年たったいまでも、私の瞼に焼きついている。

「第二戦速。いそげ!」「雷跡」「面舵《おもかじ》。第一投射法、投射用意」「用意よし。潜水艦音ちかい」「投射はじめ!」「探信儀あげ。ヨーイ、テ」

矢つぎばやの号令である。二十発の爆雷が一斉に投射される。戦闘数刻ののち撃沈おおむね確実の戦果をあげ、ふたたび現場にもどると、すでに他艦が兵の救助をおえていた。

私の艦も約六百名ちかくを救助したので、兵員室はもちろん、士官室、艦橋、下甲板まで一杯になり、片舷の者が一斉に立ちあがると艦が傾斜するほどであった。そのため、私は旗甲板から「各自、勝手に立ちあがるな」と申し渡したのである。とくに将校が十数名、艦橋や旗甲板で軍刀をさげてウロウロするのには弱って、士官室を提供するから中に入るようたのんでも、艦内にいるのは不安なのか、なかなか言うことを聞いてくれないのには閉口した。

それでも、父島の西方十五浬まできたとき、護衛の味方飛行機がとつぜん急降下して発煙筒を投下すると、同方向に何度も飛行する。敵潜だ。

「戦闘爆雷戦。陸さん、立つな、艦橋からおりろ。邪魔《じやま》すると艦が沈むぞ！」ひと騒動だったが、やっとこれで艦橋がもと通りになった。「投射用意。ヨーイ、テ」

ツリムの関係上、転舵も十分にできないのでまったく命がけである。このときは爆雷投射後、大きな気泡がつぎつぎと湧きあがり、撃沈確実と報告した。こうして、やっと父島に入港したのである。

父島で迎えにきた大発に陸軍の兵隊を移乗させたが、彼らは最後まで救命具を放さなかった。また父島では、戦車や武器のない兵隊をもらってもしようがない、と愚痴をいわれたものである。

われわれは命がけで兵たちを助けて送りとどけた。そして、兵たちは九死に一生をえた。しかし、ふたたびわれわれが輸送した武器をもって、ぶじに硫黄島に渡った彼らは、けっきょく死地に赴くことになったのである。

その後、本艦は二号輸送艦を護衛して硫黄島に直行し、輸送艦が硫黄島海岸について揚陸作業にはいるのを確認したのち、父島に帰還した。このようにしてふたたび父島に帰った四号海防艦は、父島よりの帰還船団を護衛して七月二十四日、母港の横須賀に錨をおろしたのである。

赴任、出撃いらい数多くの体験をした私は、ある日のこと、なんとなく対潜学校を訪れた。

入渠修理中の丁型44号海防艦＝19年８月末竣工。艦首や舷側が直線化平面化されているのがよくわかる

さいわい、まだ多くの同期生が残っていたので、雑談するうちに、教官は私に体験談を話すようにいわれ、講堂において対潜攻撃の実際および航海当直の話などをつたえる機会をえた。

みなよりも少しはやく戦闘の場をえた私であるが、その本当の恐ろしさをまだ知らず、やや得意でさえあった。しかし、私の人生観、死生観を一変するあの激しい戦闘が、私を待っていたのである。

初めての敵機の洗礼

昭和十九年七月二十八日早朝、横須賀を出港したわが四号海防艦は、例により船団集結地の館山にむけて航行していた。艦橋に立つ私の手には一本の白羽の矢があった。これは出撃にさいし、先任将校、軍医長、主計長と私の四人で、鎌倉の鶴岡八幡宮に参拝し、武運長久と任務達成を祈願して受領したもので、航海士である私は、これをそっと海図台の隅におき、航海のぶじを願ったのであった。

こんどの出撃は、高橋一松少将を司令官として駆逐艦松《まつ》が少将旗をかかげ、ほかに旗風と十二号海防艦、四号海防艦、駆潜艇二隻の護衛艦と、輸送船六隻の十二隻である。集結地の館山湾において、高橋少将以下幕僚の査閲をうけたのち、いよいよ硫黄島にむけて出航した。

なにか重要船団のようである。噂によれば、ドイツのV1号兵器のようなロケット砲らしきものも積んでいるという。それを裏づけるかのように、午後にははるか西後方より、味方空母が秋月型防空駆逐艦二隻をしたがえて現われ、非常に心強く思った。夕闇のせまるころ、直衛戦闘機がつぎつぎと母艦に着艦するのを見て、わが海軍いまだ健在なりと思ったものである。

ところが、これらの空母群はわが船団の護衛ではなく、呉へ回航の途中しばらく同航しただけである。それとも知らず喜んだわれわれは、まったくおめでたいかぎりであるが、じつはこれが数日後、大変な結果をまねくことになったのだ。それは哨戒線上にあった敵潜水艦が、空母の護衛する十五隻からなる大船団を発見し、よほど強力かつ重要船団と判断したらしく、これを艦隊基地に通報し、敵機動部隊を引っぱり出してしまったのである。

それとも知らぬわが船団は、途中なにごともなく八月二日、父島へ入港した。そして本艦は別に二船団を護衛して硫黄島に向かった。もちろん航空母艦は、あれっきりである。それでもまだ、われわれは「空母はいい、足が速いからわれわれを護衛したあと、もう内地へ帰っただろう」くらいにしか思わず、むしろ、ご苦労さまという気持であった。

そうした八月三日のことである。

『どうも敵の情況がおかしい。すぐ父島に帰れ』との連絡をうけ、急きょ父島にもどった。そして八月四日の朝、荷役をおえて空船となった輸送船六隻を護衛して、横須賀にむけて出航した。ところが、聟島《むこしま》列島付近を北上中、付近の見張所より司令部宛の緊急電が発せられ、電信員がそれを傍受し、「通信士たいへんです」といって出された用紙には、『敵の有力なる水上部隊十数隻、北上中』とある。すぐに先任将校より艦長へつたえた。しかし艦橋では、「われわれの船団を見間違えたのではないか?」という声も聞かれるほどで、まだ半信半疑であった。

だが、事実は如何《いかん》ともしがたく、状況はそんな呑気なものではなかった。そのとき、わが船団は列島のすぐ西側を、敵機動部隊はそのはるか東方を北上中だったのである。そのうちに、父島に空襲警報が発令された。われわれは戻るにもどれず、肚を決めねばならなくなった。しかし、敵の攻撃目標は父島と思っていたので、一刻もはやく父島列島よりはなれるつもりで、一路北上をつづけた。だが、敵の攻撃目標はわが船団だったのである。

午前十時半ごろ、「配置につけ」の号令とともに、勇ましいラッパの音が鳴りひびいた。私は艦橋の左側にある海図台の前に立った。嵐の前の静けさか、みな押し黙ったままである。どのくらい時間がたったか、突然、見張員の声。

「右一五〇度、敵機来襲。多い」

思わず旗甲板にとびだして見あげると、数十機の敵機がみごとな編隊を組んで、虻《あぶ》の集団のように襲ってくる。

「対空戦闘！」「目標、右一五〇度。向かってくる敵機！」

鉄カブト防弾チョッキに身をかためた砲員、機銃員のキビキビとした動作がたのもしい。艦橋勤務者、とくにわれわれ士官はふだんと変わらず、艦内帽に防暑服のままである。これもまた、一つのすっきりした姿である。

いよいよ来たかと思った。しかし、恐怖感は少しもない。いまとなって考えてみれば当然のことで、まだ私は敵機の洗礼をうけたことがないため、いわゆる「こわいもの知らず」であった。やがて、さっと散開した敵編隊は、わが船団めがけて突っ込んできた。

「射ち方はじめ！」一斉に対空砲火の火ぶたはきられた。各艦船は、最大船速でそれぞれに退避運動に入り、輸送船団を中心に、右側に松と十二号海防艦、駆潜艇の順で、左側は旗風と四号海防艦、駆潜艇がならぶ。このときのわが四号海防艦の対空兵装は、主砲が一二・七センチ高角砲二門、機銃は二五ミリ三連装二、連装二、単装八、一三ミリ単装二の合計二十梃である。これはサイパンの戦訓によって増設されたもので、当時の海防艦としては多い方であった。

船団の右側、すなわち松と十二号の方では、すでに各艦とも応戦に必死であった。と思うまもなく本艦の機銃が一斉に射ちはじめた。爆音とともに左から、パッパッと飛沫をあげて弾着が近づき、敵機が大きくなってせまる。

「バリバリバリ」といったとたん、バシッと目の前が光って音をたてた。思わず目をとじて頭をさげた。飛びこんできた機銃弾が私の左前にある電路接続筐にあたり、弾片となって飛び散ったのである。そのなかの一つは海図台に、別の一つは私の革ベルトの金具をちぎりとって艦橋の床へとばした。他の一弾は艦橋後部をかすめ、弾片は旗甲板にいた信号兵の腕をつらぬいた。

傷口から血をふき、旗甲板にたおれている彼を「しっかりしろ」と起こすと、「大丈夫です大丈夫です」とくり返す。

三角巾をださせ、止血棒でぐっとしばったのち、軍医長のところへ行けるかたずねると、彼は「ハイ」と答え、艦橋をおりていった。その間も、敵機は間断なく突っ込んでくる。私は無我夢中で戦闘指揮をしていたが、いつの間にか手には鶴岡八幡宮の白羽の矢をもち、「それッ、右からだ！　左だ！」とふりまわしている。そのうちに羽根はすっかりなくなってしまった。

死に場所は艦橋正面の右前

やっと第一波が去った。さいわい船団、護衛艦とも健在である。艦船はふたたび集結して北西にむかった。ほっとして艦橋で握り飯をほおばり、水をのみ煙草に火をつけていると、またも「敵機来襲！」である。

右方の空は一面に飛行機がいる。戦闘機、艦爆、雷撃機がつぎつぎと攻撃態勢に入ってくる。すごい。私は食後の煙草の火を消すのも忘れて、そのまま二、三服すいつづけながら、じっと空を見あげていた。ところが、この光景を後部砲台より見ていた砲術科の機銃員が「オイ、通信士が旗甲板でゆうゆうと煙草をすっているぜ」と話し、それが非常に兵に安心感をあたえたという。もちろん本人はそんなこととはツユ知らず、またそれほど気が強くもない。無意識だからこそ、他からはゆうゆうと見えたのであろう。

第二波が去ると、息つぐ間もなく第三波が来襲したが、それはじつに凄まじいものであった。護衛艦は前進いっぱいで対空射撃をおこないながら突っ走った。一方、船団は一丸となって退避する。しかし二百機をこえる敵機は、空一面に散開して突っ込んでくる。そのうち「艦首、艦爆！」という叫び声に、艦首方向を見ると、敵艦爆がダイブに入っている。「面舵《おもかじ》いっぱい。いそげ」艦はぐっと傾斜して退避する。つぎの瞬間、敵機は頭上を通りすぎた。やられたと観念したが、艦首左側のやや前方にすごい水煙があがった。助かったのだ。艦橋内にほっとした空気のながれる間もなく、こんどは「左、雷撃機！」低く、低く、雷撃機がせまってくる。「取舵《とりかじ》いっぱい。いそげ」これも、無事かわした。さすが高等商船出身の老練艦長である。落ちついたみごとな操艦ぶりであった。

ふと、前方を見ると、旗風は全速力で左前方へ走っている。凄まじい水煙で艦の後半がつつまれたと思うと、それが消えたあとから健在な姿が見えた。艦尾よりも高く、艦尾波のうねりをひいていたのが印象的であった。

帰港後、旗風に乗艦していた対潜同期の宮崎少尉（東大）の話によれば、あのオンボロ駆逐艦は、なんと四十ノットも出したそうである。本艦四号は二十ノット。そのため敵の急降下爆撃機の爆弾は、本艦はノロすぎて前に、旗風は速すぎて後ろに落ちたのである。

戦闘はますます激しさをくわえ、ついに船団にも最期のときがきた。六千トン、八千トン級の輸送船が、一隻は真っ二つに折れて沈没し、別の一隻は船首を海面にあげてまっすぐに海中へ、また一隻は濛々《もうもう》たる火を噴きながら走っている。

本艦の機銃も、銃口蓋が焼けてとけてしまい、銃身に雑巾をのせて冷しながらの応戦である。砲術科にだいぶ負傷者が出ているようで、機銃には機雷科、主計科の兵がとりついている。そのうち、グラマンＦ４Ｆ数機が突っ込んできた。

敵機が艦上を通過すると、敵弾は艦橋の中へも飛びこんできた。と思った瞬間、バタバタと二、三人がたおれた。機雷長の鈴木中尉がやられ、兵が駆けよって抱き起こすが、下半身は血だらけである。腹部貫通のため、すでに顔は真っ青になっていた。

他の一、二名は軽傷らしい。しかし、それでなくても狭い艦橋内は負傷者が横たわり、血が床を洗い、突っ込んでくる敵機からの回避運動で艦が傾斜するたびに血が流れた。そのため床がすべって、なにかに摑まっていなければ、戦闘もできない状況となった。戦闘のあい間をみて、機雷長を艦橋内より旗甲板まで移動させた。七十キロほどの巨体はなかなかに重い。すぐに軍医長が艦橋までのぼってきて機雷長を処置したが、頭を横にふるばかり。

そのとき、すでに私は職制上、機雷長代行であった。そして戦闘配置は艦橋正面の右前である。もっとも危険な場所であるが、戦闘状況は非常によくわかる。その後、昭和二十年三月一日、海軍中尉に進級すると同時に機雷長に任ぜられ、以後、七月二十八日に本艦が敵艦上機の攻撃によって大破沈没するまで、私の戦闘配置における定位置となった。いわゆる「死に場所」である。

敵機は前から後ろから、あるいは右から左から、つぎつぎと襲いかかってくる。これでもか、これでもかといわんばかりである。突然、高角砲が仰角一杯にこちらを向いた。砲口は目の前にある。つぎの瞬間、高角砲が咆哮し、一瞬なにも見えなくなった。私の横で先任将校がなにか言っているが、聞きとりにくい。二、三度聞きかえすと、私の耳を指さしているので、手をやると耳から血がでていた。爆風による鼓膜裂傷である。

軍医長がきて処置をほどこしてくれ、私はそのまま配置についた。感傷にひたる暇もなく右を見ると、司令官の坐乗する駆逐艦松《まつ》が全速力で航行している。艦上には第三種軍装に身をかため、ゲートルをきちんと巻いた砲側員と機銃員が配置についたまま、本艦を追いこしていったが、これが松を近くで見た最後であった。

僚艦の十二号海防艦の奮戦もまた、ものすごいものであった。十二号には同期の対潜艦艇班の大森少尉（当時）が乗っていた。本艦四号とおなじく艦橋では死傷者が続出したため、いったん父島に引き返したが、狭い湾内に入ってからも敵機の来襲をうけ、大奮闘したという。

敵は巡洋艦戦隊ふしぎに生命ながらえて

言葉では言いつくせないほど激しかった戦闘も、夕暮れとともにようやく一段落を告げ、はるか水平線上に敵機が母艦に着艦するのが望見された。敵はそれほど近くにいたのである。味方はと見れば、戦場に残っているのは駆逐艦の松と四号海防艦、利根川丸、それに父島よりもどってきた十二号海防艦のみであった。あとは沈没または遠く戦列をはなれて姿を消している。

「やれやれ、これで助かった」と思っていると、こんどは水平線上に敵巡洋艦、駆逐艦からなる水上艦隊があらわれた。パッパッと夕闇のせまる水平線に閃光がひかる。

「右砲戦。徹甲弾にかえ!」艦長の悲痛な号令である。応答する砲術長の顔もまた、一種独特の殺気をおびていた。それもそのはずで、わが主砲は一二・七センチ高角砲二門しかなく、いかに頑張ってみても、敵巡洋艦のいる海面まで弾丸はとどかない。また、しゃにむに突っ込んで射程内にはいっても、二十ノットの海防艦から射つのでは、とても勝負にならない。なにしろ敵は、三十五ノット以上の巡洋艦戦隊である。

せめて一発だけでも、敵艦のどてっ腹に撃ち込んでから死にたい。そう思いながら艦橋より敵艦隊の閃光をながめていると、少年時代に野山をかけめぐったこと、学生時代のことなどが走馬燈のように頭のなかを去来した。そのとき、松より電報がはいった。

『四号海防艦は利根川丸を護衛し戦場を離脱せよ』

当時、四号海防艦は利根川丸を単艦で護衛し、二千メートルほどはなれたところに松と十二号海防艦が同航していた。さらに、その向こうには敵水上艦艇が砲門をひらいていた。司令官の高橋少将は、わが水谷勝二艦長の特修科学生時代の教官であったという。司令官の胸中に去来したものは、果たしていかなるものであったか。

そのうちに「四海防、四海防」と二度ばかり呼出符号があり、しばらくとだえたかと思うと『ワレ敵巡洋艦ト交戦中。只今ヨリ反転コレニ突撃……』と打電してきて、ぱっと海上が明るくなったと思うと、とぎれてしまった。目をこらせば、殷々《いんいん》とひびきわたる砲声の中を、まっすぐに敵艦にむけて火をふきながら突撃する駆逐艦松《まつ》の勇姿が、なおはっきりと見えていた。八月四日午後七時四十分のことであった。

夜になり一路北へ針路をとるのは本艦四号と利根川丸のみで、十二号海防艦は消息不明であった。長く、そして激しかった一日の戦闘をへて、私はとうてい生きのびられない己れの生命を考えた。これが戦争だ。そして私たちが死んだあと、故郷に住む親や兄弟、友だちが幸福に栄えてくれれば、それでよいのだ。そのために、私は死のう。そして、その時までの一刻一刻を、精いっぱい生きよう。

それからしばらくして「左後方かすかに爆音が聞こえる」という声に耳をすますと、たしかに爆音である。しかも、昼間の敵機のものとは異なる重い響きをもつ。（B24だ、利根川丸よ煙を出すな）と心に念じた。しかし、利根川丸もこの異常な事態に気がついたのか、あるいは急に増速をはかったのか、もくもくと黒煙を吐きはじめた。

しまった、と思ったときは、すでに遅かった。パッと後方が明るくなった。照明弾である。敵機は黒々と浮きあがった利根川丸にたいして、猛爆をくわえてきた。

せっかくここまで生きのびた輸送船も、真っ赤な炎を噴きながら没していったのは、何ともあわれであった。そしてB24は本艦にたいしても二航過の銃撃をくわえてきたが、本艦の応戦にあんがい手強いと思ったのか、やがて飛び去っていった。

いまや単艦となった四号海防艦は不思議に生命ながらえた己れの運命に感謝しつつも、残りすくない燃料の心配をせねばならなかった。「一番ちかい内地はどこだ」という艦長の質問に艦位をはがると、鳥島の西方海面であった。紀伊半島がちかいとのことで、燃料のもつことを念じつつ、一路内地へいそいだ。

全艦配置についたまま夜が明けた。どうやら危険水域を脱したらしい。血にそまり混乱したままの艦橋と艦内を洗い片づけると、機雷長以下四名の水葬がおこなわれた。毛布にくるまれ、軍艦旗を胸に、高角砲弾の薬莢を両脇にかかえた英霊は、舷側よりだされた板の上に横たえられた。そして海軍の儀式どおり、儀仗兵の号砲のあと母なる大海原にその肉体はもどされたのである。艦はその周囲を三回まわり、位置を記入した。透きとおるような海のなかで、いつまでも漂っている四体の英霊は、昨日のあの戦闘の幕をおろすフィナーレとなったのであった。

三重県鳥羽についた本艦は、そこで燃料を補給したのち、八月七日、なつかしい母港の横須賀に錨をおろした。いっぽう十二号海防艦は八月五日の朝、ふたたび敵B24と遭遇し、せっかく誘導にきた味方の二式大艇は目の前で撃墜され、またも戦闘に入った。そして舵を故障し、さんざんの苦労の末に横須賀へ帰港したのである。

帰港後、対潜学校にいった私は「オイ幽霊が帰ってきたぞ」とびっくりされ、喜ばれた。

聞けば、大森と私はともに戦死とされ、「八月四日、中部太平洋において敵の有力なる機動部隊と交戦、壮烈なる戦死をとぐ」という報せがあったそうである。

三式探信儀と海防艦初の単艦感状

昭和十九年八月四日のあの敵機動部隊との戦闘いらい、敵が硫黄島に上陸を開始した翌二十年二月十九日まで、私は父島、硫黄島方面に九回出撃した。

硫黄島増強を最優先としたのち、つづいて小笠原諸島の父島、母島をかためることになり、われわれは父島、母島あるいは硫黄島へ船団を護衛した。しかし、硫黄島にたいする敵の空襲は激しさを増しはじめて、内地からの直接輸送は困難となっていった。

そこで、一部は直接輸送として引きつづきわれわれが護衛の任にあたるが、大部分は父島を中継点とし、父島で敵情を見ては硫黄島方面にピストン輸送するようになっていったのである。

小笠原方面にたいする増強輸送は、いよいよ急となり、択捉《えとろふ》型海防艦の天草《あまくさ》と隠岐《おき》、丁型五十六号海防艦などがあいついで戦列にくわわった。天草には小泉国雄少尉（慶応大）が、隠岐には高橋新次少尉（明大専）が、また五十六号海防艦には早津少尉（法大）が乗っていた。しかし、被害も日をおって増大している。十月二十一日、敵潜水艦の攻撃をうけて隠岐が大破し、高橋少尉はそのとき艦首にあって戦死をとげた。

軽巡八十島《やそじま》が横須賀に入ってきた。山口元三少尉（対潜艦艇・慶応大）が乗っており、その夜は山口、早津など同期六名で痛飲した。そのとき、山口はバックルをはずし、「オイ寺島、これを交換しよう」とさしだした。オリンピックの記念バックルである。私は弁論大会の記念バックルをしていたので、これと交換した。その彼も十一月二十五日、ルソン島沖で戦死した。

彼とはとくに仲がよく、武山時代もよくともに外出し、対潜学校時代も行を共にしたものである。赴任にさいし、十センチほどの小さな日の丸の千人針をもっていたが、その裏に『生きてもう一度会いたいわ』と書いてあったのが、なんとも哀れであった。彼は本当に気持のよい、落ちついた男であった。

十一月にはいり四号海防艦にたいし、海上護衛総隊司令長官の野村直邦大将より感状が授与された。海防艦としての単艦感状は帝国海軍はじまって以来である。麗々しく『潜水艦四隻撃沈、飛行機何機撃墜』などと書いてあったが、総司令部および艦政本部にとってもっとも嬉しかったのは、当時「仮称三式探信儀」といわず、「故障三式探信儀」と仲間内でいわれていた新しい探信儀をわれわれが装備し、みごとにこれを改良して使いこなしたことである。

館山湾に帰った本艦に「海護総」のお偉方が乗りこんできて、感状をいただいた。そして艦本の技官などの立会いのもと、「三式探」による対潜攻撃訓練が披露されたのち、われわれは横須賀に入港したのである。

その間にも戦況はますます緊迫してゆき、十二月八日、敵はまたも硫黄島にたいして艦砲射撃を行なった。そんな十二月二十日、天草は父島水路において磁気機雷にやられ、早津が乗っていた五十六号海防艦より排水ポンプを借りる騒ぎがあった。すでに父島さえも、安全ではなくなっていた。

十二月二十六日、三輪政挙少尉（中大）の乗った特設掃海艇の第七京丸が母島沖で触雷して、彼は戦死した。（彼も死んだか）——そのころになると深く死を考えることもなく、自分にもいつか突然におとずれるであろうこととして、毎日をすごしていたのである。

十二月三十日、今年の正月は内地で迎えられると喜んでいた四号海防艦に、突じょ出撃命令がくだった。船団は横浜にいるとのことで、本艦もいそぎ横浜に回航し、船長、事務長の集合のため、夜の横浜港内を私は内火艇を指揮して走りまわった。そして、ある船のラッタルをのぼっていくと、出迎えにきたパーサーは、なんと中学の同級生の船津君であった。びっくりして握手をかわした。

明ければ昭和二十年一月一日、思わぬ出港とはいえ、これも任務とあきらめて三二三一船団を護衛して父島へむかった。正月そうそう戦闘をくり返しながらの護衛戦である。このときは昭東丸が沈没した。

そのころ、さらに丙型四十九号海防艦と丁型七十四号海防艦が戦列にくわわった。七十四号には久保寺少尉（法大）が乗っていた。このころには海防艦は船団護衛のほかに、一般作戦にも出動するようになり、対潜作戦などは単艦で出ていくことがたびたびであった。基地航空隊と連絡をとりながら、遠く小笠原方面まで対潜作戦に単艦出動する任務は、また異なった意味での苦労があった。比島のレイテ作戦もわれに利なく、つぎつぎと艦船は沈没し、あの偉容をほこった連合艦隊は壊滅的な打撃をうけていたのだ。それは、まさに押しよせる大波であった。われわれ対潜学校艦艇班の仲間も、すでに相当の戦死者をだしている。押し返しても押し返しても、大波はつぎつぎとわが本土にむかってきた。

色とりどりの曳光弾におおわれた硫黄島

「錨をあげ、前進微速」昭和二十年二月八日、わが第四号海防艦は例のように横須賀を出ていった。私が乗艦いらい十二度目の出撃である。

しかし、艦橋に立って港内を見わたせば、昨年の夏とは大きくかわってしまっていた。舷々相摩すほど多数の戦艦、巡洋艦、駆逐艦が在泊していた湾内も、いまはただ広いだけで、最後の巨艦としてその奮闘が期待された空母信濃《しなの》も昨年十一月、ここを出たままあえなく沈没した。そして過去の栄光をになった湾内には、特攻艇震洋《しんよう》が走りまわっているだけである。

湾内を直進していると、よい目標とばかりに、畳一枚ほどの特攻艇が、つぎつぎに本艦へ突っこんでくる。こちらがしだいに増速すると、なかの一隻が艦首をかわしそこねて衝突した。艦橋から身を乗りだして下をのぞくと、ベニヤ板でつくられた特攻艇は、たちまち右舷側にそって沈んでいった。

すぐに艦は停止し、まわりからは震洋艇にむらがってくる。

（かわいそうに、搭乗員は駄目か）と思っていると、本艦の艦首錨作業員たちがザワめいている。なにごとかとよく見ると、特攻艇の搭乗員が錨鎖孔からのこのこ昇ってくるところだった。そして、艦橋をむいてニヤリと挙手の敬礼をする。

「どうも、すみません」少尉だった。聞けば激突の瞬間、本艦の錨にとびうつり、錨鎖をつたって上がってきたという。まったくたいしたヤツだ。迎えにきた内火艇にうつり、手をふって去っていったあの海軍少尉は、はたしてその後どうなったであろうか。

そんなことのあった翌日の二月九日、三二〇八船団を護衛して、われわれは父島にむかった。前日天草は敵潜情報により八丈島付近へ作戦回航し、敵潜を攻撃中であった。二月十一日には父島へ着き、そこからは輸送艦とともに硫黄島へ急航した。そして硫黄島に着き、輸送艦がリーフの中へはいるのを見とどけたのち、ただちにUターンである。

北硫黄島ちかくまできたとき、夕闇のなかに浮かぶ硫黄島全島が、赤青黄の曳光弾につつまれていた。敵の大空襲にたいし、全島あげての応戦である。本艦ももちろん対空戦闘の配置についた。いっぽう父島からは『早く帰れ』という緊急電がはいったので、第二戦速に増速してつっ走る。（なんだか様子がおかしい。いままでのとは、なにかちがう気がする）と私は思った。敵に見つからぬことを念じつつ、われわれは一路父島へ急いだ。そして、アイスキャンデーを逆さにして一面に立てたような色とりどりの曳光弾におおわれた姿が、私の見た硫黄島の最後であった。

二月十二日、四二一二船団を護衛して父島を出発した。それは、まるでなにかに追われる

丁型32号海防艦＝19年６月末竣工。丁型は丙型より速力が１ノット速いかわりに、航続力が14ノット4500浬で、丙型の14ノット6500浬にくらべて劣った。燃料消費量も多く排水量が増した

ような、あわただしい出港であった。途中、天草と鳥島付近で合流し、一路北上をつづけた。一機の水上偵察機が目の前で不時着し、機体、搭乗員とも、デリックで貨物船に助けあげたのもこの頃である。

二月十五日、横鎮から緊急電がはいった。『一三〇〇、敵水上艦艇見ゆ。さらに後続の大部隊見ゆ。硫黄島の一六〇度、二〇〇浬』連日の大空襲のあと、いよいよ敵の上陸が開始されようとしていたのである。ふと、あの輸送艦はどうなったかと思った。あとで聞いたところによると、そのまま擱坐沈没し、戦後まで残っていたという。

そのころ、S21作戦により父島にいた久保寺の乗る七十四号海防艦と、早津の乗る五十六号海防艦は、二〇三空との作戦をおえて内地にむかっていた。父島で二人は艦橋で手をふり、「パインで飲もう」と手旗で信号をおくっていた。しかし、五十六号海防艦は二月十七日午前零時五十二分、

敵潜水艦ボウフィンの雷撃をうけて真っ赤な炎をふきあげ、七十四号海防艦と五百メートルも離れていない所でやられたという。そして、早津も戦死した。

天草奮戦と米潜との一騎打ち

いよいよ硫黄島への敵の上陸が確実となった二月十六日、わが船団は大島の東南洋上を内地にむけて急航していた。一方、敵機動部隊は上陸支援のため、さらに北上して関東地方の各航空基地にたいする攻撃をかけてきたが、それにわれわれは摑まってしまった。

午前十一時ごろ、雲間から敵機十機が突っこんできた。

「対空戦闘。向かってくる敵機。射ち方はじめ」

一斉に対空砲火をひらいた。もうこのころは対空戦闘ずれがして、いつ死ぬかもしれぬわが身ながら、多少図太くなっていた。何回も戦闘の場を踏めばふむほど、戦闘のはじまるまではすごく恐ろしくなるものであった。それは、いつも同じである。艦橋に立って周囲を見まわしながら、「ここでは誰がやられた。あの時はこうだった」といろいろなことが走馬燈のように浮かんでくるが、ひとたび戦端がひらかれれば、(俺はこの前も死ななかった。今度も大丈夫だろう) とヘンな自信がでて、かえって落ちつくものである。

高角砲も機銃も、猛烈に応戦する。しかし、どうしたことか、左方を同航する天草はまったく射たない。変だなと思っていると、敵機は一斉に天草めがけて突入していった。急降下して艦上をかすめていく。天草の混乱が手にとるように見える。

（がんばれ天草。射て射て！）と心に念じつつ本艦も、もちろん必死に応戦する。艦は前進一杯で、右に左に傾いての戦いである。内地の、しかもこんなに近くで敵機動部隊と応戦しなければならぬとは、これは大変なことになるぞと、いまさらながら覚悟をあらたにさせられた。

このときの戦闘で天草乗組の小泉少尉は、左足切断の重傷をおったのであった。戦後、彼と会ったとき、天草が射たなかった理由をたずねると、「艦長は、もう少し引きつけてから射つつもりだったらしい」という答えであった。戦機は一瞬の勝負である。艦長の必中主義もわからないではないが、機銃指揮官としての小泉の気持は、いかがであっただろうか。彼はそれには笑って答えなかった。

やがて敵の来襲もおわり、船団をまとめて内地へ航行中、探信儀室より、「右二〇度、潜水艦らしきもの。三千」と報告してきた。まさかと思いながらも捕捉探知を命じると、「間違いありません」という答えがかえってきた。

「戦闘爆雷戦」いかに錬度がよくなったとはいえ、乗員はまだ信じきれない様子である。しかし、間違いはない。船団を退避させて、いよいよ潜水艦との一騎打ちである。じりじりと追いつめると、敵は必死で逃げる。八百、七百、よし。

「第一投射法」艦は増速する。「投射はじめ」

その時であった。「雷跡！」という叫びに、海上を見ると白い雷跡が二本、本艦に向かってくる。差し違えかと思いながらも、みごとな操艦でそれをかわして突撃する。

「ヨーイ、テ」喰うか喰われるかとは、まさにこのことであろう。聞くところによると、そのころの敵潜水艦は、退避しながら艦尾より魚雷を発射するという。

一晩制圧し、翌朝、航空隊からの応援をえて、浮きあがった油を採集して館山に入港し、「撃沈確実」と報告する。そして、ぶじ横須賀の長浦に錨をおろしたのは、二月十八日であった。その翌日の二月十九日未明、「硫黄島上陸開始」の報がはいったのである。

四号海防艦の最期の日

敵の硫黄島上陸後は、われわれは小笠原方面へいけず、伊豆諸島、主として八丈島の防衛輸送に従事した。また硫黄島の玉砕後は、われわれの心配どおり内地の空襲がはげしさをまし、本格化するにつれて各都市は焦土と化していった。そのころになると、出航してしまうと警戒配置に、内地へ近づくと戦闘配置という、まったくおかしなことになりだした。

最後は敵の本土上陸にそなえ、本艦四号海防艦も第四特攻戦隊楠部隊の旗艦となり、鳥羽に回航した。そして昭和二十年七月二十五日、鳥羽沖において敵機動部隊艦上機の攻撃をうけ、それ以後二十八日までの四日間、二番砲より後部をもぎとられながらも勇戦奮闘して、鳥羽の町を空襲の惨禍から守り抜いたのである。

当時の町の人の言葉をかりれば、「南方帰りの艦」が見せた最後の意地であった。

敵機の激しい空襲にさらされていた七月二十五日のことである。後部砲台で指示しているうちに、また一機が突っ込んできた。すでに砲術士の高橋少尉（一期予備生徒出身）をはじめ、わが四号海防艦は多数の重軽傷者をだしていた。

大いそぎで配置にもどるべく旗甲板に駆けのぼったとたん、赤黒い爆発とともに私は艦橋のなかに吹き飛ばされた。薄れゆく記憶のなかに、まるで映画のスローモーションのように空中をとんでいく数名の兵の姿があった。すごい爆風である。

また、艦橋左側の連装機銃の指揮をしていた本間兵曹（四期出身下士官）が「しまった！」という声を空間にのこして粉砕したのを、耳にたしかに憶えている。

兵が何か怒鳴っている。探信儀の角で背中を強打した私は、しばらく失神していたようである。手足は動く。右大腿部から血が流れているが、大したことはなさそうだ。立ちあがって旗甲板に出てみると、二番砲から後部がなかった。艦は大きく傾斜しているものの、まだ沈んでいない。

（いま俺は応急指揮官だ）という義務感が、私の気力をふたたび支えてくれた。最後まで頑張ろう。しかし、甲板に一歩出てみて、私は言葉がなかった。甲板はまったくの地獄図絵であった。一面に肉塊や肉片、手足がちらばり、兵たちが倒れ伏している。後甲板にまわれば、二番砲に腸がまきつき、誰のか判別できない戦死者の半身があった。まさに血と肉の海である。

しかもその中で、煙がでて誘爆のおそれがある弾薬筐を海中へ投棄している兵や、なおも射ちつづける砲員機銃員がいた。かろうじて浮かんでいる艦の前半分は、鋼鉄のスクラップにひとしかった。これが戦争の実体である。三十数年たったいま、ようやく口にできる言葉はこれのみである。

なおも戦闘をつづけること四日間、だが、武運強き四号海防艦にも、ついに最期の日がきた。

昭和二十年七月二十八日、命中弾二、至近弾八、機銃弾無数をうけたのち「総員退去」が命じられ、航海科の先任兵曹が泣きながらマストの軍艦旗をおろしている。

艦長はふたたび艦橋に入っていったが、それを先任将校が引きずりだしてきた。紅顔の太田少尉（一期予備生徒出身）の顔もドス黒く、硝煙で顔がはれあがった砲術長がいる。みな、力のかぎり戦ったのである。そして午後二時半、艦は横転して沈没していった。

われわれ対潜学校艦艇班の仲間も、このようにして戦い、その多くの者は還らなかった。第三期は任官二六八名、戦死九十四名、戦死率三五・一パーセント。同期生中、最高の死亡率である。これはその苦闘の一例でしかない。そして、いま戦後三十余年の歳月が流れた。

昭和五十年五月、東京新宿にある金竜寺に一つの碑が建てられた。名づけて「対潜碑」――同期の浄財によるものである。その碑にはただ一字『魂』ときざまれている。

海防艦「天草」太平洋〝対潜哨戒〟道中記

対潜学校出の若き中尉が綴る東奔西走八七〇トン武運艦苦闘の日々

当時「天草」機銃指揮官・海軍中尉　小泉国雄

小泉国雄中尉

昭和十九年九月、私たちは対潜学校を卒業すると、その後、九州の佐伯防備隊の特設敷設艇山水丸に乗りこみ、日夜、航海の実習にはげんでいた。そして十月二日、私は海防艦天草《あまくさ》乗組を命ぜられた。またおなじ日、私の友人高橋新次少尉も海防艦隠岐《おき》乗組を命ぜられ、われわれは一緒に横須賀へむかった。

途中、神戸で下車し母や弟妹のいるわが家でしばらく時を過ごすことができたのは、思いがけない喜びであった。そのことで私は、家族に最後の別れの挨拶をしたつもりであった。

十月四日、われわれが横須賀につくと天草は、横須賀港の岸壁に係留されていた。当直将校の航海士村上繁雄中尉に、第三期兵科予備学生時代におしえられたとおりの着任の挨拶をしたところ、開口一番、「小泉少尉は運がよいぞ、天草は武運が強い。なにしろ敵の魚雷がさけて通るからな」と大笑いされた。

それまで、緊張のため堅くなっていた私は、この一言で緊張もとけ、どうやら親分肌の村上中尉に好感をもつとともに、少なからず安心した。

やがて、天草に帰艦された松井敏男艦長に、対潜学校艦艇班でのことをいろいろ質問されたうえ、通信士兼水測士・航海士に任命するといわれた。天草は昭和十八年十一月、大阪日立桜島造船所で建造された甲型の海防艦（択捉型十一番艦）で、乙型、丙型などにくらべてもっとも大型で、装備もよかった。第二海上護衛隊に編入され、十二月三日、横須賀より初の船団護衛で南方へむかった。

それ以後トラック、サイパン、パラオ諸島方面への船団護衛や対潜哨戒の任にあたり、サイパン島失陥後は横須賀防備戦隊に所属し、小笠原諸島方面への船団護衛を主としていた。

私が乗艦する前のちょうど一年間を天草は、武運強く生き残っていたのである。

昭和二十年八月九日、天草は宮城県女川湾において米機の襲撃によって撃沈された。このときの戦闘は、九日、十日の二日間におよび、湾内には天草のほか標的艦大浜、三十三号掃海艇など六隻の艦船が在港していて、いずれも撃沈され多くの将兵が戦死した。

隠岐艦上の友、戦死す

ところで話をもとにもどすことにしよう。昭和十九年十月十八日、私にとってはじめての出撃のときがやってきた。対潜学校でならった天測は大地の上での操作で、小艦艇の上での六分儀の操作とは大ちがいで、なかなかうまくいかず、信号の佐藤兵曹の協力により幾度も実測した。

天草が東京湾を出て大島近くなると、艦の揺れがはげしく、私ははやくも船酔いの症状となった。せっかくの夜食がぜんざいと聞いても咽喉《のど》を通らず、当直の任務は気力でなんとか果たしたものの、古参下士官の憫笑を肌に感じて、われながら情けなかった。幸い船酔いは一日でなおり、翌日からだんだん船の揺れにもなれてきた。

八丈島付近に米潜水艦が遊弋《ゆうよく》しているとの情報で、船団の針路は大きく東にむかい、そのあと南下した。私は通信士であるため、航海中の電報は士官では一番先に全部みているので、案外おぼえている。

横須賀を出て三日目の夕方のことだった。われわれの船団より遅れて出撃した隠岐(天草と同じ択捉型四番艦)が、八丈島付近で米潜水艦の魚雷攻撃をうけて損傷したとの情報がはいった。

私はふと、友人の高橋少尉を思いだした。横須賀を出るとき、隠岐の甲板上にいた高橋少尉に『ワレシュツゲキス』と手旗で別れの挨拶を送ったところ、『ゴブウンヲイノル』という返事をもらった。隠岐艦上の高橋少尉は紅顔の美少年であった。

これは後になって、熱海の海軍病院で隠岐の艦長だった大内少佐と一緒になったときに聞いた話だが、大内艦長は「高橋少尉はかわいそうなことをした。ちょうど当直がおわったところで、前部士官室にもどったその直後、魚雷は艦橋の前方を爆破し、艦首前部をもぎとり

天草と同じ択捉型の隠岐。昭和18年３月竣工、排水量870トン、全長77.7m

高橋少尉は戦死した」という。その後、隠岐は沈没せずに横須賀にもどっているので、高橋少尉の当直時間がもう少し長かったら、戦死しなくてすんだのに——と思うと、彼の運のなささをなげいた。

機雷にふれてあわや沈没

その後、船団はぶじ父島に入港した。二見港は美しい港であった。島の南端にある飛行場は小さく、無理して作った——といった印象をうけた。事実、着陸をあやまり海中に没する味方機に残念がる場面がいくどもあった。

ところで、船団の護衛は味方小艦艇のみでするものであって、味方航空機の援護は全然ないものとわかった。そのため、われわれの上空に訪れるのは敵機ばかりである。このときは、ぶじ横須賀に帰還できたが、これは大変な任務であると痛感した。

横須賀が近づくにつれ、なんとなく元気になった。松井艦長に「通信士は、横須賀が近くなると元気になるナ」といわれ、恥ずかしい思いをした。

その後、親分肌で人気のあった村上中尉が新しい海防艦の艤装のため、転勤となった。こんどは本当に航海士の仕事をやらねばならないと、若干の不安はあったが張りきっていたところ、神戸高等商船出身の竹沢中尉が航海士として乗り組んできた。彼は航海士のつもりで乗艦したのに、航海士の仕事をしている奴がいるので驚いたと語っていた。

私の二回目の出撃は十一月八日である。こんどは駆逐艦旗風が旗艦となり、天草をふくめた護衛艦三隻が三隻の商船を護衛して南下した。

前回のときは幸か不幸か米潜水艦が出現せず、その効果はわからなかったが、旗風艦長は対潜学校で学んだ探信儀の使用を禁じた。その理由は、逆探されるおそれがあるということであった。

松井艦長からそのことを聞かされ随分がっかりしたが、旗艦でもあり、兵学校出身の司令であればやむをえないと思った。楽しみにしていた水測兵器の使用禁止で私は、もっぱら航海士の仕事に熱中した。通信士としての職務は、中村暗号長、平出電信長が優秀なので心配なかった。

船団は父島から母島に到着した。戦略物資の揚陸もおわり、帰途につくことになった。その時である。とつぜん旗風と天草が接舷し、洋上給油をはじめた。いま敵に襲われれば、両艦ともオダブツである。一刻もはやく給油のおわることを念じていた。

やがて給油はおわり、両艦はしずかに離れた。それにしても、駆逐艦に片道の燃料しなかったということに、戦局の前途にいよいよ容易ならないものを感じた。その後、船団は横須賀へむけて船足をはやめた。

そから二、三日たった頃のことであった。それが幾日であったか、正確な日時はおぼえていない。午後二時ごろだったと思う。当直将校は三谷航海長で、私は艦橋にいた。とつぜん見張員が「雷跡」と叫んだ。航海長がどこだと叫ぶ間もなく、天草の右側にいた芝園丸の前部に当たった。

旗風から「探知はじめ」の命令が出て、水中探信儀を作動したが、時すでにおそく、米潜水艦は発見できなかった。芝園丸は約二時間ほどのち、船首をうえにして船尾より海中に没

択捉。天草は択捉型11番艦で、基本的には占守型と同じで、設計上の違いは艦首と舵、煙突の形状と後檣延長など

したが、乗組員は全員救助された。

十二月十六日、天草乗組いらい四度目の船団護衛のため父島にむかった。島かげの見えない海上では、正午の天測でその位置をたしかめた。たしか十二月二十日だったと思う。父島の二見港へ入港する直前の水路で、天草は磁気機雷にやられた。ものすごいショックだったが、幸い水深四十メートルくらいだったために助かった。これが、浅いところだったら沈没していたことだろう。前部に若干の浸水があり、丁型五十六号海防艦よりポンプ一台を借りて、二台のポンプで排水しながら十二月二十六日、横須賀に帰港した。

天草は、当然のように入渠することになった。そこで横須賀の街を歩いていると、対潜学校の同期生である早津少尉にバッタリ出合った。彼は五十六号海防艦の航海士で、五十六号の航海長である大村大尉が急性肺炎で入院したので、それを見舞いにいく途中だという。

彼は「天草はうらやましいよ。磁気機雷にひっかかったおかげで、正月を内地で過ごせるなんて」と淋しげに別れ去ったが、その後、五十六号海防艦は十二月三十一日に横須賀を出撃、早津少尉はふたたび日本の土をふむことはなかった。

修羅場と化した天草の艦橋

対潜学校を卒業するころ、ブラウン管を使用した新式の水中探信儀ができたときいていたので、入渠を機会に最新式の水中探信儀にとりかえてほしいと申し出たところ、受けいれられた。それから一週間、新兵器を勉強するため、対潜学校へかよった。こんどこそ敵潜を発見するぞ、という意気に燃えながら全員が一生懸命に勉強した。

やがて試運転もおわり、昭和二十年一月二十三日、船団護衛でまた父島にむかった。幸か不幸か敵潜に遭遇しない。だが、敵は海中ばかりではなかった。

上空からの敵、つまり航空機による空襲はしだいに激しさをまし、夜間航行中に不意に照明弾を投下され、わが船団が真昼のような明るさの中にさらけだされた。しかし、敵機はそれ以上の攻撃をしかけてはこなかった。

二月一日、横須賀港へ帰った。すると対潜学校の一期後輩にあたる四期の辻利行少尉候補生が機雷士として乗り組んできた。そして、これまで対空戦闘の場合、私の配置は艦橋ときめられていたが、辻少尉候補生の乗艦で彼が艦橋となり、私は右舷の三連装機銃の指揮官となった。

二月八日、天草は鳥島付近に出没する敵潜を掃討せよとの命令をうけ、単艦で出撃した。悠然と飛ぶアホウドリ、追われるように滑空する飛魚《とびうお》、戦争さえなければのどかな眺めである。この飛魚《とびうお》は艦内にときどき飛びこんできて食卓を賑わした。

そうこうしているうちに目標をとらえた。水測室から「敵潜らしきものをキャッチ」という情報がはいった。反響音も大きい。目標は動いている。敵潜水艦にまちがいなしと、爆雷をつぎつぎに投げ込んだ。敵潜の油が浮くのはまだかまだかと期待したが、その期待もむなしく、浮かび上がったのは魚だけであった。

結局、新式探信儀の第一回の探知は失敗におわった。その後、父島から横須賀へ帰投する

天草と同じ択捉型の７番艦・対馬。後部切断を克服して戦後、中国へ引渡し

第四号海防艦の船団に合流し、船団護衛せよとの命令にしたがい横須賀にむけて北上しているとき、硫黄島に敵の大艦隊が向かっているとの情報がはいった。

二月十五日、八丈島南方にて敵機の爆雷をうけたが、損傷はなかった。そのとき不時着した味方の偵察機一機を救助した。

その翌日は、朝から関東地方の各飛行場が敵艦上機による攻撃をうけているという情報がはいった。そのため、われわれは対空戦闘の配置についたままの格好で、朝食の握り飯をほおばった。低くたれこめた鉛色の雲の下から、ときおり小雪がチラつく肌寒い日であった。

午前十一時ごろ、突然、雲間から二、三十機の敵機が襲ってきた。戦闘ラッパが高らかに鳴りひびき、わが方の機銃は一斉に射撃を開始した。あらかじめ装填された機銃弾には、二割くらいの曳光弾が混入してあって、わが方の機銃の弾道もわかり、そして敵機にたいして恐怖を感じさせるようにしてあった。

敵機は勇敢に突入してきた。敵機の機銃掃射は、わが針路に弾丸の雨をつくり、やがて天草はその雨の中にスッポリとつつまれた。たちまち艦橋付近は血で染まった。私の指揮する機銃もおなじだった。敵機は間断なく襲ってくる。

その時である。私は突然、向こうズネにバットで殴られたような激しい痛みをおぼえた。艦の揺れもあったが、私は尻餅をついた。よく見ると半長靴の上部で、左足がブラブラになって血がベットリとにじんでくる。

私が指揮する右舷機銃は、私をはじめ大半の人が負傷（結局、旋回手ひとりをのぞき全員戦死）したため、元気な者と交代した（天草では主計兵、機関兵もみな機銃だけは操作できるように訓練してあった）。電探の少年兵尾島は、私の横で「お母ちゃん痛い痛い」と苦しみながら死んでいった。二月に乗り組んだばかりの辻少尉候補生も、艦橋で戦死した。また松井艦長は、右手を肩のところから失った。

その後、東京湾に入って、ものすごい歓声がわきあがった。何事が起きたのかと、士官室で横たわりながら気にしていると、青野主計兵が私のところへやってきて、「分隊士、敵機一機、私が撃ち墜としました」と、興奮まださめやらぬといった表情で語った。

占守型に始まった甲型エスコート艦列伝

戦争後期の苛烈な戦局に投入された急造護衛艦全タイプの実像

艦艇研究家　杉田勇一郎

第二次大戦中、日本海軍の海防艦は、船団護衛や対潜作戦に地味ながら大きな足跡を残したが、明治三十一年（一八九八）にはじめて海防艦なる艦種が制定された時は、旧式になった戦艦や巡洋戦艦などがこれに当てられ、その任務は沿岸警備的なものだった。

昭和五年（一九三〇）に締結されたロンドン条約によって駆逐艦の保有量が制限されると、それまで北洋で漁業保護などに任じていた駆逐艦を本来の任務にもどすため、警備任務に適した小型艦を同条約の制限外の要目で、海防艦として建造することになっていた。その結果生まれたのが、その後の一連の海防艦の原型となる占守《しむしゅ》型で、同型四隻が昭和十六年初期までに完成した。

そのつぎに計画された海防艦は、昭和十六年度戦時艦船建造計画（略称(急)計画）による択《えと》捉《ろふ》型で、本型ではじめて船団護衛艦としての性格があたえられた。つまり海防艦の性格は、二回にわたって改められたわけである。

占守型以降の海防艦は、上記の択捉型につづいて島の名前を艦名とする御蔵《みくら》型、鵜来《うくる》型が建造され、さらに量産に適した一まわり小型の海防艦がこれにつづいた。最初は択捉型までが甲型、御蔵と鵜来型が乙型（鵜来型は改乙型とも呼ばれた）、一まわり小型の、番号を艦名とするものが丙型、丁型に分かれたが、のちに改乙型までが甲型に統一された。甲型は多少大型の海防艦、丙、丁型は小型艦で、しいていえば前者が駆逐艦や潜水艦の一等、後者が二等に相当することになろう。

ここで対象とするのは、昭和期にあらたに建造された海防艦のうちの甲型で、以下艦型ごとに記述する。

北洋警備が主任務だった占守型

上記のように、占守、国後、八丈、石垣の占守型四隻はロンドン条約の結果生まれたといえる海防艦で、同条約の制限外の性能（基準排水量二〇〇〇トン以下、一五・五センチ以下の砲を四門以内、魚雷は搭載せず、速力は二十ノット以下）で計画され、昭和六年度の略称㊀計画で一二〇〇トン型として要求されたが承認されず、昭和十二年度の㊂計画ではじめて四隻が認められた。

㊂計画は条約失効後の最初の建艦計画で、戦艦大和型、空母翔鶴型など多数の新型艦艇をふくみ、総数七十隻におよぶはなはだ大規模なものだったため、新しい海防艦の基本計画以下は、三菱重工に発注された。まとめられた要目は別表のとおりで、ほかに北洋における荒

海防艦要目一覧（新造計画時）　（第1表）

	占守型	択捉型	御蔵型	鵜来型	丙型	丁型
基準排水量（トン）	860	870	940	940	745	740
公試排水量（トン）	1,020	1,020	1,020	1,020	810	900
全長（メートル）	78.00	77.70	78.77	78.77	67.50	69.50
水線長（公試、メートル）	76.20	76.20	77.50	76.50	66.00	68.00
最大幅（メートル）	9.10	9.10	9.10	9.10	8.40	8.60
深さ（メートル）	5.30	5.30	5.30	5.34	5.00	5.20
吃水（公試、メートル）	3.05	3.05	3.05	3.06	2.90	3.05
速力（ノット）	19.7	19.7	19.5	19.5	16.5	17.5
軸馬力（HP）	4,050	4,200	4,200	4,200	1,900	2,500
航続力（ノット／カイリ）	16／8,000	16／8,000	16／5,000	16／5,000	14／6,500	14／4,500
主機（型式×基数）	22号10型D×2	22号10型D×2	22号10型D×2	22号10型D×2	23号乙8型D×2	改A型(T)×1
軸数	2	2	2	2	2	1
缶（型式×基数）	＊艦本ホ号×2	＊艦本ホ号×2				艦本ホ号×2
燃料搭載量（重油満載トン）	220	200	120	120	106	240
備砲（口径cm、連装数×基数）	12Ⅰ×3	12Ⅰ×3	12(高)Ⅰ×1　Ⅱ×1	12(高)Ⅰ×1　Ⅱ×1	12(高)Ⅰ×2	12(高)Ⅰ×2
機銃（口径mm、連装数×基数）	25Ⅱ×2	25Ⅱ×2	25Ⅲ×2	25Ⅲ×2	25Ⅲ×2	25Ⅲ×2
爆雷投射機（型式×基数）	九四式×1	九四式×1	九四式×2	九四式×2 三式×16	三式×12	三式×12
爆雷装填台（型式×基数）	三型×1	三型×1	三型×2			
爆雷搭載機（型式×数）	九五式×18	九五式×36	九五式×120	九五式×120	二式×120	三式×120
電探（型式×数）				22号×1	22号×1	22号×1
乗員数（計画定員）	147	147	150	150	125	141
第1艦完成年月日	昭15・6・30	昭18・3・23	昭18・10・31	昭19・6・27	昭19・2・29	昭19・2・28
完成同型艦数	4	14	8	29	53	63

（出典：丸スペシャル No.28 1979年6月　潮書房発行）　（＊印は補助缶）

天航行と着氷を考慮して十分な復原性能を持つこと、海氷との接触を考慮して船体水線部付近は耐氷構造とし、船体の相当の長さにわたって下甲板までをダブルハルとすること、耐寒設備を完備し荒天時または結氷時の前後交通路を確保することなどの要求を満足しており、本型の性格を特徴づけていた。

船体はそのころ小型艦で多用されていた船首楼型で、艦橋構造は駆逐艦睦月型や若竹型ほどではないが船首楼端からややはなして配置され、つづいて後方に連続した甲板室が設けられていた。これは状況のいかんにかかわらず前後部間の交通路を確保するためで、当時、駆逐艦にもこのような荒天通路はなかったから、いきとどいた配慮というべきであろう。

船首のプロフィールは従来の艦艇と同様、二重曲線でS字型になっており、乾舷は比較的高く、中央部舷側には軽いタンブルホームがつけられていた。舵は半釣合式だった。

艦橋は常識的に考えると船首楼上に設けたほうがよさそうだが、艦橋位置まで船首楼を延長しても、あるいは艦橋を前に出しても（この場合は後部の甲板室部が長くなる）重量が増加する。念のいったタンブルホームとともに、上部重量軽減のために考えられたものかと思われる。

水線部舷側は耐氷上かなり厚板を使用しており、下甲板までは上記のようにダブルハルだったりして構造的にはかなり凝《こ》っており、したがって船殻重量が比較的大きく、工数も多かった。北洋警備が主任務だったから当然とも思えるが、戦時護衛艦を考慮した試作艦的なふくみが本型にあったとすると、やや不可解な点がないではない。

主機はディーゼル二基二軸で、燃料消費量が少ないため、航続距離は当時としてはかなり大きく、駆逐艦の倍近いが、これはマトをえた選択だったといえよう。もっともあとに述べるように、ディーゼル推進艦はタービン艦にくらべ、自艦水測兵器の捜索能力におよぼす悪影響が大きいことがわかったが、当時ここまでの配慮をもとめるのは無理だったであろう。なお機械室前部には補機室をもうけ、解氷や暖房用の蒸気をつくるための補助罐二基が搭載されていた。

兵器は一二センチ三年式の単装平射砲が船首楼上、後部の上部構造上および後部上甲板上に、また二五ミリ連装機銃が艦橋両翼にそれぞれ一基あて配置され、対潜兵装として後部に九四式爆雷投射機（Y砲）が一基、投下台六基、爆雷十八個が搭載されていた。ただし水測兵器は、区画のみを設けて後日装備となっていたから、爆雷数の少ないこととあいまって、対潜能力は微々たるものだった。

これらも、警備任務上からはまずまずのものだったが、対潜対空能力を護衛艦に求めていたとすれば、ものたりないところである。なお当初、備砲は一二・七センチ高角砲四門という要求があったようで、これだとかなり強力な対空護衛艦になったであろうが、平射砲にあらためられた経緯は明らかでない。

本型は太平洋戦争時、占守をのぞいておおむね北方海域で行動し、戦局の進展にともなって対潜・対空兵装を強化した。前者は昭和十七年の探信儀の装備と爆雷搭載量の増加（三十六個）、十八年以降の爆雷六十個への増加、艦橋前面に八センチ対潜迫撃砲の新設。後者は機銃の三連装五基（船首楼後端に一基、艦橋脇の連装を三連装に換装、上構上の中央部両舷に一基あて新設）への強化、電波探信儀（前檣に二二号、後檣に一三号）の新設で、これらにともなって当初装備されていた掃海具は撤去された。

占守型の建造当時、海防艦は軍艦だったから艦長室は駆逐艦のそれよりりっぱで、艦首には御紋章がとりつけられていた。また艦橋と煙突の間の中心線上に七五センチ探照灯をそなえ、そのため直後の煙突は後方に強く傾斜し、その上部は後方照射界をひろげるため、幅がしぼられていた。その結果、艦影は、いま一つ洗練さに欠けるものがあったように思われる。

占守型をほぼ踏襲した択捉型

占守型の建造された㊂計画につづく建艦計画は、昭和十四年度の㊃計画、十六年度の㊍計画で、占守型のつぎの海防艦はこの㊍計画で建造されることになった。これが択捉《えとろふ》型である。おもな任務は商船護衛になったが、軍令部の要求性能などは占守と同型ということであった。

しかし占守型は既述のように凝った設計で工数も多いため、一時その簡易化が検討されたが、全面的な改正となると図面作成に時間がかかり工期をおくらせるため、変更は比較的小範囲にとどめられた。

すなわち艦首尾形状の変更（プロフィールを傾斜した直線とする）、舵型式の半釣合型から釣合型への変更、艦橋形状の変更（前部の張出しをなくし前面プロフィールを直線とする）、煙突上部のしぼりの廃止などである。

艦首は、占守型の線図の艦首前端と、計画吃水線と船首材の交点を直線で結び（上端はわずかに曲線になっていた）、艦尾は吃水線の後端で垂直にあげたため、後方へのオーバーハングがなくなって全長が三〇〇ミリ減った。しかし、これらによる工数の減少はわずかなもので、舵型式の変更による後部船底形状の変更（半釣合舵は舵支持部を設けるため船底が複雑な形状になっていたが、吊下式の釣合舵になったためその必要がなくなり、船底のプロフィールは機械室後部付近から艦尾まで、ほぼ直線で構成されることになった）と、これにともなう構造の簡素化が、もっともメリットが大きかったと思われる。

主機は占守と同じ二十二号十型ディーゼルだが、毎分回転数が五二〇から五一〇にさげられ、馬力が五四〇〇から五二〇〇に減っている。ただし速力は十九・七ノットで変わらない。航続距離も同じである。ほかに方位測定用アンテナ位置の変更（前檣と探照灯の間から探照灯直後に移設）、艦内区画の一部変更などがあったが、これらは占守型の使用実績などによるもので、工数低減とは関係がないようである。

兵装は爆雷が十八個から三十六個に増加されたほか占守と同じで（探信儀および聴音機は就役時から装備されていたと思われる）、最初から護衛艦として要求されたにしてはこれももの足りない気がするが、そのころ英海軍で同様の目的のために建造されていた「河」級フリゲイトや「花」級コルベットも、最初は似たような性能だった。計画番号でＥ一九と呼ばれた本型の基本計画は、昭和十六年秋にすんでいる。そのころヨーロッパでは、ドイツの潜水艦とイギリスの対潜部隊が大西洋を舞台にはげしく戦っていたが、日本はまだ太平洋戦争に突入しておらず、潜水艦や航空機の脅威がそれほど深刻なものとは考えられていなかったことを示すものであろう。

㊟計画で認められた海防艦は三十隻だが、択捉型として建造されたのは十四隻で、昭和十八年三月から十九年二月にかけて竣工し、就役中に対潜・対空兵装が強化された経緯は占守型と同じだが、後期建造艦には二二号電探を装備するため、最初から前檣を改正したものがあった。また本型の一隻である干珠《かんじゅ》は、最終的に二番砲を撤去し、この付近の上構上の両舷に二五ミリ連装および単装機銃各一基を装備し、機銃を合計二十一梃としている。

同様の改造は、少なくとも択捉にも実施されたようだが、戦争末期には機銃の大幅な増強が急務で、駆逐艦以下の小艦艇では、そのために備砲の一部の撤去も代償重量としてやむをえないとされたようだから、ほかにもこのような改造を実施した艦があったかもしれない。

ちなみに海防艦は、昭和十七年軍艦籍からはずされたため、本型以降は御紋章を最初からつけなかった。

甲型海防艦・占守。荒天下の北方警備が主任務だが、艦首に御紋章があった

写真上より順に、甲型の択捉。乙型・御蔵(中)。下は改乙日振型(鵜来型の船体に御蔵型の兵装を踏襲して搭載)6番艦の四阪

本型は択捉、松輪、佐渡、隠岐、六連、壱岐、対馬、若宮、平戸、福江、天草、満珠、干珠、笠戸の十四隻で、当初の目的どおり護衛任務に主用され、七隻が戦没した。

兵装を大きく改めた御蔵型

御蔵《みくら》型は既述の㊥計画、昭和十七年度艦船建造補充計画のうちの改㊄計画で建造された三代目の海防艦である。昭和十八年十月から二十年四月にかけて十七隻が完成、二隻が未成に終わった。

ただし本型は後記のように、九隻目の日振《ひぶり》から、兵装は同じのまま船体がつぎの鵜来型に改められ、計画番号も御蔵のE二〇からE二〇bになり、建造中は三三一号艦（のちに日振と命名）型とよばれ、御蔵の乙型にたいして改乙型とも称されていたが、のちに御蔵型に統合され、甲型に統一された経緯がある。ここではそのうち本来の御蔵型といえるE二〇型の御蔵、三宅、淡路、能美、倉橋、屋代、千振、草垣の八隻を中心に述べる。

本型は択捉型の兵装を大きく改め、耐寒耐氷設備を廃止したもので、前者については備砲を同じ一二センチ砲三門ではあるが高角砲のA型改二単装砲（前部。楯付）、改三型連装砲（後部。楯無し）各一基とし、弾薬は択捉型の一門一五〇発から二五〇発に増加し、爆雷投射機を二基に、投下台六基を艦尾の投下軌条二条に改め、爆雷を一二〇個へと大幅に増大している。これらによって本型の装備は本格的な護衛艦用になったといえよう。

また耐寒設備などがなくなったため補助罐がなくなり、このため前部の罐の排気とディーゼル主機の排気をまとめる必要もなくなって煙突は後部寄りに移設され、気になる強い傾斜もなくなった。また水線部の板厚がふつうの艦艇なみにもどされ、前後を連絡する上構内の閉囲された通路も廃止されて、上構は必要な個所にのみ残されることになった。ただし機関部のダブルハル構造は残された。

また爆雷増備のため、燃料タンクの一部が爆雷庫に変更されたりした結果、燃料、したがって航続距離が減少し、兵装重量の増加や機関部重量の減少などもあって、固定バラストが搭載されたが、船体の一般的構造は溶接の範囲がふえた以外は大きく変わっていない。それでも建造工数は択捉型よりさらに減ったといわれる。

外形でみると、前後部の線図がやや改められ、艦橋前面に弾薬供給所が設けられて船首楼と艦橋構造が連続したかたちとなり、探照灯と方位測定用アンテナを上部に設けた方位測定室と、煙突をふくむ後部上構がそれぞれ独立し、後部砲スペースが従来の二、三番砲のあたりに広くなり、艦尾の左右に張り出しが設けられて、そのうえに単艦式大掃海具が搭載された。

本型の戦訓による兵装の変更は、艦橋前部への八センチ対潜迫撃砲の新設、機銃と電波兵装の強化などで、機銃は後部上構上の左右と後部に三連装各一基、艦橋前面に単装一基の追加が標準だった。これらにともなって掃海具が撤去されたが、なかには異なる装備配置をとった艦もあったようである。たとえば三宅は、後部上構上両舷に単装各三基、後端に三連装一基、その脇の上甲板両舷に単装一基あて。終戦前にさらに単装二基を追加した。

日振以降は、既述のように船体が鵜来型になったものである。事実、日振の着工は昭和十九年一月で、鵜来の着工の十八年十月より約三ヵ月遅いのである。したがって日振、大東、昭南、久米、生名、四阪、崎戸、目斗、波太の九隻は公式には御蔵型だが、実質的には改御蔵型なので鵜来型とする分類もある。また違いを分かりやすくするため、この九隻を日振型と呼称する考え方も存在している。なお、御蔵型八隻のうち五隻が、日振型は九隻のうち四隻が戦没している。

急速建造のため船体構造を簡略化した鵜来型

鵜来《うくる》型は甲型の最後になった海防艦で、昭和十八年度戦時艦船建造計画の㊖計画によって終戦までに鵜来、沖縄、奄美、粟国、新南、屋久、竹生、神津、保高、伊唐、生野、稲木、羽節、男鹿、金輪、宇久、高根、久賀、志賀、伊王の二十隻が完成、二隻が未成に終わった。本来はさらに大量に建造されるはずだったが、主機などの生産がまにあわず、また戦局も変化したため、これで建造がうちきられたのである。

本型の兵装は対潜・対空護衛艦としてほぼ充実した御蔵型とおおむね同じになったが、船体は主要寸法こそあまり変わらないものの、内容的には一新されて急速大量建造に適したものとなっている。

たとえば線図を全面的に改めて工作のめんどうな二次曲線を極限し、大部分を簡単な平面あるいは一次曲面で構成したこと（水槽試験の結果、柱形肥瘠曲線を、曲面の線図で構成され

鵜来型7番艦・竹生(19年12月竣工)。写真は戦後、鵜来、新南、日振型の生名と共に掃海作業の後、気象観測船をへて海上保安庁巡視船になった当時で、船体や艦橋に名残りを止めている

た従来の船型からかえなければ、全速近くの抵抗はほぼ同じ、巡航付近で五パーセントていどの増加ですむことが判明した。本型の線図を正面から見ると、曲線になっているのは船底から舷側への立ちあがり部——ビルジ部のみである)、板や型材の種類をへらし、かつその規格を艦艇よりゆるやかな商船用にしたこと、肋骨の間隔をひろげてその数をへらしたこと、ダブルハルの部分を機関区画のみとしたこと(ただし構造は御蔵型よりずっと簡略化された)、溶接を広範囲に採用しブロック建造を配慮したことなどである。

これらは、平時には考えられないような徹底した措置だったが、たとえば溶接の採用、ブロック建造方式などは戦後一般的に普及し、船尾を平面で処理する方法なども、戦後の艦船ではめずらしくなくなっている。

艤装については居住区画の大部屋化、不燃化をかねた調度の大幅な簡素化、舷窓を極力廃止したことなどである。これらの結果、工数は占守型の半分弱、択捉型の六割、御蔵型の七割強と見積もられたが、実際はさらにその七割強にまで減少したといわれる。

E二〇bの船体を外部からみた特徴は、船首楼外板のフレアーが上甲板の部分で折れた直線で構成されていること、船底のビルジ部が船尾付近で水線上にまで明瞭にでていることである。工作の簡易化としてはこのほか艦橋や煙突の形状を、曲面でなく平面で構成するようにしたこと（煙突は傾斜もなくした）が目につく。

兵装では、機銃が計画時は艦橋脇に三連装二基だったが、まもなく三連装三基（後部上構上）と単装一基（艦橋前面）が増備された。また、爆雷投射機は三基になっていたようだが、後期の艦は、中心線上の爆雷運搬軌条をはさんで片舷八基あての三式投射機（K砲）と、艦尾に連続して爆雷投下軌条を設け、運搬軌条へは前端の揚爆雷装置により、爆雷庫から機力で連続的に揚弾する方式を採用し、これらによって一時に投射可能な爆雷数は最大二十五個となり、そのうえ発射間隔も短縮された。

揚爆雷能力は一分間六発ということだから、理想的にいけば、三分たらずの間隔で十六発の斉射が可能だったことになる。当時の連合国側のヘッジホッグやスキッドのような前方投射能力はなかったが（既述の八センチ対潜迫撃砲はあまり有効でなかった）、従来にくらべれば対潜攻撃能力がいちじるしく強化されたといえるであろう。

対潜攻撃力の強化にともなって、探知能力の向上もはかられた。当初は九三式一型探信儀一基、九三式二型聴音機一基だったが、まもなく前者が三式二型二基に改められた。またタービン推進の丁型が出現すると、ディーゼル艦の聴音能力の低いことがあきらかになり、鵜来型の一隻である保高の主機を防振間座を介して船体に装備し、未装備の同型の奄美《あまみ》と比較したところ、可聴距離が三倍になったといわれる。

昭和十八年末からは、海防艦を中心とする対潜艦艇の所要補機に防振対策をほどこすことになったようだが、主機の防振とともに、実際上どのていど施工されたか明らかでない。本型は昭和十九年七月から二十年七月にかけて、既述のように二十隻就役したが、その出現した時期がおそかったためか戦没艦は四隻と比較的少なく、損傷状態だったものをふくめれば十六隻が終戦時残存していた。

ちなみに鵜来型の船型や構造、艤装上の考え方ならびに兵装は、艦の大きさや装備数は異なるものの、一まわり小型で同時期に計画建造された海防艦丙型および丁型に、そのまま踏襲されている。冒頭のように海防艦は、戦時中おおいに活躍したが、そのなかでも鵜来型は丁型駆逐艦とともに示唆にとむ設計だったといえよう。

にっぽん海防艦〝乗員&人材〟ものがたり

護衛艦艇乗員はシロウト軍人多しといえど敢闘精神は劣らず任務遂行

三十五突撃隊・海軍二等兵曹・艦艇研究家　正岡勝直

太平洋戦争の開戦前、世界最大の海軍国であるアメリカ海軍を仮想敵国とする日本海軍は、対米開戦ともなれば、即戦即決による艦隊決戦いがいに勝利を得ることは不可能であると、年度出師《すいし》準備計画の策定にたいし、それを基準とする軍戦備計画をおこなってきた。

開戦後、戦争遂行上不可欠である重要資源物資の産出国を占領した日本は、これらの物資の還送に民間船舶のみならず、作戦終了後の陸海軍徴用船まで日本に帰投するさい、その船腹を利用した。当初は予想を下まわっていた船舶の被害が、昭和十八年の中期以降になって急増する戦況下、資源物資の還送の船舶保護は、戦争の運命を決定するかなめとなった。

開戦時、護衛艦に充当できる艦艇は、四隻の海防艦のほか旧式駆逐艦、水雷艇などで、不

正岡勝直二等兵曹

足する戦力を特設艦艇でおぎなう状況であった。各海域での船舶被害の続出に、海軍は海上護衛隊を編成し、所要海域で船団護衛をおこなったが、アメリカ潜水艦の本格的な反撃にたいし、配属される艦艇の絶対的不足は、船舶護衛の前途に危機をふくんでいた。

海軍は、かねてより策定していた軍戦備計画にもとづく方針から、平時における教育は海軍兵学校にみられるように少数精鋭主義であり、下級幹部である下士官への配置にたいしては、術科学校での普通科練習生、高等科練習生の難関を突破した有能な要員を育成してきた。さらに連合艦隊などに配属して、月月火水木金金の休みなき猛訓練によって人的軍備を充実していった。

しかしながら海軍としては、戦時にさいし乗組員の増勢は必須であることを想定して、明治時代より海軍予備員制度を制定し、高等商船学校卒業者の予備士官任命制度、さらに商船学校卒業者の予備下士官任用などをおこなう目的で所定の軍事教育を実施し、各戦争でかずかずの実績をかさねてきた。そして昭和十二年七月以降の戦局にたいし、海軍は全面戦争に拡大する危機を想定して予備士官の召集をおこなった。しかし、当時はあいつぐ艦艇の竣工、特定艦船への船舶徴用による艦船の増勢に、初級士官の不足が露呈するにいたった。

そこで、予備士官の増員を水産講習所遠洋漁業科卒業者にまで拡張して、昭和十五年より実施したが、絶対数の不足は、大学生に好評であった昭和九年創設の飛行予備学生制度を一般兵科まで拡大して、翌十六年十一月に兵科予備学生制度を制定した。これは、もともとの予備員の制度とは異なり、戦争にそなえた速成士官養成が目的で、それまでの予備士官制度とは同一視できなかった。とはいえ、予備士官にかわりはなかった。予備下士官増員には、昭和十四年度から商船学校、海員養成所を増設することによっておしすすめた。

日本は、男子が二十歳になると徴兵検査をうける義務があった。この検査は陸軍が担当し、体格のよい者は優先的に陸軍にとられる要素があった。そこで、メカニック的な海軍としては、志願兵制度を活用して、体力のみならず学力もそなわっている若者を募集して下士官への門戸をひらき、海軍は独自の方法で、徴兵検査をへないで、よりすぐれた若者を兵力としたのであった。

昭和十八年九月、徴兵猶予停止にともなう臨時徴兵検査にさいしては、海軍のはなばなしい戦果に憧憬する学生が、海軍側が予想する以上に入隊を希望した。というのも、学生にとって海兵団での基礎教育がおわれば、予備学生になれる希望があったからだ。

一方、海軍は増勢する艦艇のみならず、陸戦関係の諸部隊への配員が急務であり、また戦況の悪化にともなう戦死傷者の欠員補充もあり、補充兵役、国民兵役の者まで対象としなければならなかった。入隊する者のなかには、中等学校以上の学歴を有するものが多く、海軍ではこれらの人々の能力を生かす方策として、このなかから選抜して、不足する下士官任用への速成充足のため、昭和十九年一月に下士官候補者制度を制定した。

しかしながら、海軍ではすこしでも高学歴者を希望する方針で、受験資格者を、当初は専門学校令による学校、または、これ以上の学校に在学した者に限定した。この方針は、学徒動員で入隊したが予備学生選考にもれたものを下士官に充当するふくみもあった。

昭和20年6月、米潜の雷撃により船首楼甲板を失ったまま佐世保で終戦を迎えた択捉型14番艦・笠戸(19年2月竣工)。艦橋と船首楼が分離している様子がわかる。艦橋前に8cm 迫撃砲を利用した対潜前投砲。艦橋脇と前方機銃台上にキャンバスに包まれた3連装機銃。右の12cm 砲は駆逐艦春風

余談ではあるが、第十四期飛行専修予備学生の基礎教程終了後に罷免された者は、総員が館山砲術学校にあつめられ、己れの知らぬまま特第一期下士官候補者に命ぜられて、砲術科下士官の道を歩かされていた。

シロウト艦長の敢闘精神

日本海軍は開戦直前の昭和十六年十一月、海防艦三十四隻建造を議題にしていたが、この計画は、すでに七月ごろの戦備計画に策定されていたと思われる。開戦後の昭和十七年二月、四隻が民間の造船所で起工されたが、当時、造船所は船舶の工事がかさなりあい、次艦の起工ができなかった。そこで、起工中や準備中の船舶工事をきりすてて海防艦建造にきりかえ、十三隻が昭和十七年度中に起工されたが、三隻が竣工するにとどまった。

海防艦建造に拍車をかける海軍は、昭和十七年六月、三十四隻の増勢を決定し、さらに護衛艦拡充の方策は昭和十八年四月になって三三〇隻の大量建造が協議されるなど、艦船建造緩急順序でも、海防艦を第一にする護衛艦建造最重視の体制となって、昭和十八年度は五十隻あまりが順次竣工し、護衛兵力が増勢されるにいたった。

艦型は戦時急造の簡易型で、性能の低下はしのぶことにしたが、戦訓のなかから、八〇〇トンたらずの小艦にしては兵装が強化され、主砲は高角砲に、機銃は四梃から二十二梃に、爆雷も十八個から一二〇個に増備された。さらに対潜用の迫撃砲を艦橋の前に装備するなどのほか、対空、対潜用の電探、水測兵器など護衛艦の主力にふさわしい兵装をもって、船団護衛の完璧をはかった。

こうして占守型をのぞく一六六隻が戦中に竣工した。これは艦隊の中核である駆逐艦の同期間中に竣工した隻数の二倍以上で、海軍が海上護衛を軽視したということはできない。しかし当時の日本の国力、艦船の建造能力が、その竣工時期をおくらせ、それが戦況の好転にむすびつかず、また不足する乗組員の充当に幹部以下、兵員にいたるまで艦と同様に、戦時の速成教育と訓練では戦果を期待するのは酷であると信じるものである。

開戦前、すでに竣工していた占守型は軍艦に類別され、艦長は古参の中佐級であったが、昭和十七年七月、海防艦として独立し、艦長は少佐、大尉級になり、格下げによる定員令に準拠して、士官も十三名より二ないし四名減となった。これは不足する士官要員確保のためとともに、すでに予備士官が掃海艇や駆潜艇の艇長で成功している実績からの措置であり、責務は予備士官にゆだねられるまでになった。ただ、先任将校は艦の運営上、兵学校出身者が有効であるとの思想から、砲術長に配置したほかは、予備士官や特務士官を配員し、下士官は現役のみならず、応召をとりまぜて所要の配置にあてる状況であった。

昭和十九年になると、毎月数隻ずつ竣工するまでになったが、人的損害がしだいに増加し、乗組員の不足をきたすにいたった。したがって乗組員不足から予備士官のほか、速成教育で任官任用された士官、下士官兵で海上護衛の任務にあたる海防艦すらでるようになった。

戦後、旧海軍軍人で戦時中の予備士官の指揮法にたいし、批判的な見方をする人がいる。実際には予備士官は艦艇の乗組員として勤務するように教育され、砲術学校でも銃隊教練や主力艦の副直将校見習のほか、精神教育をうけたものの、独立した指揮官としての教育などうけていなかった。ただ、日中戦争以後、それまで商船の船長や一等航海士の経験者が海軍に応召され、戦闘の洗礼をうけながら、指揮官としての責務を身につけた貴重な体験が開戦後、小艦艇の艦艇長として現役士官にまけずに指揮官としての任を果たしてきた。

しかしながら、陸上生活が長い人や、海上経験の少ない船員まで、不足する幹部要員として海防艦に配乗させねばならない現状は、旧軍人が指摘するように、熾烈な戦況下では適切な号令などつぎつぎに出ないのも無理からぬことである。

また海軍での経験、素養のあさい身が百余名の生命をあずかり、さらに船団護衛の重責の前に立ちすくむ思いになるのも当然であったと思われる。

とはいうものの、その場に直面すれば、兵学校出身の現役士官もおなじ人間、であれば、差こそあれ、予備士官と心情的にはおなじであったと思われる。

ただ、兵学校出身の現役士官には、いわゆる「娑婆気」がなく、兵学校の長くつづいた伝統につちかわれてきた共同体的心理状態の基盤の上で活動できる安心感が、はたからみれば勇敢にうつったにすぎない。

伝統の異なる東京、神戸両高等商船学校の出身で、実務も毛色の異なる民間の海運会社で勤務していた予備士官と比較することはできないが、勝ち抜くために戦う敢闘精神にたいし、優劣をつけることはできないであろう。

終戦を迎えた丙型海防艦。復員輸送に従事するため日の丸が描かれている

娑婆気いっぱいの艦内

昭和十九年中期以後、予備学生出身のにわか少尉が各術科学校でかずかずの戦訓から生まれた新しい教科や実習を身につけて、砲術士、航海士、機雷士、電測士となって着任し、現役のベテランである特務士官とともに活躍するのが見られるようになった。

彼らの配置は、直接兵員を指揮する立場にあり、学生気分がまだのこる行動は、仕える艦長にも船乗り気質をよびもどし、駆逐艦などのように士官以下総員が現役で配置された艦とは、一味も二味も異なる風景が生まれ、なごやかな艦内に変身した。だから、こうした風景をみた現役士官は、軍人精神が皆無となげいたと想像される。

しかし、戦争の真っ最中、死と直面している状況下において、まして重兵装のため、定員が増加してせまい居住区に起居する乗組員、とくに艦の手足となって自分の配置で命じられた任務を忠実に実行する下士官兵にとって、自分の命をあずけているからには、艦長以下、士官の言動には全神経を集中せざるをえない。

海軍の正統派でない士官連が、和気藹々《あいあい》、娑婆気が多くとも、人艦一体のきずなが艦の生命を左右した。

下士官は応召が多く、ともすれば予備士官に冷ややかな目をむけがちであった。そこへ下士官候補出身の善行章もないにわか下士官が、予備学生と同様に最新の兵術を身につけてくわわってきた。とくに砲術科出身者は高角砲、機銃、測的などいちおう習得し、手旗のみならずモールス符号も習得しているなど、兵員のなかでも特異な存在は、日々死と隣り合わせの居住区に新風を吹きこんだ。

兵は、ほとんどが陸軍からまわされた補充兵や国民兵など年配者が多く、なかには泳ぎのできない者もいるありさまであった。

彼らにたいし、あたたかい配慮をしたのは、下士官として軽視の目がそそがれる下士官候補出身者で、学徒出陣で海軍にはいり、一方は士官、己れは下士官の身分の差を、彼らの立場におくことで慰めていたのであろう。

しかしながら、対空戦闘ともなれば、四基のそれぞれの機銃員長として、予備学生出身の砲術士の指示をうけ、的針棒を右手いっぱいにのばして、飛来する敵機に「射て」の号令をかけ、全艦一体となって護衛の任に邁進した。

昭和二十年三月下旬、対潜掃討や船団護衛に出入港する艦艇の姿は、佐世保軍港での日常風景であった。その日もいつものように一隻の海防艦が任務をおえ、岸壁に近づいてきた。

見れば艦橋の左舷前方に、白ペンキで潜水艦を撃沈したことをしめすマークが描かれていた。

その海防艦は第二十二号海防艦で、撃沈にいたる経過には、一つのエピソードが秘められていた。同艦が、対潜哨戒の任務をうけた海域は、日本と大陸をむすぶ重要な航路上で、移動哨戒を日夜続行中のある夜間、突如として艦内電信室の受信機は、三隻の米潜のあいだで米語のスラングをいれた隊内電話で交信をおこなっているのを傍受した。電信員は艦長に報告したが、判断にこまった艦長は、一人の二等下士官を呼びこんだ。

彼はアメリカ系の二世で、日本に留学中、学徒出陣で予備学生に任ぜられたが、二世なるがゆえに基礎教育終了後に罷免され、下士官候補者をへて二等下士官となって乗り組んでいた。カリフォルニア州出身の彼にとって、スラングは彼の理解するところであり、ついにその一隻を爆雷攻撃でみごと撃沈する戦果をあげた。

こうして彼は、兵員の最高の栄誉である特別善行章をうけたのであった。

副長が見た占守型「国後」と北方護衛作戦

暖房設備と造水蒸化器完備で主砲も機銃も撃たず戦死者なしの生涯

当時「国後」副長・海軍大尉　相良辰雄

国後《くなしり》ほど、不思議な生涯を送った軍艦も珍しい。元来、他の姉妹艦たる占守《しむしゅ》、八丈、石垣の三隻と時を同じくして、昭和十五年から十六年の間に、北方海域向けの海防艦として竣工、就役した新造艦であった。基準排水量八六〇トン。小艦ではあるが、新型のディーゼルエンジン二基を装備し、燃費良好、航続力長大、速力約二十ノットで復原力はすこぶる大きい。つまり、荒天航海に適した優秀な艦であった。いかなる荒天時といえども、艦首から艦橋艦尾にいたる甲板下の通行が可能であった。

また艦内は密閉状態で、暖房設備が完備していた。ことに艦橋の周囲には蒸気パイプが張りめぐらされ、さらに艦橋当

右より大田前艦長、川島艦長、直江航海長、相良副長

直員の足もとには蒸気パイプを敷きつめたうえに、木造のグレーチングがかぶせてあった。したがって、外はどれほど寒気がきびしくとも、艦内は常時、小春日和の暖かさを保っていたものであった。

加えてこの艦の特長は、強大な造水能力をもつ蒸化器を装備していたことである。小艦艇の欠点として真水が欠乏するのが常であったが、国後（占守型四隻の二番艦。昭和十五年十一月竣工）にはまったくその心配はなかった。

さらに、ディーゼルエンジンであるため、行動用の燃料が他の艦艇にくらべて安上がりであった。その反面、平常用燃料として、暖房や食事用、入浴用等に充分ふりむけられたので、燃料さえあれば蒸化器で水をつくることができた。したがって、乗員は碇泊中は毎晩、入浴可能であった。このことは、北方海域行動中の他の艦船、ことに第一駆逐隊（神風、野風、沼風の旧式駆逐艦）からは羨望の的であった。

なかでも特筆したいことは、小艦ながら国後の艦種が軍艦であったことである。これが乗員の一番の自慢と誇りであった。軍艦の種類には、大は戦艦（巡洋戦艦）、航空母艦（以上を主力艦という）から重巡洋艦、軽巡洋艦、水上機母艦、潜水母艦、測量艦、敷設《ふせつ》艦、海防艦（磐手、八雲級の旧装甲巡洋艦のほかに国後、石垣、八丈、占守の新造艦）、砲艦（旧式河用砲艦保津級を含む）におよび、その特色は各艦ともに艦首に金色燦然《さんぜん》たる菊花の御紋章が輝いていることである。その艦長公室には天皇、皇后両陛下の御真影が奉安されてあり、金庫には御勅諭が下賜されていた。

海軍に所属する艦船としては、軍艦のほかに次のものがあった。すなわち戦闘用艦艇としては、補助艦艇といって潜水艦、駆逐艦、水雷艇、駆潜艇、掃海艇、敷設艇などがあり、これらは軍艦旗を掲げてはいるが、軍艦ではない。したがって艦首に御紋章もない。ほかに特務艦といって、燃料や糧食の運送をする艦が多数あったが、これも図体はでかいが、軍艦ではない。

国後はわずか八六〇トンの小艦ではあったが、艦長の定員は大佐であり、これも乗員の自慢の一つであった。「国後を小さいといって馬鹿にするなよ。艏《みよし》の御紋章を見ろ。艦長は大佐が乗ってるんだぞ」と駆逐艦の乗員にたいし威張ったものである。

北千島の片岡湾という艦隊の泊地（作業のため碇泊する錨地のこと）に在泊中に、四大節に遭遇する場合、駆逐艦には御真影がないので、国後へ御写真奉拝（四大節の儀式行事の必須事項である）のため、各駆逐艦より乗員が陸続とやって来る。これも国後乗員の自慢の鼻《はな》が高くなる一因であった。

小さいときからの念願がかなって、兵学校に入って帝国海軍兵科将校となったからには、一日も早く艦艇長（指揮官）になりたいと思った。

「鶏口《けいこう》となるも牛後となる勿《なか》れ」と古語にいう。したがって、私は平生、小艦艇熱望を申し立てていた。そのかいあってか、二期の実務練習候補生時代、新少尉になって半年のみ巡洋戦艦金剛で、いわゆる「ガンルーム」士官生活を送ったが、それ以後は駆逐艦沢風、水雷艇鳩《はと》、海防艦国後とあいついで小艦艇勤務に恵まれた。

幸いにして体調良好で、船に強いことが立証された。駆逐艦沢風では浅間丸事件（昭和十五年一月二十一日、サンフランシスコから横浜へ向かった日本郵船の浅間丸が、千葉県の野島崎沖合三五〇浬の公海上で英軽巡リバプール号に停船命令をうけ、臨検された事件。船内にはドイツ人五十一名が乗っており、このうちの二十一名が兵役にある身として、英軍に拉致された。当時、英独は交戦状態にあり、この行為は国際法上は問題なかったが、日本近海で起きたので反英感情をあおった）に遭遇し、冬の中部太平洋の荒天に耐えて天測も立派にできた。

また水雷艇鳩では、先任将校として南・東シナ海の沿岸封鎖作戦にもよく任務を完遂できた。そして、今次の大東亜戦争では、開戦とともに国後砲術長として出征することになり、男子の本懐これにすぎるものなしと、感激したものである。

副長ならびに主計長を兼務

国後に着任して、まず驚いたことが二つある。第一は、「副長職務執行を命ずる」と艦長通達が出されたことである。菊の御紋章を艏《みよし》にいただいた立派な軍艦だから、副長の職務を執行する者を艦長が指名するのは当然であるが、二年目中尉の若造を誰も副長とは呼んでくれない。乗員は艦長をはじめみな、先任将校と呼ぶ。しかし、この通達により軍令承行令（艦の指揮権継承を定めた法令）による国後の次席指揮官がはっきりと定められたわけで、責務の重大さを痛感した次第である。

第二は、「主計長職務代理を命ずる」と達せられたことである。艦長の説明によれば、「国後は舞鶴鎮守府在籍だが、主計長は在来、舞鶴在籍の主計科特務士官または准士官が配員されていたが、今回、突如として他に転属となり、とうぶん配員不可能となったので、乗組士官のなかで最年少のゆえをもって、先任将校に主計長を兼務してもらうことに決めた。なお、資金前渡官吏の発令は上級司令部たる大湊警備府主計長よりあったので、あとで挨拶に行くように……」

金銭出納業務の指揮系統は、艦の指揮系統とはまったく別であって、資金前渡官吏としては艦長の指揮からはずれ、別に直接の上級者(大湊警備府主計長)から指揮を受けて仕事をするわけである。主計長の部下としては主計兵曹一名、主計兵二名がおり、俸給ならびに諸給与の業務を行なうから、主計長といっても大した仕事はないと思っていた。

ところが大違いで、毎月一回、艦長の金庫検査がある。長期行動が多いので、大湊海軍経理部から数ヵ月分の金員をあらかじめ前渡しされ、これを主計長が金庫に保管して出撃する。行動中といえども、毎月の俸給支給日(十八日)には本俸、航海加俸、戦時加俸等を各人ごとに計算して支給するので、金庫の現況検査は毎月実施される。これが一銭一厘、ピタリと出納が合わねばならぬ。ところがどうしたことか、これが一度としてピタリといったためしがない。足りないことが多いのには閉口した。その額が大したことないのを幸いに、主計兵曹に不足分を渡してすますことにしたので、艦長にはボロを出さずにすんだが、まったく割の合わない仕事であった。

国後の作戦行動は、大東亜戦開戦時において、室蘭港に在泊中の敵性国船舶の拿捕《だほ》にはじまった。所属は大湊警備府で内戦部隊だが、ひとたび命をうけて出撃すれば、第五艦隊司令長官の指揮下に入り、連合艦隊の北方部隊の一翼をになって北太平洋方面の戦地戦務に服するのである。

千島列島線をふくんで北太平洋方面の海洋気象は、ほとんど雪と霧にとざされた荒天の連続である。ローリング、ピッチング、ヨーイング、なんでもござれの警戒航行のうちで、もっとも注意せねばならぬのは、乗員の安全である。防寒服、防寒外套、防寒靴に身をかためて荒天中の哨戒直に立つ。水温は常時零度に近いから、海中に落ちたら一コロである。五分以内に凍《こご》え死んでしまうこと確実である。露天甲板には命綱を満遍《まんべん》なく張りめぐらし、万一の危険にそなえて見張りを厳にして、事故を防ぐため万全の注意を怠らない。

当直将校以下の当直員全員が、全神経を集中して艦と乗員の保安に努めたのである。おかげで、そのかいあって足かけ三年余におよぶ在任中、一名の人員事故もなかった。したがって、戦後のいま（昭和六十四年）に至るまで二十回におよぶ軍艦国後会を開催しているが、慰霊祭行事を実施する必要がない。一人の戦死殁者をも出してない珍しい幸運な艦だからである。つまり、靖国神社にご用のまったくない戦友会なのである。このことは他の艦には類のない現象なのである。

海防艦という艦種は大戦末期に急造され、船団護衛作戦に酷使された。その結果、粗製乱造された性能の悪さと相俟《ま》って消耗はなはだしく、大部分の海防艦が失われるにいたった。どれも国後とは比較にならぬ悲惨な最後をとげたのである。

アッツ島を出航する国後。排水量860トン、全長78m、速力19.7ノット

また、国後はその作戦行動が北太平洋の悪天候と戦う船団輸送護衛作戦がほとんど大部分であったので、霧と雪と氷の荒天航海に終始した。そのため一二センチ主砲はおろか、二五ミリ連装機銃の弾九一発も撃ったことがない。対潜作戦につかった爆雷のみが、唯一の消耗弾薬であった。

艦長臨時代理で大湊回航

私の在職中、三代の艦長にお仕えした。つまり艦長交代が、二度にわたってわずか半年間に行なわれたのである。

最初は昭和十七年十一月のことである。十一月五日、山崎部隊（アッツで玉砕）主力をのせた輸送船団を護衛して占守島幌筵海峡を出撃し、八日にアッツ着。十日、艦長北村冨美雄大佐が急性盲腸炎にかかった。早急に入院して手術しなければならない。その北村艦長から「木曽艦長は俺のクラスだから、軍医長、航海長を同行して、大湊への回航に関し指示を受けに行ってこい」と言われ、木曽艦長の川井巌大佐のもとへうかがった。

このころ私は八字ヒゲを生やしていたので、川井艦長は開口一番、「君は選修学生出身かね」ときかれた。

「かく見えましても兵学校六十六期でございますが」と申し上げたところ、「やあ、これは失礼。特務士官出身と思ったもんだから」と破顔一笑して、「最大戦速で之字運動で行くように。艦長は幸いにして小康を保ってる模様だから、艦長室に病臥のまま指揮をとるだろう。なにぶん頼みます。武運を祈る」と言われ、帰任の重大さを身にしみて感じつつ帰艦し、艦長に復命した。

「そうか、川井のやつ君を選修学生出身と間違えたか。相良君、これはのちのちまでもの語りぐさになるよ」と北村大佐も大笑いする。

出港してみると、北村大佐もやはり相当心配だったらしい。そばについて看護していた大石軍医長の述懐によれば、「艦長は寝ていても気が気でなかった様子ありありで、伝声管で艦橋の航海長を何度も呼び出して『大丈夫か大丈夫か』と言ってました。先任将校には悪いが、あんた、あまり信用されていませんでしたよ。艦長はほとんど眠れなかったらしく、そばのソファーで寝ていた私を夜半に何度も叩きおこして、閉口でした」とのことである。

さて、その大湊回航だが、艦長臨時代理をおおせつかった私は、在泊先任指揮官、木曽艦長の川井巌大佐の指示により、十二日に大湊へ向けてアッツ島を出発した。艦長北村大佐は艦長室に病臥のまま、軍医長の大石昇平軍医大尉が看護兵とともに付き添い、アッツ島で採取した自然の雪氷で艦長の患部を冷やしている。

艦は最大戦速にて之字運動を行ないつつ、敵潜にたいする警戒を厳にしながら航走する。私は薄氷をふむ思いで艦橋に頑張ること五日間におよんだ。その間、航海長の直江政治予備中尉(神戸高等商船)と二人で不眠不休の操艦をつづけ、十一月十七日早暁、薄霧につつまれた大湊に帰投した。北村大佐はただちに大湊海軍病院に入院され、やれやれとほっと一息ついた。大湊水交社で航海長と飲んだ祝盃のビールのうまかったこと。

なお、ついでながら選修学生について、少し触れておこう。

江田島の兵学校、舞鶴の機関学校、東京築地の経理学校には、それぞれの海軍生徒を教育する生徒隊のほかに、選修学生隊が設けられていた。これは横須賀、呉、佐世保、舞鶴の各鎮守府在籍の准士官(兵曹長)、一等兵曹で三十五歳未満の成績優秀者を選抜して選修学生を命じ、満二ヵ年間の学生教程を履修せしめる。そして、この課程を卒業した者(下士官で入学した者も在学中に准士官に進級せしめられた)は、兵科、機関科、主計科の初級士官(尉官)の代用として士官配置につかせられた。これを選科出身と略称した。

毎年、各鎮守府ごとに五名ないし十名が学科試験により選抜されることになっており、この教程を経た者は特務士官として異例の特別待遇を受けることになる。すなわち、各学校生徒出身士官の不足をカバーする配置に各学校出身士官と肩をならべて勤務する関係もあり、昇進のスピードも他の特務士官とはちがって早かったのである。したがって、全海軍の下士官兵の憧れの的であり、とくに若くして志願兵となり海軍に入った者たちにとっては、その思いが強かったといえる。

どうせ一生を海軍に捧げるのなら、なんとかして選科へ入り、たとえ小学校の義務教育しか出てなくても、江田島の選修学生教程で高等数学（微積分、球面三角等）を習うなどの素養を身につけて、生徒学校出身士官と肩をならべて海軍のお役に立てる身分になりたいと思うのは、当然であった。つまり平素の下士官勤務にとって、これほど希望と励みになるものはなかったのである。

敵潜には指一本ささせない

昭和十七年十一月十八日、新艦長の大田春男中佐（海兵四九期）が大湊防備隊副長より転勤発令となり、即日着任された。AO《アリユーシヤン》防備強化作戦続行中のため、二十一日、国後は新艦長の指揮のもと小樽に回航した。そして小樽陸軍暁《あかつき》部隊において、アッツ島増強陸軍部隊とその船団輸送護衛作戦の打合わせを行なった。

「平均速力六ノットの旧式貨物船（各二千トン）六隻に、護衛艦は国後一隻ですか？」と暁部隊側は不安の色をかくせない。それも無理はないが、大田艦長は胸をたたいて「国後は最新鋭の軍艦、敵潜水艦には指一本ささせないから安心しなさい」と大見得を切った。それでようやく各輸送船船長、輸送指揮官（陸軍部隊長）連中も、安心した面持になった。

十一月二十四日、船団六隻を護衛して小樽を出港し、敵潜出没の公算が比較的少ない千島列島線西側海面のオホーツク海を北上する。

二十九日早暁、濃霧につつまれた占守島片岡湾に入港する。ここまでで、目指すアッツ島まで半分の行程である。小樽から片岡湾までのコースだって決して楽な護衛ではなかった。なにしろボロ貨物船の平均最大速力はわずかに六ノットである。そのうえ、各船とも編隊航行は生まれてはじめての経験ときている。

小樽港外へのこのこと出て行き、それから単縦陣の一本棒をつくるのが大変なさわぎであった。しかもやっと一本棒になったと思ったら、各船の間の距離がバラバラで、伸びたり縮んだりする。

艦長の命により艦尾の小さな軍艦旗をおろして、合戦準備の号令一下、メインマストに四《よ》幅《はば》の一番でかい軍艦旗（この場合、これを戦闘旗と呼称する）を掲揚した。そして第一戦速（速力十四ノット）で、一本棒にのろのろと進む船団の先頭から末尾までの間を、猟犬のようにぐるぐる円を描くように航行する。

その間、一二センチ砲三門をぐるぐる旋回操作して射撃訓練を実演して見せると、各船ともに上甲板に鈴なりにならんだ陸軍部隊の連中から、期せずして「万歳、万歳」の連呼が起こる。よほど心強く感じてくれたのであろう。たった一隻の護衛艦なのに、メインマストの大軍艦旗が折りからの朝日に映えて、じつに頼もしそうに見える。彼らハダカ同然の、何の武装もないボロ貨物船にとっては、地獄に仏の思いだったのではなかろうか。

「海軍さん有難う。しっかり頼みまーす」と口々に絶叫する声が聞こえてくる。当直将校だった直江航海長が思わず「手空《てあ》き総員、帽振れーッ」と艦内に号令をかけ、涙ぐましい陸海相互の交換エールが現出したのである。

大田艦長のアイデアは、まさに効果抜群であった。もっとも艦長いわく、「俺たちは護衛してやる方だが、護衛される方にはなりたくないよなあ」と。まさに実感であった。

対空戦闘用具おさめ

占守島基地で休む暇もなく、十一月三十日、折りからの濃霧をついて出撃する。こんどは六隻の船団を二群に分けて、一群は僚艦の八丈《はちじょう》がこれを護衛し、残る三隻を国後が受け持ってアッツ島に向かう。大本営と艦隊の毎日発信する敵潜出没の警報によれば、アリューシャン方面の米潜水艦の活動は相当に盛んである。護衛対象は三隻に減って、たしかに目は届きやすくなったが、いよいよ敵潜伏在海面の真っ只中に乗り出したのであるから、乗員の緊張は大変なものである。

ソーナー（探信儀）のマスクをかぶる水中測的員は、耳と目をすましてブラウン管に映る音と像を細大洩らさずキャッチせんと懸命である。霧は相変わらず低くたれ込めて、視界はよくない。直射日光にお目にかからぬ日が何日つづくことか。気温は摂氏三度、海面は幸いにしておだやかだが、それだけにいっそう不気味である。

出港して第一日の夜が来た。艦橋で艦長、航海長、航海士とともに夕食をとる。全員戦闘配置についているので、三度三度の食事は戦闘配食である。握り飯に鮭缶、水筒の湯を一口

国後とともに北千島方面行動中の八丈。占守型３番艦で昭和16年３月竣工

呑んでは黙々と握り飯をほおばる。

航海士の野田予備少尉が「航海長、三番船少しずつ遅れまーす」と届けるので、見るとなるほど様子がおかしい。艦長はすかさず

「取舵《とりかじ》一杯。航海長、近寄って見よう」

「速力あげます、黒《くろ》二〇」「舵戻《もど》せー」

艦橋内の空気があわただしくなる。三番船の船尾に近づいて同航しながらよく見ると、速力が少しずつ落ちていくのがわかる。メガフォンで「いかにせしや」と問うと「主機械の調子不良、目下、修理中」との返事。

「本艦しばらく同行す。修理を急げ」「了解」

先行の一、二番船には発光信号で連絡する。わずか三ノットの微速でハラハラしながら同航すること三時間余り、ようやく海が白みはじめたころ「修理完了、もとの速力に復す」と連絡があり、やれやれと胸をなでおろす。ただちに増速して一、二番船の先頭につく。

薄い霧のなかに両船を確認して、ほっとする。

電信室からの「敵の哨戒飛行機らしき電波をキャッチしました」という、けたたましい電信長の報告に、電信室へかけ降りる。

「間違いないか」「たしかに味方航空部隊の波長とはっきり区別できます」レシーバーをかぶった電信長が答える。「電波発信音、だんだん強くなります。敵機近づく模様」

その旨を伝声管で艦長に報告する。ただちに「対空戦闘用意、機銃員配置につけ。急げ」「速力第一戦速」が下令され艦内の緊張が一段とたかまった。私は砲術長、射撃指揮官として艦橋の上部にある指揮所にかけ昇る。

艦橋両舷に装備された一、二番の二五ミリ二連装機銃から「機銃員配置よし、対空戦闘用意よし」の届けがあり、これも艦橋の艦長に報告する。

「霧が深いが、上空の爆音に注意せよ。射撃開始は命を待て」との指示が出た。なにしろ深い霧のなかを十八ノットの高速で、のろのろ歩きの輸送船のまわりをぐるぐる回りながらの航行とあって、危険このうえない。トップの指揮所で霧にぬれながらも、緊張の連続のためか、防寒手袋のなかがじっとりと汗ばんでくるのがわかる。

電信室から「敵機の電波弱まりまーす」「敵機遠ざかる模様」「電波ほとんど聞こえません」そして約一時間が経過して「電波消滅しました」

艦長から「先任将校もうよかろう。ご苦労だった」そこで私は「対空戦闘用具おさめ」「艦内哨戒第一配備、一直哨戒員残れ」を令した。艦はもとの強速（十四ノット）にもどり、船団の先頭に占位する。

かくて占守基地を出て五日目の十二月五日に無事アッツ島に到着、陸軍部隊が上陸する。野砲、山砲ならびに弾薬、糧食、燃料等、おびただしい量の物資が陸揚げされる。その間も、国後は漂泊のまま海面の警戒にあたらねばならぬ。なにしろ外洋に向かって何の防備施設もない砂浜の海岸だから、いつ敵潜水艦の襲撃にあうかわからない。ハラハラする思いで揚搭作業を見守るわれわれの気持は、はなはだ複雑であった。

艦橋では艦長、機関長、航海長と私が、何日ぶりかで煙草盆をかこんで、「親の心子知らずというんですかね、陸軍さんたちは呑気なもんですね。こっちは投錨もできずに心配して警戒しているのに、のんびり荷役をやっていますよ」

「泊地に着いて陸《おか》を見たら、もう安心だと思い込んでるんでしょうね」「何事もないから良いようなもんだが、もう少し急いでもらいたいもんだ」などと口々に言い合っている。

かくして、おおよそ半日が経過して、ようやく作業が終わった。空船《からぶね》になった船団を引き連れアッツ島をあとにする。無事任務を果たしたせいか、船団の船足も心なしか軽く、平均速力も七ノットで上々である。

このように、昭和十七年十二月末までに、アッツ島の増強作戦輸送に従事すること四往復におよんだ。大みそかは占守で明けて、無事に昭和十八年の元旦を迎えることができた。

千島特別根拠地隊の旗艦に

年明け早々に、キスカ（鳴神島《なるかみ》）とアッツ（熱田島）に水上機基地が概成し、それとともに水上航空兵力の急速増強が開始されるにいたった。すなわち、零式水上戦闘機を君川丸、崎戸丸（高速水上機母艦）により、一月六日より二十六日にかけて、両島の防空戦闘用に、計七十四機を運んだのである。

国後はこの護衛にもついたが、君川丸、崎戸丸はともに二十ノットぐらいを出せる高速艦だったので、之字運動をやりながらの護衛は、きわめて楽であった。この両艦は荒天にも強く、この一ヵ月間の輸送航海ほど楽しい想い出はなかった。

しかし、両島に来襲する米軍機の爆撃は熾烈をきわめた。このため、水上戦闘機の消耗もまたはげしく、運んでも運んでも次からつぎへとやられてしまう。つねに現有機数は七～八機を保持するのがやっとという有様で、心細い限りであった。

二月上旬、前記作戦が一段落したと思ったとたんに新艦長の発令があり、二十五日、北千島片岡湾において川島良雄中佐が着任した。

大田中佐は、もとの大湊防備隊副長に転じ、名残りを惜しまれながら退艦された。短い期間ではあったが、豪放磊落《らいらく》、酒に強い艦長として、乗員の人気は抜群であった。人なつっこいお人柄が部下をひきつけた名指揮官といえよう。

なお、このころ昭和十八年二月一日付で大湊警備府司令長官の指揮下に、新しく千島方面特別根拠地隊が編制されることになり、国後、石垣《いしがき》、八丈の三艦がそのなかに編入された。旗艦はわが国後である。司令官は新葉亭造《にっぱ》少将、先任参謀は牧野担《ひろし》中佐、参謀兼副官が萩原行友大尉であった。いわゆる三等司令部であって、いままでは大湊長官の直率であったところへ、屋上屋《おく》を重ねることになったわけである。

狭い艦内に居住する乗員がふえたため、艦内生活はまことに不自由となり、艦長のご苦労もさぞや大変であったろうと拝察する。小さな艦のマストに少将旗を掲げたのはよいが、司令部を乗せては作戦輸送護衛に出るわけにもいかない。おかげで乗員は碇泊ばかりで、連日、入浴してのんびりと暮らせ、大喜びだった。

しかし、護衛兵力不足の折りから、国後のような有能な護衛艦を、そんなに何日ものんびりさせてくれるわけもない。新しく根拠地隊に配属された特設砲艦・第二号新興丸（二千トン）に司令部は移ることになり、きわめて短期間（三週間ぐらいか？）であったが、旗艦の任務は終わりを告げたのである。

新艦長の温顔のもと艦内春風駘蕩

さて、新任の川島艦長は、兵学校卒業後の若い少尉時代から生え抜きの小艦艇育ちで、潮《しお》気《け》に充分つかった親分肌の気っぷに満ちみちた風格の人。酒は三度の飯より好きで、羊かんとチョコレートを肴《さかな》に日本酒をきこしめし、飲めばたちまち大の御機嫌となるのが特長であった。いつもニコニコの温顔を絶やさず、艦長のおこった顔は一度も見たことがなく、叱られたこともついぞなかった。

緊張にピーンと張りつめた空気の漂う警戒航行中の艦橋にあって、「先任将校と航海長にすべて委《まか》せるよ。好きなようにやってくれてよろしい。いよいよとなったときに俺がもらうよ」と言って、信頼して委《まか》せられた。

こんなふうに指揮統率の方針を明示されては、部下たるもの張り切らざるを得ない。この精神にこたえて粉骨砕身、この指揮官のもとでなら、いつ死んでも悔いはないという気持になる。小船《こぶね》乗りはかくあるべし、の見本を実践された名艦長であった。

この新艦長の指揮のもとで、昭和十八年三月から五月の三ヵ月にアッツ、キスカ両島へ船団護衛すること十四往復におよんだ。川島艦長のつねに欠かさぬ温顔のもとでは、荒天の連続する航海にあっても、乗員の士気はきわめて旺盛であった。艦内はつねに春風駘蕩《たいとう》とした雰囲気に満ちあふれ、乗員は一致団結して任務に邁進した。そのため、一件の事故もなかったのである。

川島艦長在任中の圧巻として、いまも記憶に残ることは、入渠修理のため昭和十八年四月上旬、大湊に帰投命令を受けたときのことである。

久しぶりの補給休養の機会がきて、艦内乗員は一斉に湧き立つ思いであった。突如として艦長の裁量のもと、室蘭に寄港することになったのである。国後は舞鶴鎮守府在籍なので、乗員は大湊に家族をほとんどおいていない。したがって、母港大湊で長期間修理補給をやるとなれば、半舷上陸などは乗員にとって有難味がない。そこで艦長の温情にもとづき、全乗員に半舷休暇を出すことになったのである。

以上のような希望に胸をふくらませて、まずは大湊を目前にして室蘭に入港したのである。

海軍駐在武官府の心温まる気くばりにより、わずか四日間ではあるが、全員に半舷入湯上陸各二回が実施され、長期行動の疲れを登別温泉で癒《いや》した。「勇将のもとに弱卒なし」のたとえに洩れず、部下乗員に負けじと、「先任将校以下、俺について来《こ》い」との艦長命令が下り、登別温泉の第一滝本《たきもと》旅館に投宿することになった。

このときの四日間にわたる川島艦長の勇壮な遊びっぷりは、じつにお見事の一語に尽きるすさまじさであった。よく呑み、よく食べ、よくへべり（これは海軍の隠語でＳプレーのこと）、艦長以下士官室士官全員が（もちろん、毎日一人は兵科、機関科士官当直で艦にいた）四日間、アルコール漬けになって、無事帰艦した。

室蘭より大湊までの約半日の航海はおまけみたいなもので、宿酔《ふつかよ》いの醒《さめ》やらぬなかの大湊入港、桟橋横付けであった。翌早朝、大湊の浮きドックに入渠し、大湊工作部によりディーゼル主機の入れ子換装が開始され、乗員は張り切って久しぶりの半舷休暇に出発した。

搭乗員救助と転勤命令

昭和十八年五月上旬、アッツ島に米軍が来攻した。第七五二航空隊は北千島幌筵島武蔵基地に展開し、アッツ島周辺の米艦隊ならびにアッツ米軍基地の攻撃を開始した。国後は、飛行警戒艦として占守島幌筵海峡を出撃し、不時着中攻の飛行警戒任務に従事していた。

その最中の五月十四日午前零時、アッツ島の南東一八〇浬の地点を単独航行中、艦首方向の暗夜海面より、突如として機銃射撃一連射をうけた。ただちに味方識別の発光信号を発したところ、応答があり、味方と判明した。ゴムボートで漂流中の中攻搭乗員であった。国後の艦橋が低いため、米潜水艦と誤認したとのことである。

ただちに艦内に収容したところ、十二名の搭乗員中、すでに二名は絶命していた。七五二空の伊藤福三郎大尉を隊長とする分隊の隊員であることが判明した。伊藤大尉は私の兵学校のクラスメートであり、その部下を暗夜の北太平洋上で救助するのも何かの因縁と思われた。激烈なる戦闘のさなかに咲いた、ほのぼのとしたロマンであった。

北千島の片岡湾基地に帰投したところ、第五艦隊司令部（重巡那智に乗艦中）より航空参謀島田《しまだ》航一中佐が搭乗員を迎えに来艦し、お礼にサントリー角瓶を頂戴した。

この昭和十八年五月ごろは、内地はまだ平和だった。士官室の皆さんも、そろそろ家族を呼ぶか（直江航海長ひとりだけは、前任の沼風航海長時代から家族を大湊官舎においていた）と言ってる最中に、私に突如として転勤電報がきた。五月二十日付で「第十戦隊司令部付を命ず（谷風水雷長予定）」とあり、「いずれに向け赴任せしむべきか」の問い合わせに「呉」と来た。

大湊は田舎じゃとの艦長のご託宣により浅虫温泉まで足をのばし、盛大なる士官室送別会が催された。以上で私の北方作戦は終わったが、歴代艦長のなかで大田艦長のみが終戦までご健在であった。ちなみに、私の退艦までの各艦長のご最期は、艤装員長・清水利夫（四六期／17・11・30＝第31駆逐隊司令、少将）、初代艦長・久保田智《さとる》（四六期／19・8・18＝名取艦長、少将）、二代艦長・北村富美雄（四七期／19・3・30＝石廊特務艦長、少将）、三代艦長・大田春男（四九期／48・2・24歿＝大佐）、四代艦長・川島良雄（四八期／20・4・9＝第一掃海隊司令、少将）であった。

アッツ遺骨収集の想い出

最後に、昭和二十八年七月上旬から三週間にわたって行なった、アッツ島山崎部隊将兵の遺骨収集時の模様を書いてみよう。これは海上保安庁の巡視船「だいおう」により、元陸軍大佐不破《ふわ》博氏を団長に、首席団員を私がおおせつかって、政府派遣団として実施されたものである。

アッツ島入港時、米海軍の駆逐艦アブナギ号が、アッツ島の約五十浬の地点まで出迎えに来てくれた。見渡すかぎり雪におおわれた白皚々《がいがい》の岩山は、一見、十年前と変わりないように見えたが、よく見ると、さすがにアメリカの前進基地と感心した。すなわち、小型機用と見られる一五〇〇メートルぐらいの滑走路が一本、海岸に見事なカムフラージュをほどこして出来ている。

米国海軍省から派遣されたというジャッド中佐が、われわれの作業に立ち会ってくれた。そのジャッド中佐の説明により、島内数ヵ所に、山崎部隊（少数の海軍通信隊員を含む）将兵の埋葬地を、鉄条網で囲って標示してあることがわかった。

現場はいずれも雪が積もっては凍るという状態を毎年繰り返し、十年間で約一～二メートルの積雪になっていた。それを在島米海兵隊のブルドーザーの支援をうけて、まず除雪作業が開始された。現在のアッツ島駐留兵力は、わずかに一個小隊程度で、本隊は約四〇〇浬はなれたアダックにあって、交代で分遣隊が派遣されている。われわれの立ち入る場所は、ジャッド中佐の許可した区域にかぎると言い渡された。

以上の指示のもと、ただに巡視船だいおう乗員と、米海兵隊の協力を得て、一日三交替で、桟橋の最寄の標示現場から発掘作業を開始した。

現場に行って見て驚いた。「ジャパニーズ・ソールジャー二六四」とのみ書いた木の立札が立っていて、木の柱に簡単な有刺鉄線が張りめぐらしてある。米海兵隊員が、ガムをかみかみ操縦する大型ブルドーザーや、ショベルカーでみるみる雪の固い塊がとり除かれて、OD色の長いビニール袋が見えてきた。

まず一袋を引き上げて見て二度ビックリ。一体ずつ真鍮製チャックの付いた、ビニール張り帆布製の袋に納めて、数体ずつ岩盤の上に積み重ねてあるのだった。年間の平均温度零下三・五度C、直射日光には霧のためまったくお目にかかれない気候のため、自然の冷凍庫となって、遺体は腐っていないだろうと、米海兵隊士官が教えてくれた。

宗教代表の人々の敬虔な礼拝のあとに、最初の袋をあける。白い木綿にぐるぐる巻きにして包んである。布をとるとまずカーキー色の戦闘帽が目についたが、帽子の下に黒い長髪がのびて出ている。陸軍はとくにやかましく、毬栗頭《いがぐり》だったのに、長髪とはおかしいぞとちょっと戸惑ったが、「だいおう」の医務長（ドクター）が、人間は死んでも髪はのびるというので、珍しい人間の変化を、われわれはこの目で見たのである。

頭部、肋骨、腕、足と簡単に分離する遺体を一体分ずつ、岩盤をくり抜いた穴にレールを渡してその上に載せて、穴の下に積んだ薪に灯油をかけて点火する。アメリカ海兵隊員には火葬が珍しいのであろう、さかんにパチパチとカメラを撮りまくる。遺族代表がもっとも熱心に写真を撮る。

軍服と外套を脱がせるときに、念のためポケットをさぐると、驚いたことには、手榴弾がいっぱい出て来たのだ。不破団長があわてて、一同に危険だからと一体ごとに念入りに点検、一ヵ所に集めて穴を掘り、手榴弾を埋めることとなった。安全針が抜いてなかったのがもっけの幸いで、おそらく最後の万歳突撃の直前まで、各自携帯していたものと推定された。

八時間交代で遺体処理作業を終了し、巡視船に戻りビショ濡れの作業服を脱いで、風呂に入り浴衣を着るが、どうも臭い。香水をふりかけるが、臭いが消えない。死臭、屍体のにおいであると教えられたのは、三日目の夜だった。いくら風呂に入っても、連日屍体に触れるから、なかなかその臭いがとれないのだ。

作業開始後、数日たったころ、米海兵隊員の間で発掘現場に幽霊（ゴースト）が出るとの噂が言われだした。遺体の骨だけ取り出し、残りの肉その他は別に穴を掘り埋めてあるので、夕方などに「だいおう」の船上から見ていると、燐が燃えるのであろう、いわゆる「ひとだま」というものが、盛んに発掘現場付近に飛びかうのが望見される。海兵隊員はこれを見て、「ゴースト」「ゴースト」と言って騒ぐのであった。

江本参謀の、海軍外套を着用した遺骸も、洞窟のなかで発見した。江本弘中佐は、アッツ島沖海戦の直後に、連合艦隊参謀から第五艦隊航海参謀に転補されたもので、アッツ島に建設中だった陸上航空基地視察のため派遣されたものである。

しかし、到着後、数日して米軍の来攻にあい、潜水艦による決死の救出作戦も数回にわたって敢行されたが、いずれも失敗に終わった。山崎部隊の最後も刻々に迫り、北海湾東端の洞窟にて、一個分隊の船舶工兵に護衛された江本中佐一行三名は、山崎部隊長最後の突撃と相前後して、洞窟内で自決されたのである。

択捉型「対馬」南方船団護衛 七つの戦訓

一年十ヵ月にわたり護衛任務に従事した歴戦艦長の対空対潜戦闘

当時「対馬」艦長・海軍少佐　鈴木　盛

昭和十八年七月初旬、私は日本鋼管鶴見造船所において建造中の海防艦対馬《つしま》（択捉型七番艦）の艤装委員長として着任した。同月二十八日の完工にともない艦長となって呉軍港へ回航、臨戦準備をおこなった。

爾後、門司港を基点に東南アジア全域にわたって陸軍ならびに海軍輸送船団の護衛に従事し、昭和十八年八月初めより昭和二十年五月中旬までの一年十ヵ月間に護衛した総隻数は一三〇隻、うち撃沈されたもの十数隻で、敵機、敵潜との交戦は主なるもので七回をかぞえた。

鈴木盛少佐

ともあれ昭和十八年十一月八日夜半、北緯一七度〇分、東経一一六度一七分の地点で、昭南（現シンガポール）発内地むけ油槽船六隻を護衛中、左側の旭栄丸が雷撃された。まもなく浮上した敵潜より砲撃され、旭栄丸は火災を発生して沈没した。短艇に移乗した乗員六十一名を救助したが、その苦悩は、まさに言語に絶するものがあった。

この船団の油槽船六隻を対馬一隻で護衛していたので、旭栄丸の乗員を救助するため、戦略上重要な物資をはこぶ船団をはなれて行動することは、軍律の違反となる。遭難乗員をさがしもとめて救助するには、わが対馬は相当の時間を停止する必要があるため、敵潜の絶好の攻撃の的となり最大の危険におちいることになる。

さらに、全速力で退避する船団へ引きかえして、これを「キャッチ」することの困難さを思うと、艦長として身のふるえる思いであった。

だが、私は船舶職員の出身であったればこそ、最大の危険と不安を知りつつも、長時間にわたって本来の使命をはなれて、同僚の生命の救助行動におよんだのである。

幸いにして三十時間後に船団をキャッチすることができたが、もしそれが果たせなかったら、まことに重大な結果を招いたことになる。五隻の船団を無事に内地まで護衛することができ、当局からその功績を称えられた。

ヒ四三船団を護衛して内地より昭南にむけて航行中の昭和十九年三月一日未明、仏印サンジャック沖で北行中の船団の一隻である徳島丸と衝突して、本艦対馬《つしま》の艦尾八メートルが切断され航行不能におちいった。しかも、切断された艦尾にのこされた六名は、艦尾甲板に装備された爆雷が爆発したので、全員戦死した。

戦時中の航海は、舷灯ほか一切の灯を消しているので、近距離に接近するまで他船を発見することができない。そのため、こうした大事故に発展したのである。

対馬。昭和18年7月、日本鋼管鶴見で竣工した択捉型7番艦。択捉型と占守型の兵装の違いは爆雷搭載数が18個から36個に増えた。写真は艦尾を失う触衝事故を克服しての復員輸送艦時代

本艦は、艦尾切断により推進器、操舵機をうしなって航行不能となり、敵潜の攻撃を心配したが、他艦に曳航されて無事サンジャックに避退した。その後は立石丸に曳航されて昭南に入港、ケッペル造船所で修理、復旧された。

昭和十九年十一月二日、昭南発、呉むけヒ七六油槽船団の四隻を無事に目的地まで護衛任務を完遂した。当時、油の一滴は血の一滴といわれており、今回の任務達成は軍首脳を狂喜させ、呉鎮参謀が来艦して謝意をあらわされた。当時のシナ海全域は、レイテ沖海戦や台湾沖航空戦の直後のこととて、敵航空母艦が南シナ海に侵入しており、艦上機および敵潜水艦の脅威下にあって、きわめて危険な状況にあった。

護衛空母「神鷹」艦長

昭和十九年十二月十七日夜半、上海の東方海上において門司発、高雄むけ十二隻の船団を護衛中に敵潜の攻撃をうけた。船団護衛にあたっていた空母神鷹《しんよう》に魚雷が命中、全艦火災となり、凄惨な光景を呈した。

石井艦長以下一一三〇名の乗員は、わずかに七十名が救助されただけで戦死、真に残念のきわみであった。この船団のうち盛祥丸、逢坂山丸、江戸川丸、摩耶山丸、護国丸、鎮海丸の六隻が撃沈され、阿波川丸は中破の惨憺たるありさまで、船団はついに解散するにいたった。

神鷹の石井藝江艦長は、大尉時代に元東京商船の学生監をつとめておられ、海軍予備士官にたいし理解と好感をもっておられ、私が航空機運搬艦の小牧丸の航海長時代の艦長でもあった。海軍生活になれていない私は、先任将校としてなにかと苦労が多かったが、つねに親切に指導してくださったことは、まことに感謝のいたりであった。

本船団が門司出港の前夜、料亭で護衛艦長との会食がもよおされたとき、石井大佐はとくに私にたいして「鈴木少佐、無事に目的地へいこうぜ」と乾杯された。その面影が、いまなお瞼に浮かんでくる。

私は石井艦長の仇をうつべく、付近海面を懸命に索敵した結果、ついに敵潜を捕捉した。そして爆雷投下の結果、三千メートルにおよぶ重油を確認、確実に撃沈することができた。けれど、敵潜はさらに二、三隻はいたはずと思う。そうでなければ、あれほどの被害をうけなかったであろう。

昭和十九年十二月初旬、高雄から比島のサンフェルナンドへむけて陸軍部隊を護衛したが、無事故で揚陸作戦を完遂することができた。当時、同方面の海域は敵航空母艦より発進するグラマン機、および敵潜水艦群の脅威下にあり、じつに幸運というべきであった。これが比

大東(改乙日振型２番艦)。乙型御蔵型につづいて戦時急造量産のため、船型艤装の徹底的簡易化と使用材料の極限、広範な電気溶接の導入などがはかられたのが日振型で、９隻が竣工した

島への陸軍部隊揚陸作戦の最後であった。

わが対馬は門司発、昭南むけの練習巡洋艦香椎《かしい》を旗艦とする護衛艦七隻と輸送船十隻からなる船団から分かれ、その一隻を途中、海南島南岸の楡林《にりん》港に護衛して軍需物資を陸揚げしたのち、さらに同船を護衛して本船団に合流することになった。

出港後まもなくの昭和十九年十二月三十一日夜半、B24の襲撃をうけ、じつに三十分間、四回にわたって毎回三個の爆弾投下とともに銃撃された。この夜は濃霧がふかく暗夜であったので、敵機の襲撃はあり得ないと思ったが、のちほど判明したことだが、米海軍はすでにレーダーを発明、利用していたので、わが行動ははっきりとわかっていたわけである。

最後の攻撃で本艦の艦尾左側に至近弾をうけ、艦底の鋲《びょう》がゆるんで浸水したが、それ以外の損害がなかったことは幸いであった。

このような気象状況であったので、敵機発見は近距離となり、本艦の避退行動は遅れがちとなるため、艦長の緊張はなみなみならぬものがあった。敵機は毎回、艦首左三十度の方向から襲うのをつねとした。

見張員から敵機来襲の報をうけるや、艦長は即刻「戦闘配備につけ」の号令をかけると同時に、きわめて一瞬の時間ながら、つねに「神様助けてください」と無事に切りぬけられることを祈るのを例とした。おおよそ人間は、絶対の危機に直面するとき、自然に祈りを発する。いかに気の荒い学生でも、困難な受験に応ずるとき、神社の前に祈る姿は、よく見られるところである。

この戦闘は対馬乗艦中に体験した全戦闘のなかでも、もっとも緊張させられたものであった。本艦は、この戦闘による浸水のため修理が必要となり、楡林港にひきかえし、修理完了までに三週間を要し、ついにその船団に参加することができなかった。

その後、香椎以下の護衛部隊は、サンジャック発、内地むけヒ八六船団を護衛して仏印東岸を北上中、昭和二十年一月十二日午前八時五十五分ころから夕方六時半の日没寸前まで、敵艦上機九十機あまりが入れかわり立ちかわり執拗に襲撃、タンカー四隻、輸送船六隻、計十隻が潰滅、司令官の渋谷紫郎少将は香椎が沈没したときに運命を共にされた。

護衛海防艦の丙型第二十三号と第五十一号は撃沈され、残ったのは鵜来、大東、第二十七号の三隻であった。本船団の運命は、大戦においてもっとも悲惨をきわめたものであると思う。

楡林港在泊中の昭和二十年一月十二日から十四日まで、敵機動部隊から来襲するグラマン延べ四十機と交戦した。本艦の対空陣は、銃身を赤熱させるほどよく応戦した。そして幸いにも、繋留鋼索が機銃弾により切断されただけで、被害はなかった。また、敵一機を撃墜して溜飲をさげた。

先に記した生き残りの大東（改乙日振型二番艦＝十九年八月七日竣工）が楡林港に帰投してきたので艦長の内崎強少佐（私の旧友）と打ち合わせ、本艦と並行に艦尾を同港北側の絶壁と直角に繋止し、艦首は両錨を投止して敵機の来襲にそなえた。北側の絶壁を超えて来襲する敵弾は対馬には命中せず、南側海上からは全銃口がむいているので来襲せず、両艦とも損害をうけなかった。沖合に在泊の輸送船は爆弾が命中して損傷した。

船団護衛からえた戦訓覚え書き

太平洋戦争において、護衛作戦に従事せる海防艦はおおよそ一二〇隻と推計されるが、海防艦の必要性を認め建造をはじめた昭和十八年中頃、すなわち戦争のなかばに対馬は建造された。

私は同艦長としてその任につき、昭和二十年五月までの一年十ヵ月の勤務は、海防艦長として長期にわたるものと思惟される。

ここに船団護衛の体験からえた戦訓を、参考までに記述する。

第一海上護衛隊で対馬と共に戦い生きのびた鵜来(19年7月末竣工)。写真は戦後、掃海作業に従事した後、気象台観測船をへて海上保安庁巡視船に改装して「さつま」と改名された当時の姿

▽航海に関連するもの

(イ)なるべく沿岸航法をとれ。というのは、海岸に接近して航海すれば、潜水艦は船団と海岸とのあいだには潜れず、外側においてのみ行動をとることになるので、護衛艦は一方のみ警戒すればよいからである。

(ロ)船団の航路は、一般商船の採用する航路はとらず、まったく予想外の航路をえらぶべきである。

(ハ)夜間は困難であるが、昼間は環礁の多い海面を航海すれば、敵潜にたいして安全である。

(ニ)敵潜の攻撃をうけたり、大時化《しけ》あるいは濃霧や強雨にあった場合、船団は分散して単独航海となることが多い。そうしたことを予想して発航前の船団会議で、始発港と最終港との中間に二ヵ所あるいは三ヵ所の非常時の集合地を、あらかじめ打ち合わせておく必要がある。
(ホ)湾口や水道の入口には敵潜が待ち伏せしているので、とくに警戒を要する。
(ヘ)島かげや湾口の広い場所に退避する場合は、かならず昼夜を問わず湾口外側の海面をつねに当番艦を定めて、敵潜の警戒にあたることが肝要である。事実、済州島に夜間退避中、撃沈された例がある。
(ト)船団発航前、かならず艦長、航海長、機関長、通信長は一堂に会して、指揮官を中心に航海中の全規約を打ち合わせる必要がある。
(チ)船団発航の港には、スパイが潜伏していると思わねばならない。船団の行動は極秘に伏す要がある。過般の大戦において、昭南にはスパイがいたとの感がある。大戦中、ドイツから秘密兵器をつんで昭南に寄港した潜水艦が、同港出港後まもなく撃沈されて全員戦死した例がある(私が昭南に在泊中のこと)。
(リ)商船士官はつねに各方面の海面を航海しており、航路に通暁しているので、遠洋船団護衛艦の艦長として適任である。乗組士官も航海になれているので、好適である。
▽敵潜の攻撃にいして
(1)敵潜を発見したとき、もよりの護衛艦はただちにその潜在地点へ肉薄、索敵攻撃にあたる一方、船団は敵潜が直後になるように回避しなければならない。
(2)船団中の一船が被雷して航行不能の場合、もよりの海防艦がその敵潜を捜索攻撃する。被雷船が航行不能あるいは沈没の場合、乗組員の救助は二次的におこなうことになるが、護衛艦一隻だけの救助行動はきわめて危険である。軍律上、本船団の護衛任務が先行することは当然である。

(3)敵潜はほとんどの場合、船団進路の前方左右に位置するのを常とする。したがって、護衛隊は一方だけの攻撃にとらわれてはならない。

(4)敵潜は夜間雷撃したあとは浮上して砲撃することを忘れてはならない。護衛艦艇も船団も、砲戦の態勢にあることが肝要である。

▽敵機の来襲にたいして

(ア)敵機の発見は一刻も早いことを要する。艦長あるいは当直将校は敵機の来襲方位にたいして直角になるよう一瞬の間に判断して、操舵命令を発すること。同時に戦速を令すること。

(イ)私の経験では、敵機は左三十度の方向から来襲するをつねとした。

(ウ)敵機来襲にさいしては、船団は分散せず、できるかぎりすみやかに集合して、各船は砲撃体勢をとり護衛各艦は船団をとりかこんで集中砲火をあびせる隊形をとれば、敵機は近寄らない。しからざれば個々に攻撃をうけて全滅するにいたる。大戦中、香港発、内地むけ船団が個々に撃沈された例がある。護衛艦も全滅した。各艦船が分散した結果であった。みだりに分散して、ジグザグ行動をとっても効果はない。大戦中、香港在泊中の海防艦のうち、陸岸に接近して投錨した艦が被弾せず、抜錨して港内を走りまわった艦が敵機の攻撃目標となって撃沈された例がある。むしろ静止して、敵にたいして正確な砲火をあびせる方が効果的である。

(エ)護衛艦は大型ほど行動も緩慢で、吃水も深く爆弾や魚雷の命中率も大きい。したがって排水量一〇〇〇トン内外、速力二十三ノットていどの高速艦で、すぐれた装備のものが望ましい。

丙型海防艦八十一号 非情の海に涙する時

犠牲に苦悶しながら油槽船三隻を海防艦三隻で護衛した応召艦長の告白

当時八十一号海防艦長・海軍少佐　坂元正信

日本の敗色が濃くなった昭和二十年一月のある日、一隻の内火艇が夕陽をあびながら、波静かな佐伯湾を走っていた。その後部座席に一人すわった私は、近くおさらばするかもしれぬ祖国の風景を、静かにながめていた。

当時、私が艦長をつとめる丙型海防艦第八十一号は、前年の十二月に舞鶴で竣工し、その後は佐伯にある対潜訓練隊にいたが、所定の訓練を終了したので、いよいよ第一線の護衛艦隊に配属されることになった。

陸上の司令部で転属命令をうけ、出撃の打合わせを行なって、いま本艦に帰る途中である。切り立った岬をすぎたら外湾で、そこに一群の海防艦がいた。

坂元正信少佐

小粒だがピリッとした艦である。海防艦といえば戦前は古い戦艦の隠居仕事であったらしいが、いまは必要にせまられて建造された新艦種で、長期間にわたって外洋で敵潜掃蕩や船

第81号と同じ丙型海防艦17号＝19年４月竣工。急造のための構造直線化平面化の雰囲気がわかる。６角形の煙突形状が丙型（奇数番号艦53隻）と丁型（偶数番号艦63隻）の違いを表わしている

団護衛に当たれる七五〇トン級の艦である。

外観と兵装はまあまあであるが居住性がわるく、一口にいえば実用一点張りのおそろしく殺風景な艦だった。おまけに軍需品が乏しく、将兵は〝着た切りスズメ〟の陸戦服で、姿もあまりパッとしなかった。〝粋で陽気な海軍さん〟などとは、およそ縁のとおいスタイルで、われわれは何となく腹が減り、なんとなく薄汚れていた。

そのうち内火艇は本艦八十一号海防艦に近づいたが、私は艦上の異常な空気に気づいた。通常、艦長が出入りする場合は舷門に先任将校、当直将校、衛兵、伝令が整列して敬礼するのであるが、今日はほかの士官も出ており、大勢の下士官兵が甲板上に群がっていた。そして視線はすべて私に集まっている。

「ハハァ、配属先だな」とピンときたが、私は差し支えないかぎり早く伝達して、覚悟さ

せてやろうと決心した。

舷梯をあがり皆の敬礼に答えた私は、当直将校に総員集合を命じてから、先任将校に「一海護だよ」と声をかけた。「そうですか」と短いやりとりだったが、内容はすぐ全艦に伝わったことと思う。

午後四時、八点鐘につづいてラッパが鳴り「総員集合前甲板っ」という伝令の声がした。前甲板にいくと号令台の左右に准士官以上がならび、これに相対して下士官兵が整列していた。式典のときの学校の講堂とおなじである。

台に上がった私は総員の敬礼に答えてから、静かに話しかけた。「本艦は本日、護衛艦隊に編入されたが、今後の任務と行動は命令あり次第、あらためて通達する」と述べ、ついで全般の戦況を説明し、あわせて自分の所信を表明した。兵隊は静かに聞いているが、その反応はよくわかる。動揺はいささかもないので、まことに心強かった。やがて解散して三々五々帰る途中、私は先任将校に声をかけた。

「先任将校、卒業と就職のお祝いだ。今夜は全艦に酒を許すのはどうだろう。士官室もやろうぜ」というわけである。私の提案に対し、先任の返事より早く「艦長、そりやぁ結構ですな」というはずんだ砲術長の声が返ってきた。周囲がドッとわいて話はすぐきまった。

その後、自室で休んでいたが「食事用意よろし」という従兵長に案内され、士官室に行ったら、すでに全員が席についていた。

「訓練終了、乾盃っ」「配属決定、乾盃っ」調法なもので呑む理由はいくらでもある。耳を澄ますと下甲板の兵員室からも陽気な歌と笑いが流れてきた。ほのぼのとした士官室の夜である。

ところで、この士官室のメンバーは十三名である。艦長の私と、先任将校M大尉、機関長M大尉の三名は商船から応召した海軍予備士官（海軍予備員令による）であり、砲術長と機雷長は兵出身の特務中尉、軍医長は昨年に医専をでた若い軍医中尉である。

つぎに航海士、砲術士、機雷士は学徒出陣、つまり予備学生出身の少尉であり、掌機長、掌砲長、掌機雷長、掌電気長は兵出身の准士官（兵曹長）である。

ついでに、下士官四十一名、兵一三八名、以上合計一九二名が本艦の全乗組員である。しかし、乗組員のうち約半数が応召の予備兵と、にわか仕込みの新兵さんによって占められているという、ちょっと頼りないものだった。

私は昭和十六年に充員召集をうけ、水雷艇そして駆潜艇に乗り組み、支那事変から太平洋戦争へと従事し、中支から香港、マレー、ビルマ、ついでサイパン、中部太平洋と転戦してきた。そして、その間の体験から、私は戦務の激しさ、訓練の厳しさは同じでも、大艦と小艦艇では艦内の空気がちがっていることを痛感した。

大艦では軍規風紀と儀礼がやかましいので万事テキパキしているが、艦内の空気はコチコチである。一方、小艦艇ではときにテキパキ、ときにのんびりで、ゴツイ中にもホカホカした家庭的な空気が流れていた。ところが、われわれ商船出身の予備士官が指揮する小艦艇では、さらにリベラルな商船の気風が混入し、独特な風味をつくっていたと思う。

非情なる船団護衛の鉄則

対潜訓練隊を卒業した海防艦第八十一号は、呉軍港に回航して臨戦準備を行なった。不用品の陸揚げと船体や兵器の補強を行ない、ついで弾薬、燃料、糧食、清水を満載した。それから門司に回航、ここで私は護衛艦隊司令長官に伺候して、その指揮下に入ったわけである。

さっそく海防艦三隻で護衛隊が編成され、一番艦はわが八十一号、二番艦は稲木《いなぎ》（鵜来型十二番艦）、三番艦は丁型六十六号。そして一番艦である本艦に司令として予備役から応召した老大佐が乗艦してきた。

参謀や司令部職員がいない小部隊では、一番艦の艦長が参謀の役を、先任将校が副官の役を代行するのが例である。おかげで私はますます忙しくなってきた。そして翌日、いよいよ本番の作戦命令がでた。一万トン型油槽船三隻からなるヒ九五船団を護衛してシンガポールに行き、重油および航空燃料約四万トンを日本に持ち帰れというわけである。

当時の情勢からすれば、これは難事である。

開戦いらい、日本（海軍）は華々しい主力の戦闘や戦果に目をうばわれて、大事な補給戦を軽視して第二義的に扱ってきた。その結果、原料不足で生産は落ち、食料不足で軍民ともに飢え、燃料不足で軍艦も飛行機も動けない有様である。

その意味では、海防艦も護衛艦隊も商船をボカボカ沈められてから、あわててつくった泥縄的戦略の所産である。当時、米軍は比島を占領し、米第三艦隊は仏印、中国、台湾、沖縄

昭和20年４月６日、中国の厦門沖でB25の空襲をうける丙型海防艦１号

の沿岸を連続攻撃していたので、日本と南方をむすぶ大動脈は完全に寸断されていた。

マニラと昆明から出動する米空軍と、仏印南岸にむらがっている米潜水艦のため、毎日のように護衛艦が轟沈、船団全滅の悲報が相ついでいた。しかし燃料不足で動けない連合艦隊や航空隊を生かすため、どうしてもやらねばならぬこの輸送作戦は、南号作戦と呼ばれ、われわれは梅部隊と呼称されていた。

海防艦の主な任務は、敵潜掃蕩と船団護衛であるが、敵潜掃蕩は不断の索敵と執拗な攻撃に終始する。捕えた敵は決して離さず、もぐれば爆雷、浮けば砲撃、つまり攻めの一手である。

ところが船団護衛は少しちがう。待ち伏せる敵にはまず避け、どうしても避けられない場合は、叩き潰して押し通るし、攻撃をうければ反撃もする。しかし、決して深追いはしない。それは守備位置を離れたとき、第二の敵に船団がやられたら、元も子もないからである。初めのやつが陽動で、次のやつが本番なら戦術的にも完敗であろう。

つまり、船団護衛は守りと逃げの一手である。

出港前の船団会議でも、以上の基本方針にもとづいて航海と護衛の打合わせが行なわれた。そして、一月三十一日の夕刻、船団は静かに門司を出港した。

従来の経験による、米潜は沈めにくい空船のタンカーはあまり攻撃しないが、そのかわり油を積んだタンカーは、徹底的に攻撃する。つまり、われわれの場合、〝行きはよいよい帰りはこわい〟というわけである。今回もそのとおりだった。仏印沖で小規模な対潜戦闘と対空戦闘を行なっただけで、全艦船は無事にシンガポールに到着した。

船団が油を積んでいる間、われわれは情報を集め敵状を判断して正念場である復航にそなえたが、正直のところ無事に帰れる自信はまったくなかった。

司令と艦長たちの最後の打合わせで腹はきまった。生き残った艦は生き残った船をまもって日本に滑り込め、〝後はかまうな、振りむくな〟ということである。油の一滴は血の一滴。祖国のためとは言いながら、まことに非情な悲しい盟約であった。

不甲斐ない護衛艦を恨んでくれ

二月二十三日の夜、船団は秘かにシンガポールを出港した。しかし早くも翌日、わが八十一号の電探は五十キロぐらいの外側で、われわれに接触している敵機を探知し、逆探はどこからともなくわれわれに向けられている敵のレーダー電波を捕えていた。また、本艦の無線電話は敵機と敵潜が連絡しあっている英語の暗号会話を明瞭に傍受していた。もう、目に見えない敵に囲まれている。まことに薄気味わるい近代戦である。

そんな矢先に大本営から「マニラと昆明に待機している敵部隊が、貴船団の動静を通報しあっているから、警戒をいっそう厳にせよ」との作戦緊急信が飛びこんできた。まったく息がつまる思いであったが「かくなる以上、もう強硬突破以外に途はない」と司令の命をうけ、私は号令した。

「信号兵、船団に信号、第一哨戒配備となせ」船団はやがて仏印南岸に接近しつつあった。そのとき見張員の一人が、「雷跡、右一六〇度！」と叫んで艦橋にかけ上がってきた。ただちに全艦回避を令したが、時すでにおそく続航する油槽船の一隻が、大音響とともに船体後部から黒煙を吹きあげた。「面舵《おもかじ》一杯っ、爆雷戦！」と一気に号令してふたたび後方を見ると、すでに被雷した油槽船は、火ダルマとなって燃え上がっている。

第八十一号海防艦は油槽船乗組員の救助と、敵潜水艦攻撃を僚艦にまかせて、残りの油槽船二隻の直衛につくこととなった。船団を追って全速力で燃える油槽船のすぐそばを通り抜けたとき、黒煙につつまれた船尾付近から、便乗の引揚者らしい一人の、モンペ姿の婦人が身をおどらせて海中に飛び込んだ。一瞬、私はハッと息をのみ、全身の血が凍った。

「どうか助かってくれ――この不甲斐ない護衛艦を恨んでくれ」と、私は心のなかで両手をあわせ、目をとじた。しかし、海上には積んでいた油がただよって、どこが海なのか区別がつかないほどである。その中に飛び込んだのでは、とても助からないであろう。

やがて大粒の涙があふれ、顔がクシャクシャに濡れたとき、背後でだれかの鼻水をすする音をきいた。振りむくと一人の乗組員が、燃えあがる油槽船をじっと見て泣いているではないか。なぜかとその理由を私は聞こうとしたが、どうしても声が出ないのだ。油槽船には友だちか誰かが乗っているのであろうか。

海防艦第八十一号は、やっと船団に追いついて直衛にあたった。時計を見ると正午に近かった。やがて三番艦が追いついてきた。報告によると、先の油槽船はついに沈没。十八名を救助したのみで、あとは行方不明とのことであった。心ひそかに期待していた婦人の消息はわからず、ふたたび私の目に涙があふれた。

隊形をととのえた船団は、針路を海南島にむけて（途中、海南島南方で敵機の爆撃をうけ、油槽船一隻が中破して香港に避退し、海防艦第六十六号は分離後、空爆により撃沈された）之字運動を開始した。ふり返ってみると、紺碧の海はまるで何事もなかったかのように、静まりかえり、強烈な南の太陽がキラキラと輝いていた。

なぜか溢れる大粒の涙

最後の難関である朝鮮海峡を無事に渡ってホッとしたが、ただ一隻のこった油槽船を瀬戸内海に入れてしまうまでは、油断禁物と気をとりなおした。そして本艦は反転した。この油槽船を先にやりすごし、後衛の位置につくためである。

やがて油槽船と行きあったが、大勢の船員が甲板上で手をふっていた。本艦の兵隊も帽子をふっている。私は艦橋の端にでて双眼鏡で油槽船の船橋を見たら、船長も双眼鏡でこちらを見ていた。艦長と船長の再会である。私は双眼鏡を左手でささえたまま右手を軽くふったら、船長も右手をふった。

「よかったな。徳山まであと六十浬《かいり》、無事に行けよ」と送ってやった。彼は徳山、私は門司、つまり流れ解散である。

油槽船とわかれてから、本艦と二番艦は六連沖に仮泊するために針路を変え、速力をゆるめて投錨の用意をした。島かげの所定の位置で艦を停め、私は「錨鎖はなれ」「錨入れっ」と号令した。

これで祖国に安着した。昭和二十年三月十三日の夕刻である。艦も兵も無事、一万トンの油の搬入は大成功である。しかし、二隻の油槽船や海防艦第六十六号のことを思うと、まことに残念である。喜びと悲しみ、胸中いろいろな想いが去来した。やがて解散のラッパが鳴ったとき、司令が「よかったな艦長。ありがとう」とねぎらってくれた。

しかし、私はなぜか胸がつまって声にならなかった。艦長が泣顔など見せるものではない。そのまま艦橋を降りて自室に入ったが、椅子に座ったとたん、ドッと大粒の涙があふれてきた。

韋駄天三十一号〝魔の海域〟を突破せよ

竣工したばかりの丙型海防艦に乗艦し敵潜跳梁の東シナ海船団護衛

当時三十一号海防艦電測員兼暗号員・海軍二等兵曹　関水宗孝

関水宗孝兵曹

ひたひたと舷窓をうつ波の音にふと目が覚めた。こつこつ……当番兵が吊床の上の甲板を歩いている。じつに静かだ。かすかに揺れる吊床の中で、私は眠れぬままに一昨日来の初航海をふりかえってみた。

——工員や戦友に別れの帽をふりながら、鶴見艤装岸壁を出港したのは、三日前の昼過ぎであった。横須賀軍港で糧秣と弾薬を受け、途中、館山に仮泊して翌日の明け方、東京湾口を厳戒のもと太平洋へ突っ走った。太平洋戦争も末期に近い昭和十九年夏のことである。「艦内哨戒第二配備」の命令がくだり、全員見張りとなって敵潜水艦の攻撃にそなえた。当時の日本近海は、すでに敵潜水艦の制海権内にはいっていた。美しい内地の山々が水平線のかなたに沈むころ、海はますますその色をまし、うねりに艦は動揺した。黒潮だそうである。

大島沖をぬけ、さらに進んだころ、その黒潮に乗って、桶や材木、それに重油のかたまりなどが泡にまじって流れてきた。私はなにかを暗示されたようで、いやな気がした。

遠州灘の沖とおぼしきころ、友軍の偵察機一機が飛来し、通信筒の連絡があった。それによると、「付近に敵潜水艦発見、厳戒されたし」というもので、ただちに「戦闘配置」の命がくだった。はじめてのこととて恥ずかしながら、私の胸はどきどきし、膝の皿はがくがく上下にふるえていた。いくら押さえてもとまらなかった。

あとで聞いたが、これはだれでも経験する初陣の武者ぶるいとのこと。しかし、この時はさいわい攻撃はなく、その日の夕方、伊勢湾に仮泊した。

われわれの航海は、翌日、瀬戸内海に入りホッとした。そして徳山で燃料補給して、一路目的地である大分県佐伯へ向かった。いつか夕日は西海に没し、島々の灯台が点滅しはじめた。

やがて到着した佐伯の海は、静かに眠っていた。サッーと投げかける探照灯の光芒に、湾内投錨の大小の艦艇が黒ぐろと浮かびだされた。本艦三十一号丙型海防艦（昭和十九年八月二十一日竣工）もこの一群に投じ、むこう数ヵ月の訓練をうけることとなったのである。

ともあれ、あいかわらず波は舷窓をたたいている。吊床からそっと降りた私は、ひとり露天甲板に出た。佐伯の町の灯がちらちら明滅し、黒い峰の稜線には淡い残月がかかっていた。八月末とはいえ、夜明けに近い海の風はうすら寒く肌にしみた。いま、艦上には私一人が立ち、四周は寂《せき》として声なきところに、わが帝国海軍の精鋭は静かに憩《いこ》いのときを過ごしてい

81号と同じ丙型海防艦 225 号。昭和20年５月に竣工したが、53隻の丙型の52番目に完成した最新鋭艦。高さを増した後檣に13号電探、艦橋上に２ｍ高角測距儀、ラッパ状22号電探も見える

た。

辛く悲しい訓練の時を経て

佐伯の朝は、水上偵察機の湾内狭しとかけめぐる轟音にはじまる。水煙をもうもうとたて七色の虹をえがきながら、一機また一機と敵潜水艦をもとめて雲煙のかなたに飛び去るさまは、まさに豪快そのものである。

私たちの訓練も、じつに厳格をきわめた。艦隊勤務の月月火水木金金である。

「合戦準備昼戦に備え」の号令で、いよいよ激しい日課にはいる。動作はつねに駆け足、階段は二段上り、下りは三段飛び、夜は夜で夜間戦闘訓練であるが、これは標的艦が木のやぐらを引っぱって闇の海上を走る。

これを一番艦より順次砲撃するのであるが、暗黒の海上にサッと光芒が走る。と同時に、すぐに砲術員は標的をつかむ。すると瞬時に光芒は消え砲火がうなる。

まさに電光石火とはこのことである。海軍の砲術は世界無比とおしえられた。

私は本来は電測員であったが、途中で暗号兼務を命ぜられた。金襴《きんらん》どんすの帯しめながら花嫁御寮はなぜ泣くのだろ？——暗号長はよくこの言葉をつかい、私にこんな話をした。

「暗号兵は毎日、机にむかって他の業にはつかず、いつも手もきれいになっており、艦長の側へもよく行ける。君もこの仕事をしていると、同年兵に恨《うら》まれるかもしれないよ。しかし、この仕事はなかなか大変で重い責任なのだよ」

この暗号長も本艦撃沈のさい、暗号書類を整理するため遂に脱出の機をのがし戦死された。
タ、ター、タ、ータータ、タター——哀調をおびた巡検ラッパ。これを聞くと新兵は、故郷をしのび毛布をかぶって泣くといわれる。「巡検終わり、タバコ盆出せ」との命令が兵隊にとっていちばん楽しい憩いのひとときである。しかし巡検のときは、全員が吊床で寝たふりをする。顔を動かすことすら許されない。当番兵が兵員室の入口に立って、当直将校の巡検を待つ。やがてコツコツ靴音を立て、各室を巡検する。
当直士官が先任伍長や甲板下士官などを連れ、さらに兵隊が箒《ほうき》と塵取りを持ってお伴をする。先任伍長は手にちょうちんを持って歩くことになっている。この姿は、ふつうでは見られない。そこで体をそっとねじり、寝たふりしながら、そっと横目で見る。なにしろ甲板に雑巾でも落ちていようものなら、大目玉であるからだ。巡検がぶじに終わると、寝たふりの兵隊がもそもそ起き出す。それからが、楽しいひとときである。

ときには闇にまぎれて、島からミカンを小船で売りにきた。暗い後甲板でこそこそ、ひそひそ、まさに闇のなかでの〝闇取り引き〟である。甲板士官にでも見つかったら、これまた

敵機B25に対し高角砲を右舷に指向、全速避弾運動中の丙型11号海防艦

大目玉だ。だが、あんがい黙認されていたようだ。吊床のなかで、そっと食べた青い新鮮なミカンの香りが忘れられない。

こんな日々のなかにも、戦局はますます厳しさをまし、わが南方補給路は、まさに重大危機に直面した。訓練も終わりに近く、佐世保へ回航して機銃の再武装をほどこし、本艦は三十一戦隊に編入され、いよいよ出撃を待つばかりとなった。

海防艦一三二号被雷たちのぼる火柱

タカタカタ―　タカタカタ―　タカ　タカ　タカ　タカタカタ―――「出港用意！　航海当番配置につけ」

号令はいつもの通りである。しかし、私の心も身もかつてないほどに緊張した。すべるようにわが三十一号海防艦は、暗黒の闇をついた。総員上甲板に整列し、黒ぐろとうすれゆく故国の山々に惜別の挙手を送った。ときに昭和十九年十月?日、午後十時、艦はやがて速力を増した。夜目にもわかる航跡を残してである。

「今十二時を期して水の子灯台防潜網を突破して外海に出る。総員戦闘配置につけ！」闇をついて号令がとんだ。ビクッとして私は、時計を見た。針はまさしく十二時をさしていた。

本艦はいま、最大戦速をもって危険水域を突破しつつある。総員はそれぞれ部署についている。機関の響きがひとしお強く艦内にひびく。私はいつものように艦橋にいた。伝声管をかたく握りしめながら、艦首にどっと砕けては散る波や、飛びちる泡沫を見ていた。

灯火管制を厳にした海上には、船首に砕ける白波と長々と続く一条の航跡と、そしてときどき叫ぶ見張員の報告以外なにものもない。ただ真っ暗な海面はいけどもいけども、ごっーごっーと潮騒がおそろしく鳴っているだけである。

いよいよ大海に出たらしい、ローリング、ピッチングが激しい。艦橋まで飛沫がとんでくる。やがて敵潜水艦にそなえて十五分おきにジグザグ航法にうつる。

何時間走ったろう。まだ暁には間があるころ、とつぜん本艦の後方海上に、大爆音を聞いた。そのとたんサッと艦内は緊張する。「四番艦被雷炎上」との叫び声に、見れば暗黒の海上の水平線近くにボッーと鬼火のようなものが燃えている。いよいよおいでなすった。なにか肌がぞくぞくする。それでも五番艦が救助に向かい、本艦はさらに前進した。

東天の白むころ、ふたたび私は艦橋にたった。見わたす海上には、一っぱい、二はい、三ばい、四はい、そして真ん中に一万トン級の油槽船、都合六隻の船団が白波をけたてていた。真ん中は仁栄丸で、空母への燃料補給とのこと。護衛は旗艦の駆逐艦秋風《あきかぜ》ほかで、昨夜、豊後沖で船団が合流し、いまは沖縄をめざして航行中である。昨夜の被雷は、海防艦一三二号(昭和十九年九月七日竣工)であったが、どうやら沈没はまぬがれ佐伯に向かったとのことである。

私たちは、その日の午後、防暑服に着がえた。時計の針もなおしたような気がする。

やがてまた、いやな日没がきた。潜水艦に追尾されているときは、未明と日没がいちばん危険とされる。訓練された見張員は、夜でも一千メートル先の雷跡が見える。眼鏡をつかえば揺れる艦上から水平線上のわずかな煙突までも見わけるという。その神業《かみわざ》も光線の変化で狂いが生じる。そこを彼らはねらうのである。

かつてマラッカ海域を航行中、当直をおえた私は、ひとり上甲板で涼んでいた。このへんは深度二十メートルくらいの浅さで、敵潜水艦の攻撃もないだろうとのことであり、ちょうど十五夜の月も冲天にかかり、金波、銀波、のんきな海の旅であった。

が、突然、機関は最大戦速の響きをだし、ハッチを開けて飛び出す兵隊もいて、さらに面《おも》舵《かじ》一杯、艦は急速に外側にかたむいた。ハッとおどろき振りかえった私の目には、本艦の航跡に併行して一本の雷跡が走っていた。背筋に冷たいものを感じながら空をあおいだ。

いままでこうこうと照っていた十五夜の月は、いつのまにか雲に入り、海上はうっすら暗くかわっていた。敵ながらあっぱれ、その機を狙ったが、しかし本艦の見張員がすぐれていた。一千メートル先で雷跡を発見し、艦はすばやく回避したのである。

このようなわけで航海中は、つねに未明と日没は戦闘配置となり、手あきは総員見張りとなる。またその日没がきた。

仁栄丸轟沈と重油の海の救助

どこを向いても島影ひとつない渺々たる大海に、いま真っ赤な太陽が静かに沈んでいく。海も空も黄金に輝くすばらしい南海の落日である。夕日を見ると、皆いちように懐かしい故郷を思い出す。しかし、戦いの現実はそのような感傷は許さない。現に本船団の海域には、虎視眈々として敵潜水艦が追尾しているのである。

敵の電報を傍受したところによれば、本船団の行動は正確に打電されているとのことであったが、私は当直を終わり、揺れる吊床に入った。疲れて眠る私の耳に、とつぜん大きな爆発音があって、ハッとした耳元にビ、ビーの警急ブザーが鳴った。これは本艦三十一号に飛行機が突っ込んでくるか、魚雷が向かってくるときである。

吊床から飛びおりたのも、艦内靴をつかんだのも知らなかった。足は宙をけり、体はまっさきに上甲板にとんで出た。もちろん階段は二段飛び、いや三段くらいは飛んでいただろう。プーンと、鼻をつく重油のにおいがする。しかし真っ黒な海上には何事もなかったように、ただ潮風がゴッーと鳴り、艦首にはどっと白波が砕けていた。そのとき「仁栄丸轟沈」の悲報が、各艦にとんだ。ああ遂に沈んだか！　時に午前四時、夜明けにはまだ間があった。敵ながらよくこの堅陣にくいこんできたものだと、私はなにやら空恐ろしくなった。

やがて東天は白み、人類闘争の場に赤々と日がのぼった。なるほど、重油くさいのもその筈で、見わたすかぎりは重油の波であった。ほかの艦艇も、ともに重油の波をけたてていた。重油のなかを行きつもどりつして救助作業にうつった。重油のなかから真っ黒な顔を出して船員が救助をもとめている。

「各艦ただちに救助艇を出す。短艇員集合」とか「大砲分隊配置につけ」などと、つぎつぎに命令がくだるが、これがたいへんな作業である。

なにしろ敵潜水艦のひそむ海域でボートを降ろすのである。すなわち艦は防備上、停止を許されない。そこでボートは、走る艦より海へ落とすのである。これは命がけの仕事である。艦にはダビッドと称する短艇吊りがあって、それに綱をつけてゆっくり降ろしながら、波の上二、三メートルからその綱を切り落とすのである。救命具をつけた艇員もろとも、本艦三十一号海防艦のけたてた白波のなかへ落とすのである。

艇員も艦上も、ともに血走った目で怒鳴りあっている。〝なるほど戦争だわい〟とつくづく感じた。元気な遭難者は、艦より流した太い綱につかまってひろいあげられる。やがてぞくぞくボートに乗せられて、生き残り船員が縄梯子をあがってくる。

〝それ重油をはかせろ〟〝水だ水だ〟〝衛生兵はどこだ〟と怒鳴り声とともに艦内は重油のにおいが充満した。重油の海を走っているせいか、飯もお米も、なにもかも重油のにおいだった。怪我人もだいぶいる。私は重油と血の色でぬたぬたになった上甲板がいつまでも目にちらついて、その日一日、飯が咽喉をとおらなかった。

船団がふたたび隊伍をととのえ、奄美大島へ入港したのはその日の夕方であった。島は濃い緑におおわれ、小雨にけむっていた。と、その島かげからとつぜん迷彩色の快速艇がとび出し、水煙とともに本艦三十一号めがけて突っ込んできたが、あわやのところでひらりと躱《かわ》しさった。どうやら特攻訓練だとか。びっくり仰天した。

やがて艦は、入江に停止した。そしてガラガラと音がして、艦は激しく上下に動揺した。投錨である。すると兵員室に死んだように眠っていた昨夜の遭難船員三名が、ハッと飛びおき、顔色をかえて先を争って上甲板へとびだした。なにごとかと一同顔を見合わせた。たぶんいまの投錨の音を、また魚雷が当たったと思ったのだろうと笑ったが、私はとても笑えなかった。

沖縄をあとに、ふたたび船団は南下する。びょうびょうたる大海はいつか灰色におおわれ、風も強くなって白波はるいるいとして行く手をつつんだ。針路は馬公である。艦橋からは、しきりに伝声管をつうじて命令がとんでいる。

「探知、右四〇度、三〇〇〇、感五」水測が敵潜水艦をつかんだらしい。「聴知、右四〇度、スクリュー音らしきもの感四」聴音機もつかんでいる。日没が心配である。兵員室では「いよいよ今晩あたりはうちの番かな」「なるべく服はたくさん着ているほうがよいそうだ」「飛び込むときは靴も脱がぬほうがよい」と、こんな会話がひそひそかわされている。

「俺は今夜は艦橋で一晩当直でもするかな」操舵長の広瀬兵曹がこんなことをいいながら、艦橋から降りてきた。沈むときは上のほうにいるのがよいとされている。

班長は、乾パンを空《から》の茶つぼに入れ、ローソクで封をしながらつぶやいた。「これで一週間は持つ。なにしろ状況は悪い一方だよ」こういい残してまた艦橋へ向かった。

室内には、重苦しい空気がみなぎった。いよいよ最期か？　私もやおら自分の衣嚢（衣類や私物を入れる大きな袋）から、白い風呂敷包みをとりだし、揺れる机の上に開いた。この風呂敷には、故郷のにおいが残っている。千人針と日の丸の寄せ書きは、しっかりと腹にまきつけた。出撃前夜の祝宴でもらったキャラメルと黍餅《きびもち》は、だいじに油紙につつんでしっかり胸のポケットにおさめた。お守りも、ありったけポケットに入れた。

波濤万里、現身《うつしみ》を木の葉に託す——死はもとより覚悟のうえではあるが、これから行くであろう南国の風物にも接してみたい、おいしい椰子《やし》の実も吸ってみたい、できればこの大戦の結果も見て死にたい。

敵潜水艦の監視をかいくぐって

総員は緊張のなかに、またも日没をむかえた。

「一番艦舵故障」と、いよいよ天運がつきたのか、情けない報告がとどいた。暗黒の海上、しかも敵の潜水艦を前に立ち往生とは？　いや、艦はすすむが舵がきかない。よって僚艦が大きく円型をむすんで周囲を旋回して護衛しつつ、馬公に直進した。

やがて僚艦から先制の爆雷攻撃が開始された。夜にはいってからは波がますます高く、激浪は怒濤となって上甲板から艦橋下部を洗っていた。見張員は、カッパのうえから体を固定物に縛りつけて叫んでいる。ズズーン、ビビーンと闇をついて爆雷音が飛沫とともに響いてくる。

〝アッ火が見える〟激しく上下する闇の水平線に、のろし火のごときものが見える。敵潜水艦の白光信号か？　あるいは敵艦隊か？　やや、また一つ、また一つ……いよいよ水上戦闘か？　体がこわばってくる。だが、しばし艦内に沈黙がつづく。おかしい、艦橋からはまだなんの命令も出ない。ややあって連絡があった。「波間に明滅せる火は、僚艦の爆雷投下場所を他艦に知らすためのものなり」ということなので、ホッとした。やがて敵潜水艦は逃走し、わが方の損害はなかった。

私はその夜、ゆれる吊床に揉《も》まれたせいか、船酔い気分であった。翌朝、総員起こしの声がかかったが、むかつく胸をさすりながら激しくゆれる吊床を、自分も一緒によろけながら括《くく》りつけるのは、苦しいの苦しくないの……やっと吊床をネッチング（格納棚）におさめると同時に、上甲板へかけのぼった。

が、間に合わない。ままよと戦闘帽を前にずらし、中へゲロゲロ……そして上甲板へよろけ出て片手を手摺に、打ちあげる波で帽子をざぶりと洗い、ぶるっ！　と振っただけでそのまま頭へかぶる。これは私の航海中、ただ一回の醜態であった。甲板は兵が血をながして死ぬ聖地であり、そこを汚すのは恥とされ、絶対に許されないとされている。

船団はやがて馬公に入港した。電探長の鈴木一曹はひとり後甲板の手摺にもたれ、近づき、去りいく湾口の島々を感慨ふかげに見つめていた。話にきけば先年、巡洋艦夕張で、ここで敵潜水艦の雷撃をうけ遭難救助をされたとのことであった。

馬公は遠浅のなだらかな砂丘のつづきに民家が見え、海は強風に白波がおどっていた。港も低い砂丘にかこまれていた。物資はほとんど台湾に依存され、海上輸送の困難ないまは極端に不足し、兵隊たちの楽しみにしていたバナナも、ついに姿を見せなかった。そこで酒保で飴と中国酒の四合瓶を買い、戦友と飲んだ。馬公の印象はこのていどで、ただ風ばかりヒユウヒユウと吹いていた。名物だそうである。

馬公をあとに、つぎは台湾にむかった。明るい真夏のごとき太陽を真上にあおぎながらの、海峡の旅は平静であった。水平線上にぽっかり台湾の山々が浮かんで見えて、なんとなく南国的な明るさがあった。やがて椰子林の見えるところまで接岸し、山々をながめつつ南下した。

十一月二日、高雄入港。兵員たちはただちに洗濯の準備にかかった。ひさしぶりに見る水道より流れ出る冷たい水に、みな歓声をあげ頭から水をかぶってよろこんだ。またたくまに前甲板に洗濯綱がはられ、〝満艦飾〟の洗濯物が南国の夕風になびいた。明くる日は明治節（十一月三日）、銀飯を食べ、君が代を歌い、そして万歳を三唱した。

半舷上陸は新しい防暑服に身も軽く、私たちは高雄の町の雑踏に消えた。ここは露天商が多く、雑然としたスノコ張りの店にはパパイアの実やバナナがならんでいた。砂糖は豊富にあり、氷水の甘さは天下一品であった。

その夜、本艦三十一号に横付けた掃海艇の鷺《さぎ》は、入港と同時に洗濯をはじめ、夜を徹して出港準備をし、暁の雲をついて出港した。私は、吊床のなかでその出港ラッパを聞いた。そしてそれから数時間ののち、本艦の電信兵は鷺の発信した〝ワレヒライチンボッセン〟（我被雷沈没セン）の生電報を傍受した。

われわれも救助におもむいた。だが、駆逐艦の甲板上には、今朝はやく出た兵員生存者が、濡れネズミになっていた。戦場はすぐそこである。

護衛艦隊「千振」「淡路」南シナ海の慟哭

船団護衛で見せた海防艦の死闘と僚艦淡路と護衛空母雲鷹の最後

当時 御蔵型「千振」艦長・海軍少佐　石山泰三

昭和十七年早春のことであった。すでに日本の沿岸に敵潜水艦が出没したという、いろんな情報があちこちで乱れとんだ。たとえ、それが本当のことであったとしても、けっして公表されることはなかった。

とにかく、真珠湾を攻撃されたその報復の一念に燃えたぎるアメリカは、日本を壊滅させるためのあらゆる手段をとるということで、大胆不敵にも瀬戸内海へ侵入したなどの噂もさかんに流れた。しかし、米国もまだ日本軍の実力を買いかぶり、また彼らもたいした自信もなく逃げ腰であったので、いちおう特設部隊の存在価値はあったようだ。わが主戦部隊は遠く戦火を拡大中で、沿岸のコソドロくらいの小敵にはかまっていられなかった。

それに初期のころのアメリカの魚雷は不発が多く、命中しても爆発しない例が多かった。あるとき日昌丸という巨船が船橋前の三番艙に雷撃をうけて、巨文島の内部に逃げこんだことがあったが、空船のため沈没はまぬがれた。なにしろ魚雷二発をうけながら凹傷だけで続

千振と同じ御蔵型の能美。御蔵型は択捉型の船体に対空対潜兵装を強化

航した例もあった。前記の日昌丸雷撃は、当時の米海軍としては得意だったらしく、放送で仮装巡洋艦一隻を雷撃大破と報道していたことを記憶している。

さすがに対馬海峡を突破して日本海にはいる度胸はまだなかったらしく、関釜連絡船が雷撃されたのは昭和十八年なかばすぎてからであった。そして昭和十八年になって、砲座を搭載した優秀船がぞくぞくと建造されはじめた。特設あるいは仮装として軍艦に代用するふくみであった。

旧型艦では約十ヵ月も要した大型艦が、この頃になるとその約五分の一ていどの日時でつくられるようになったという。が、その頃すでに敵潜水艦の活動はますます練度を高めていた。したがって海上護衛は当面緊急の課題であった。

なにしろ航空燃料難は、南方の前線のホープとして活躍している航空隊の戦力に直接ひびいてくる。そしてそのころ国内での搭乗員訓練は困難となり、艦隊の動きも自由ではなかった。

そして、ついに建造予定の大型空母一隻分を、護衛艦多数の急造にきりかえ、海上護衛機構の強化一新をはかったのである。この決断は、前線航空部隊からの推進に負うところが大であった。かくて護衛を主要目的とする海防艦が量産されるわけであるが、戦局の激化にともなって、護衛輸送では間にあわず、自衛自送の輸送艦が出現した。

注目をあびて誕生した千振

海防艦の艦長の大半は予備士官で、機雷学校の対潜教育を二ヵ月ほど受けてから配属された。そのため海防艦長の初期の平均年齢はおおむね四十四、五歳であったが、期をかさねるにしたがって、かなり若くなった。その後、機雷学校はまもなく対潜学校と改称された。

そのころ現役、予備、特務の冠称が撤廃されて、各員いっそうの奮起がのぞまれた。予備士官はとうぜんのことながら部内の制度、慣習、戦技を身につけるのが精一杯で、とても闘志満々というところまで養成される暇はなかった。いや、もし闘志があったとしても、功績稼ぎの域を脱しきれなかっただろう。

海防艦は就役前に豊後水道で対潜、対空の訓練をうける。主として水測兵器の活用を指導された。訓練用の潜水艦を相手に、探知から爆雷投射の位置まで接近する演習をおこなう。指導官の監督下に艦長は目かくしをして、艦底の水測室から報告される潜水艦の動きに応じて操艦接近する。

水測室から艦橋へ「右二〇度潜水艦！　感度三。距離一五〇〇メートル。確実」「了解！

目標はずすな」

「面舵《おもかじ》一五度。一戦速。戦闘爆雷戦。深度二〇メートル」するとふたたび水測室から、「目標左へもぐる。右一〇度！　右五度感度五」

「了解、取舵《とりかじ》にあてい。ようそろう」水測室から、「距離五〇〇。送波器上げい！　投射はじめたい」

これが水測室、艦橋、機械室、操舵、後部爆雷室ならびに総員への号令と連絡の基本であるが、わずか数分のうちに行なわなければ戦闘はできない。指導官から演習やめが命ぜられ、「艦長、撃沈は確実だ、目をあけろ」といわれて外を見ると、目標になった潜水艦が近くに浮上している。

これを繰りかえしているうちに自信がつく。心理的に自信をさずけて送りだすのも、この訓練の目的のひとつであったのだろう。しかし、この演習もしょせんは卓上プランであって、剣道での竹刀打ちであった。

反撃のおそれのない相手に安定した気持で、風浪の抵抗のない、性能完全な探信儀をつかって立ちむかうということは、一種のスポーツであった。なぜなら実戦となると、様相はまったく一変するからだ。

風浪、船団、僚艦、その他の雑音は、水測の性能をさまたげるし、精神は不安定である。それよりなにより敵潜の方がレーダーでわれわれより先にこちらを見きわめているし、おまけに敵は複数であった。いわゆる狼群戦法であった。この戦法は、大西洋戦域ではすでに常識的な戦法であったが、日本ではまだ信じられなかった。ところで、高速を得意とする駆逐艦は潜水艦制圧の武器と信じられていたのに、逆に葬られた戦訓がしだいにふえてきた。

それは駆逐艦が目標にむかってゆく間に、横から雷撃をうけるのだ。前線では二隻以上の敵の協同作戦という見方が有力であったにもかかわらず、指導官は目標が横に移動して撃つのだという見解をとっていた。

わが潜水艦の能力が固定観念となっているから、真相がつかみにくい。水中速力の想定でも、レーダーの実用ていどでも、果たして計算にはいっていたかどうか、疑問である。

海防艦千振《ちぶり》（御蔵型七番艦）は昭和十九年二月艤装員編成、五月に就役した。この艦は新式の三式探信儀を装備して、最高十八ノット、反響音が艦橋につたわって光線となり、視認できる構造で成果が期待されていた。

門司～シンガポール間の高速船団（ヒ船団と呼称）護衛に配属。海防艦十九号、海防艦十七号、海防艦十三号と四隻で第一海防隊が編成され、護衛の基幹部隊を形成した。

その年の十月。南西方面艦隊所属となり、レイテ突入の捷号作戦には、第一遊撃部隊第三夜戦部隊の洋上補給隊に配属されて、レイテ島争奪戦中はミリ～マニラ間のタンカー護衛、その後シンガポールの重巡部隊とリンガエン突入計画のさい、洋上補給のタンカーを護衛して先航したが、途中、仏印サンジャック沖でハルゼー艦隊の艦上機と交戦し、昭和二十年一月十二日、ついに爆沈した。実役七ヵ月。当時誕生した僚艦にくらべると、むしろ長命の方であったかもしれない。

船団の身代わりとなった淡路

昭和十九年五月末、輸送船団が門司を出てから降りつづけた霧雨のなかを台湾東岸にさしかかったのは、明くる日の夕刻であった。夜になっても雨はやまず視界はさらに悪化して、ついに単縦陣となった。こんな空模様なので、飛行哨戒はできないから、なかなか思うようにはいかず、おかげで空母も荷厄介となった。

護衛部隊は敵潜占位の算が多い陸岸側にそって、船団の右側面を警戒しながら一路南航していった。ときおり島づたいの山腹に赤い炎が見えていた。われわれの船団通航を合図する山中ゲリラのしわざだと、暗闇の艦橋でささやかれていた。

夜半すぎのことであった。われわれの前方に上がる火炎。そして突如としてきこえる爆音十数回。さては雷撃されたかと思いつつ現場にむかった。気のはやい航海長は爆音をかぞえながら、被害数隻とさけんだ。

船団はとっさに四散した。逃げるというよりも自衛措置であった。闇のなかを反転してくる船団をさけて急行するのも、なかなか危険なもので、艦隊運動をいのちとする夜戦部隊さえ、味方同士の衝突の公算が大きかった。とりあえず爆音のした方向にいってみると、暗闇の現場はすでにふかい静寂につつまれていた。

もうすでに敵は逃げてしまったのだろうか。明かりを暗い海面にむけると、木片や油などおびただしい浮遊物があった。そして波間に浮かんでいた生存者数名を発見して救助したが、それは僚艦淡路《あわじ》（御蔵型三番艦。十九年一月二十五日竣工）の兵員であった。

それは、敵潜水艦が放った魚雷が、船団にとどく前に淡路に当たった。すなわち護衛艦が身代わりとなったというわけである。

その日、夜がしらじらと明けそめるころになって、しずかな海面を見わたすと巨船が一隻漂流していた。それはまぎれもなく、陸軍専用の虎の子の特殊建造船神州《しんしゅう》丸であった。甲板上には鈴なりになっている兵員およそ三千人ほど。まさに一大事であった。

そして淡路の甲板にあった安全装置をはずした爆雷が、海中でつぎつぎに爆発して、その

御蔵型3番艦・淡路。航続16ノット5000浬。高角砲3門、3連装機銃2基。探信儀2基に聴音機と掃海具装備

轟爆音におどろいた船団がクモの子を散らすように四散する際たがいに船尾を接触し、こんどは後部積載のカーバイトに引火して炎上、ただちに消火にあたった。そのうちの一艦が推進操舵不能になったことがわかり、これを船団指揮の巡洋艦香椎《かしい》が夕方、台湾の基隆に曳きこんだが、途中、千振と第十九号海防艦がその護衛をつとめた。

この間の状況は、まさに蜂の巣をつついたような騒ぎだった。そして曳航整備作業中は、基地航空機も応援にやってきて、警戒に協力した。

そうこうしているうちに、すぐ近くの陸岸で不可解な爆発があった。戦果をうかがっていた敵潜水艦が、沖合から放った最終の一撃がはずれて、陸岸に当たったものとみられたが、いっぽうでは飛行機からの投弾という意見もあった。

基隆の司令部では、船団護衛の指揮官は緊急待機ということで休む暇もなく、あらたな緊張のうちに数時間がながれていった。

ところで淡路の生存者は、怪我をしているわりには元気な姿で病院へ送られていったにもかかわらず、水中の爆圧は恐ろしいもので、終夜、腹痛をうったえながら死亡したという連絡があった。結局、淡路は一名の生存者ものこさなかった。

海面に浮かぶ雲鷹の遺品

運航指揮艦の香椎を先頭に、護衛空母雲鷹《うんよう》を中央にして、航空燃料を積んだ栄宝山丸、音羽山丸、梓丸ほか一隻がその両側をはさんだ。高速緊急輸送船団は護衛艦数隻にかこまれて、

御蔵型２番艦・三宅。択捉型よりも航続力を減らして兵装を強化

シンガポールから南シナ海北東部へさしかかった。それは昭和十九年九月十六日の夜のことであった。

空母は直衛をはなれて船団の中央に囲まれているので、千振は後部にあった。その時である。ものすごい轟音がとどろいたかと思うと、青白い火炎がふきあげ、あたりはたちまち火の海となり、船団の黒い影が夜空にくっきりと浮かびあがった。

だが、場数をふんでいるわれわれはちっとも慌《あわ》てず、隊列も乱れなかった。香椎は方向をかえて増速し、船団もこれにつづいた。そして制圧部隊だけが残っていたが、火の海ではいかんともしがたく、このさい千振も空母に後続して、直衛するよう命令があった。

しばらく前方の黒い影を見守りながら、雲鷹の健在を信じて続行した。するとまもなく、戦場のタブーを破った緊急通信が千振を連呼している。雲鷹が遭難浸水中という。一体どうしたというのだろう。雲鷹がわれわれは急きょ反転したが、この間の心境は筆舌につくせない。

とにかく明け方まで海面上に艦橋の影を視認できたが、それも徐々に沈みはじめ、ついに海没した。海面は人と浮遊物でいっぱいだ。一刻もはやく救助しなければ——ということになって、わが艦は人命救助艦に早がわりして助けあげたが、いつも沈着温厚な雲鷹艦長の姿はなかった。ふと見ると材木につかまって軍歌を合唱している一団があった。それは雲鷹の艦上機の搭乗員たちであった。そして炎上したタンカーは梓丸であった。

アメリカ側の記録によると九月十二日、おなじく南シナ海で米潜水艦三隻が、護衛艦七隻にかこまれた船団九隻を攻撃し、商船四隻、護衛艦二隻を撃沈したが、そのうちの遭難船楽洋丸にあった白人捕虜が、筏《いかだ》で洋上に放されたことがわかった。香椎船団を攻撃した米潜水艦は、緊急命令でその救助にむかう途中であった。

三隻編隊の一隻は空爆の損傷で帰投し、残り二隻の活動であった。執拗な追尾や迎撃でなく、遭遇の感が少なくない。帰りがけの駄賃にされたわけで、この二隻は明くる十七日に筏を発見し救助している。まさに運命とは奇しきものである。

丁型一五四号艦長〝機雷掃海〟戦闘日誌

日本の息の根をとめた投下機雷と格闘した関門海峡東部の日々

当時一五四号海防艦長・海軍大尉　隈部五夫

太平洋の島々を攻めては占領し、北上をつづけていた米軍は、昭和十九年七月七日、東京から二五〇〇キロのサイパン島を攻略した。これで関東以西の日本国土を爆撃可能にする空軍基地を獲得したことになった。そして、この島の完全占領の前、六月二十四日には、日本軍の滑走路の跡に飛行場の建設をはじめ、十月十二日にはB29の一番機をここに進出せしめた。

潜水艦は開戦後、日ならずして日本近海に現われたといわれている。潜水艦は海上の敵であるが、航空機は海上も陸上も、瞬時に襲いかかって来る敵である。その基地が爆撃距離圏内に設置されたことは、防衛する側にすれば、これに対抗する兵力があっても大変なことであった。十一月一日には偵察機を飛ばし、東京の偵察写真を撮影している。天候にはばまれていた東京初空襲は、十一月二十四日に成功し、つづいて各地の空襲を実施するようになった。

マリアナ基地を確保して、日本の都市を爆撃していた米陸軍第二十一爆撃兵団のB29は、昭和二十年三月二十七日、関門海峡（別名下関海峡）西口の封鎖を目標として、感応機雷を投下した。はじめ米陸軍航空軍は、機雷投下のためにB29を使うことには反対であったと伝えられている。しかし、この見事な陸海協力作戦は、日本の本土決戦に引導をわたしたといってもよい成果を挙げた。

戦艦大和の呉出港を待っていたかのように、四月に入って呉に感応機雷が投下された。四月四日の朝、呉港内で内火艇が感応爆破された。爆発音に驚いて甲板上に出てみたが、水柱はくずれて、内火艇の姿はすでになかった。艦艇も陸上も驚いた。当時、海軍の主根拠地であった呉だから米軍は呉をねらったのであろうが、それだけに影響は大きかった。つづいて関門海峡東口において、海防艦の感応沈没の知らせがあった。飛行機よりも、潜水艦よりも対応の難しい強敵が現われたのである。なお、感応機雷について付言すると、艦艇が直接機雷に接触しなくても、鉄が近づくことによって磁気を帯び、あるいはスクリュー波や音源によっても感応して爆発するようになっていた機雷をいう。

沿岸防備の強化

大本営は昭和二十年三月二十日、大海指第五一三号をもって「帝国海軍当面作戦計画要綱」を示し、本土防衛態勢の強化を行なった。「主要海峡湾口の防備強化を計り、日本海における海上交通を確保する」ことを明示した。

第154号と同じ丁型海防艦40号＝19年12月竣工。主機の違いにより、丁型は丙型より燃料搭載量や排水量が増し艦の全長が2m長くなった。また推進軸も1軸(丙型は2軸)で左回転だった

この方針にもとづいて、第七艦隊、第一〇四戦隊、第一〇五戦隊が編成された。ここに帝国海軍最後の艦隊として第七艦隊が生まれ、日本海ならびに沿岸、海峡、湾口の防衛の大任を負うことになった。第一〇四戦隊は、昭和二十年四月十日付で編成された。大湊警備府部隊に編入され、津軽海峡および宗谷海峡方面の防備強化が主要任務で、近海航行船舶の護衛の任をもつことになった。その兵力は海防艦＝福江、国後、八丈、笠戸、占守、択捉である。

また、第一〇五戦隊は少し遅れて、昭和二十年五月五日付で編成された。舞鶴鎮守府部隊に編入され、日本海航行の船舶の護衛をその主な任務とした。その兵力は駆逐艦＝響。海防艦＝第十二号、第四十号、第六十五号、第一一二号、第一五〇号、第二〇五号である。そして第七艦隊は、昭和二十年四月十日、連合艦隊の最後の艦隊として編成された。

威風堂々、まさに軍艦マーチそのままの連合艦隊は、すでに全滅にひとしい状態にあった。わずかに残ったのは第四、第六艦隊といった、名のみの艦隊だけである。しかもこの両艦隊は南の島にとどまった形となっていて、もはや動かなくなっていた。ほかに第十方面艦隊、支那方面艦隊等があったが、力はなくなっていた。第三、第五、第十、第十二航空艦隊が陸上に司令部を移していた。

このような追いつめられた海軍の苦しみのうちに編成されたのが第七艦隊である。その任務は対馬、壱岐海峡より関門海峡におよぶ日本海の海上交通の護衛と、沿岸港湾ならびに関門海峡の安全の確保であった。司令部を門司に置き、司令長官以下の幕僚は第一護衛隊兼務であった。編成当時の兵力は一六三頁表のとおりである。なお、私自身のことに触れると、それまで勤めた特設掃海艇の艇長から、昭和二十年二月七日に新造の海防艦第一五四号の艦長に転じている。

さて、この編成に関し、とくに目につくのは「海陸中央協定に基き昭和二十年四月十五日以降、対馬要塞守備隊並に水上作戦に関し下関及《および》壱岐要塞の各一部を第七艦隊司令長官之《これ》を指揮す」と明確に記されていることで、これはあまり知られていない。

これらの艦艇の陣容をみれば、「これでも艦隊か」といぶかる人も多いことであろう。それほど、軍艦らしくない艦艇の集団であった。隻数は多いが、これらを海上に集めてみたならば、沿岸航行船の入港待ちと一斉出漁の漁船の群れとを、海防艦という海軍の艦が見守っている図になるであろう。追いつめられた海軍をいちばんよく知っていたのは、これら第七艦隊の艦艇であり、乗組員ではなかったろうか。

機雷原という表現さえ使われるようになった関門海峡にあって、これら特設艦艇に課せられた使命を認識し、電波兵器と竹槍の戦闘のごとく、おのれの不利を知りつつ、歯を喰いしばって耐えた。——それが第七艦隊の真の姿である。

編入された艦艇のなかには、聞き慣れない艦艇種がある。知られているはずの海防艦にしても、島の名がつけられた艦、番号艦、それも偶数と奇数艦がある（第七艦隊の場合、偶数艦だけだが）。それらがこの追い込まれた日本海の一隅にあって、いかに戦ったのかと、いぶかしく思われるかもしれない。特設のつけられた艇は、いかなる艇であって、その目的は何であったかはわかりにくい。これらの艦艇は、就役の日から後方にあって潜水艦の哨戒、輸送船団の援護、航路の指示などに従事し、電波兵器には縁遠い艇であった。

投下機雷掃海のために徴用された漁船もあって、これがもっとも重要な役を引き受けていた。

沿岸防備の艦艇と乗組員

遠い南の海、東の海で戦っていたときは、大艦巨砲に航空機を加えての戦闘であった。そこには国民に知れ渡った、あの堂々の高速艦が広い海を走りまわっていた。それらの艦隊が存在したのは幻であったかのように、いまやことごとく姿を消してしまっていた。そして北上をつづける敵は、つぎつぎと南の島を攻略し、基地を確保しつつあった。

◇第七艦隊編成表

第一八戦隊　敷設艦常磐、特設敷設艇高栄丸、永城丸
海防艦　第一〇二号、第一〇四号、第一〇六号、第一五四号
下関防備隊とその所属艦艇
特設捕獲網艇　第三日正丸
特設掃海艇（第三三掃海隊）　女島丸、眉山丸、第五楓丸、美代丸、第五徳豊丸、第二号朝日丸
哨戒特務艇　第二五号
駆潜特務艇　第六〇号、第二一七号、第二四六号
特設監視艇　長岡丸
特設駆潜艇　第一〇日東丸、第一一日東丸
曳船　第一曳船、第二曳船
徴用漁船　第一姓誉丸、第二姓誉丸、明神丸、増栄丸、灘吉丸、福吉丸、第五金比羅丸、第六金比羅丸
（その他、壱岐、対馬方面に作戦指揮の艦艇があった。その隻数は、駆潜特務艇一一隻、特設監視艇五隻、特設駆潜艇三隻、徴用漁船二隻）

敵の基地から飛んでくる航空機が、直接上空から本土を襲いはじめた。こうして都市や港湾、海峡などがねらわれるようになったが、敵の火器と相対するには、小回りのきく艦艇の方が便利であった。そのためもあって、これでも海軍の艦艇かと思われる艦が活躍するようになった。はじめて敵を本土に迎えての戦闘であり、南の海で戦った人から見れば、およそ兵力ともいえない兵力であった。それだけに、その戦闘は悲壮なものがあった。

総力を挙げても勝目のない戦闘に、兵力とはいえない兵力で立ち向かった、これら小粒の艦艇の苦しい戦いを知るために、まずこれらの艇と装備を見てみたい。

まず海防艦であるが、海防艦という名称は明治二十四年に厳島《いつくしま》につけられた艦名である。当時は、巡洋艦、砲艦とともに主力艦であったのであろう。その後、幾多の変遷をへて、太平洋戦争前には軍艦として、軍艦の象徴である御紋章が艦首にとりつけら

れた。これが近代海防艦の原型となった。太平洋戦争がはげしくなると、南の戦線への補給増強に緊急を要するようになった。加えて敵の航空機、潜水艦の攻撃が執拗に繰り返され、輸送船の被害が増大した。商船改装の特設艦艇や駆潜艇では間に合わなくなった。

そこで建造されたのが新しい海防艦で、昭和十八年三月二十三日に第一号艦（択捉型二番艦・松輪）が竣工した。しかし、これに先だち、昭和十七年七月一日、艦種類別が改正され、海防艦は軍艦籍よりはずされ、単独の海防艦種に変更された。これによって名実ともに、海防艦として、護衛に警備に、最前線へと出動することとなった。

海防艦には四種類があった。まず占守《しむしゅ》型の四隻である。これはロンドン条約の制限外艦艇として、北洋警備にあたっていた駆逐艦に代わり、同じ任務に従事することを目的とした。昭和三年の第一次補充計画のときに要求が出された。しかし、このときは予算が成立せず、三回目の昭和十二年の要求で予算が成立し、建造が認められた。昭和十三年十一月二十九日に起工、昭和十五年六月三十日に竣工した。

大量の海防艦建造計画は、昭和十六年十一月の戦時建造計画によるもので、その第一号艦・択捉《えとろふ》は十八年五月十五日に竣工した。十六年の戦時建造計画による海防艦には、甲、乙、丙、丁の四種類があった。のちに甲、乙は甲型と呼ぶようになり、三種類に分けられている。甲、乙型には島の名、丙型は奇数番号、丁型は偶数番号がつけられている。

基準排水量八六〇トンないし九四〇トン、速力十九・七ノットないし十六・五ノット、兵装は一二センチ高角砲三ないし二門を備えた。このほか機銃、爆雷、水測兵器を装備してい

改乙日振型の３番艦・昭南＝19年７月竣工。構造簡易化、急造をはかった改乙鵜来型の船体に乙型御蔵型の掃海具を含む兵装を踏襲したのが日振型で、鵜来型は掃海具を廃して爆雷を増備

た。主機はディーゼルの二軸であったが、丁型はタービン、推進器は左旋回の一軸であった。軍令部は「造れるだけ何隻でも造れ」と要求し、昭和十九年から二十年にかけて、海防艦はつぎつぎと竣工した。

海防艦の総数は、戦前の四隻を加えて一七〇隻。昭和二十年八月十五日には完成していなかった十九隻を入れて、一八九隻といわれている。

つぎに特設艦艇であるが、これは商船あるいは漁船を徴用し、それぞれの用途に応じて改装、武装をほどこした船舶のことである。大は遠洋航路の客船、貨物船から、小は近海で魚を獲っていた小さな漁船まで、その数は大小合わせて一三一七隻といわれている。しかし、この数字は特設の名がつけられている船舶だけの数字である。第七艦隊所属の徴用漁船は、機雷掃海が主な役割であったが、この特設艦艇一三一七隻のなかには含まれていない。

米軍の感応機雷の掃海は、あとで詳しく述べるが、港湾または海峡のせまい海面で行なわれたので、これまでの掃海艇または特設掃海艇では、大きすぎて使えなかった。それで急に小型の漁船を徴用し、掃海艇として使用することとなったのである。したがって、その正確な数はわからない。これらの徴用漁船もふくめれば、徴用された商船漁船の合計数は一三一七隻を上まわるものと考えられる。

編成表には出てこないが、「特設」と名のつくものに、特設巡洋艦があるが、これは読み物その他で取り上げられたこともあるので、知られている。戦前の日本が誇ったニューヨーク航路の高速貨物船が、これら特設巡洋艦として多く用いられていた。それでも、最高速力二十一・五ノット、一五センチ砲、機銃の兵装にたいし、本物の巡洋艦は速力三十五・五ノット、二〇センチ砲、一二センチ高角砲、発射管という兵装であった。特設巡洋艦は船体が大きく、敵の目標になりやすかった。特設運送艦などの別の用途に転用された艦もふくめて、十四隻が潜水艦あるいは航空機の攻撃をうけ、沈没または損傷をうけている。

第七艦隊所属の特設艇には、特設捕獲網艇、特設掃海艇、特設駆潜艇、特設監視艇などがあった。焼玉エンジンで三〇〇トンもあれば大きい方で、五〇トンほどの艇もあった。北九州の響灘、玄界灘の哨戒や航路の指示にあたっていた。冬の玄界灘を吹き荒れる北西の風は強い。吹雪となって海面から舞い上がる雪、一面の白波の尾をひいてつぎつぎと襲いかかる大浪、突っ込んだ艇首から艦橋のガラスにたたきつける浪の飛沫など、任務の哨戒よりも、まず艇の安全を考えねばならない天候との戦いであった。

敵は昭和十八年十月五日、響灘の関門海峡近くまで入ってきて、関釜連絡船の崑崙丸《こんろんまる》を雷撃し、船客、乗組員五四四人の生命を奪った。この潜水艦（米潜ワフー）の行動は、わが方に潜水艦にたいする戦闘能力のないことを曝露したようなもので、敵はその威力を日本の玄関先で示したわけである。日本海の対潜水艦作戦に、新たな問題を投げかけたのである。

さて。海軍には防備隊という沿岸警備の部隊があった。開戦前からあった隊と、開戦後に必要に応じて開設された隊がある。北はいまのサハリンから南は台湾の馬公まで、二十の防備隊があった。各防備隊には艦艇が配備され、潜水艦の哨戒掃討にあたっていた。機雷攻撃の目標となった海面を受け持つ防備隊は、未知の精巧な装置をそなえた敵との戦いが加わり、対策に苦労した。

海軍の艦艇のなかでは、装備も兵器も遅れていた特設艦艇は、この敵の新しい機雷と戦わねばならなくなった。海防艦、特設艦艇の乗組員のなかには、南方戦線の大きな海戦に参加した人たちもいた。それらの勇士には、錨を打って動かぬ艦で、じっと敵の航空機を待ち、投下機雷を見つめるという毎日は、どう受けとめられたであろうか。

いつ自分の艦に落下するかわからない機雷、毎日、見せられる感応爆破、沈没する船、亡くなった人、傷のある人など、おそらく、これら歴戦の勇士には、はじめて経験する戦さであったろう。さすがに、その物に動じない働きぶりは忘れられない。わが一五四号海防艦にも、海軍機雷学校――のちの海軍対潜学校――出身の下士官も乗り組んでいた。これら学校を出た人には、さすがに深い専門知識が感じられた。

同じく海軍対潜学校を出た士官が二名乗り組んでいた。昭和十六年五月「一般大学卒業者を採用して初級将校とする兵科予備学生」という制度が制定、実施された。二人の士官は、この制度が適用されて任官した予備士官であった。このころは、「予備」の二字ははずされ、単に士官といった。この二人の士官は対潜学校予備学生第二、第四期の新鋭であった。

その一人は学徒動員の学生で、昭和十八年十月二十一日、雨の神宮競技場で、ゲートル姿も勇ましく分列行進をした学徒である。海軍対潜学校で、あの短期間に天測術、航海術、運用術、水中聴音水測術、対潜攻撃法、機雷ならびに機雷掃海法等を修得し、第一線に配属されたのである。

それら若い士官が各海防艦に乗り組んでいた。それも機雷掃海の指揮を命ぜられた海防艦第一五四号には二人乗り組み、対潜学校で身につけたもっとも新しい知識で、米軍投下の機雷と取り組むこととなった。その知識が斬新であったことは、科学兵器を駆使する敵に向かう海防艦としては心強かった。本来、海防艦は船舶の護衛を任務としていたので、対潜、対空の戦闘は覚悟していたが、機雷となると意外なことで、戸惑いがあった。

米軍の機雷については、これまで三年余、掃海隊にいて掃海訓練に明け暮れていたが、その実態はよく知っているとはいえなかった。まったく新しい戦闘である。ただ心を支えてくれたのは、対潜学校出身の士官二名、同じく機雷学校で学び、訓練を受けた下士官のいたことであった。これで感応機雷の種類や起爆装置の解明に、あるいは掃海の実施、船舶の嚮導等の困難な作業を実施することができた。

潜水艦と飛行機と投下機雷

さて昭和二十年四月十四日、上海向け輸送船一隻を海防艦三隻が護衛して門司を出港したが、輸送船と海防艦二隻が雷撃をうけて沈んだ。また青島や大連より船団を組み、朝鮮沿岸に沿って内地へ向かう輸送船が、敵潜水艦の目標となっていた。それに九州の西岸より壱岐、対馬、朝鮮の沿岸にかけては、接岸航路を進んでも、航行の安全の保証はなかった。

また敵機動部隊がはじめて本土を襲ったのは、昭和二十年三月十八日となっている。機動部隊の飛行機は爆撃目標を襲撃しての帰りに、艦船を見つけては機銃射撃を行なった。敵はどこまで本気であったかは知る由もないが、攻撃される艦船にすれば、突然の急降下で対応する時間もなく、面喰らった。

関門海峡には昼間、ただ一機のB29が、一万メートル以上の高度で悠々と飛んで来た。航空写真を撮っていたのであろう。高い空を飛んでいるので、海防艦の一二センチ高角砲の射程外である。毎日、偵察飛行を見ていると、馬鹿にされている気がして一発撃ったことがあった。敵機は変針もせず、何もなかったように原針路を保って飛び去った。

この偵察をもとに、夜の機雷投下の計画図が作成されたのであろう。昼間、艦艇の航行していた航路には、必ずといっていいほど確実に感応機雷が投下された。当時、わが軍の飛行機はどうなっていたかは知らないが、四月から八月十五日まで、関門地区では敵を迎え撃つ飛行機は、一機も見かけなかった。

関門海峡の感応機雷初投下は、昭和二十年三月二十七日と記録されている。四月になって間隔はちぢまり、投下の回数は増えていった。米国のカール・バーガー著、中野五郎訳の『第二次世界大戦ブックス・B29』がこの間の実情を次のように伝えている。

「延べ一五〇〇機で、一二九五三個の機雷を投下。戦争中に沈んだ日本の艦船は合計八九〇万トン、その沈没を原因別に示すと次のパーセントに分類される。潜水艦五四・七、艦上機一六・三、陸軍航空軍の飛行機一〇・二、機雷（大部分はB29による投下）九・三、海軍及び海兵隊の陸上基地の飛行機四・三、海軍艦艇の砲撃一以下、残り四は航行中の事故」

投下機雷の個数については、これまで幾通りも報道されている。一万六〇五個、一万七〇三個、一万二〇五三個、とさまざまである。いずれにしても、大量の感応機雷が投下された。それにたいし、掃海法は確立されていなかった。日本軍には面倒な相手であり、それだけに挑まれた決戦にのぞむ掃海部隊は、悲壮な決意で立ち向かった。

感応機雷との戦い

戦艦大和の出撃後の日本は、開戦時のような広い海を守る必要はなくなった。敵の潜水艦は思い切って沿岸近くの海にひそむようになった。航空機は本土の都市に襲いかかってきた。これに加えて、艦船が常用航路として出入りする水路には、新しい兵器の感応機雷が投下され、艦船が近づけば起爆し艦船を爆沈した。水深の浅い海域が、海軍の主戦場となった。もはや四六センチの大砲も、三十九ノットの高速艦も、用がなくなった。必要なのは、迎え撃つ飛行機と、磁気、音響、水圧変化に感応する機雷を掃海処分できる方法であった。

ともあれ、第七艦隊が編成された昭和二十年四月十日には、瀬戸内海と外洋を結ぶ航路は、関門海峡だけとなっていた。鉄道輸送もままならなくなった。生活物資の輸送、生命線といわれた中国本土からの物資は、関門海峡を通って運ばれた。すでに潜水艦は朝鮮沿岸にひそみ、大連、青島よりの航路も、安全の保証はなかった。多数の護衛海防艦に守られて、青島、大連より朝鮮沿岸の接岸航行をつづけても、潜水艦の攻撃は執拗になり、犠牲も多くなった。

第七艦隊は編成と同時に所属艦艇の配置を決定し、四月十九日にはその部署につけた。他の地域の防備隊では、その防備隊所属の艦艇だけで、守備も可能であった。しかし、関門海峡より壱岐、対馬両海峡まで守ることは、下関防備隊の特設艦艇だけでは不可能であった。下関防備隊は関門海峡西口の感応機雷の掃海、その西方海面の監視、哨戒を受け持ち、海防艦第一〇二号、第一〇四号、第一〇六号の三隻は、関門海峡西口より壱岐、対馬の哨戒警備についた。

昭和二十年四月十九日、第一海上護衛隊司令部より、第一五四号海防艦長（私）に至急出頭せよとの呼び出しをうけた。機関長とともに司令部に出頭したところ、呼び出しは海上護衛隊からでなく、第七艦隊からであった。そして、第七艦隊司令長官より命令が出された。

「第一五四号艦長を関門海峡東部掃海部隊指揮官とす。……部崎《へさき》灯台の南東一五〇〇メートルに投錨し、敵飛行機および投下機雷の監視ならびに掃海部隊を指揮し、投下機雷の掃海を実施せよ」というものであった。

ただちに艦に帰り出港準備を急いだ。部崎の南東海上とはいえ、出港すれば糧食の補給、燃料油、飲料水の補給が何日先になるかわからない。このたびの任務を考えると、補給の見通しはなかった。

　これで充分とはいえなかったが、可能なかぎりの物を積み込み、門司の岸壁を離れた。そして部崎の灯台の南東一五〇〇メートルの位置に投錨し、配置についた。十九日の午後であった。掃海艇は後日送るとのことであった。三月二十七日に初めて感応機雷が投下されてから、何回か投下され、関門海峡は安心して航行できる状態ではなかった。どんな航法をとれば安全かの目標もなかった。ただ、おそるおそる艦を進めて、所定の位置に投錨した。あとで機雷を調査し、その性能を知ったが、知らないことほど強いものはないとも思った。

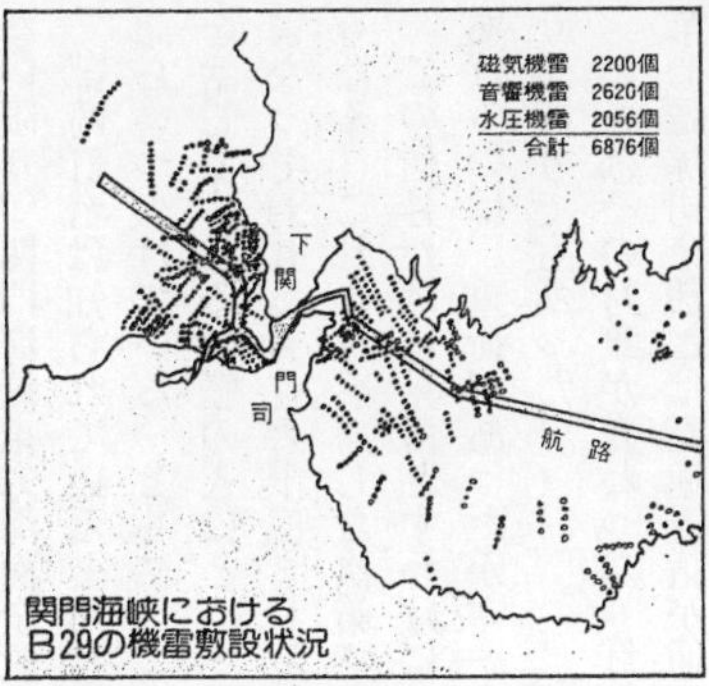

関門海峡における
B29の機雷敷設状況

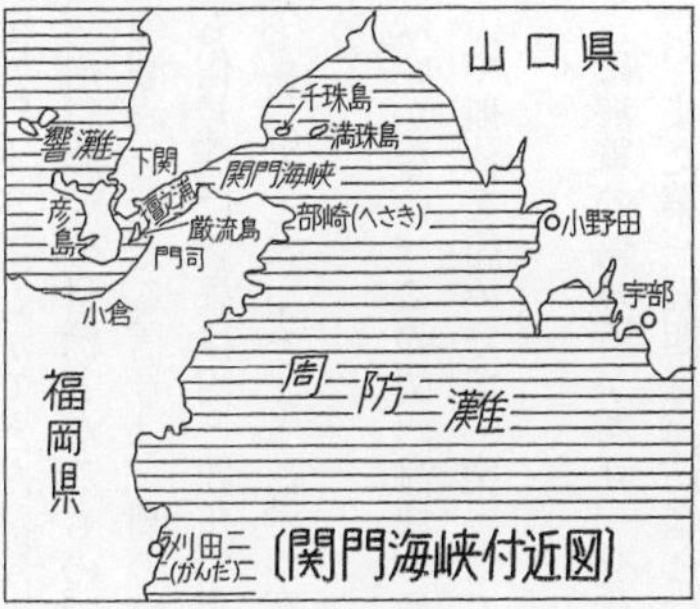

(関門海峡付近図)

　投錨してみると、この位置は壇の浦から干珠《かんじゅ》、満珠《まんじゅ》の両島をへて宇部沖にいたる海面、さらに目を転じると、苅田《かんだ》沖を結ぶ海上を見渡すことができた。つまり霧のかからない限り、関門海峡東方海面全般を展望することができた。

部崎灯台は知られているとおり、航行艦船の目標となるもので、昼夜を問わず艦の人間と語らいつづけている。とくにここの潮流を伝える信号は、潮の流れる方向とその流速の実態を話してくれる。艦の人にとっても信号機は、昼は円と四角い板の角度で潮流がわかるようになっており（三百六十度まわる）、夜はときによって、話しかけてくれる友となり、師ともなる。これには感謝した次第である。

この信号だけは見落とすわけにはいかない。この関門海峡の通峡航法を胸のうちでつくりあげるのは、重荷であったが、一方で航法を組み立てて突っこんでいくのは、楽しみでもあり、誇りでもあった。

いまはその対象が変わった。灯台に海軍の信号所があり、交代で徹夜の勤務をしていた。第七艦隊司令部とは直通電話が通じ、また第一五四号海防艦とは、手旗、発光信号により連絡を密接にとることができた。この信号所により発受信は多くなり、艦隊司令部とは一体となることができた。

戦争が終わってから、この信号所を訪ね、長短多くの信号を中継してくれたお礼を述べた。関門海峡東部掃海部隊をもっともよく知っている信号所の人々と話したのだが、実情を知っている人と話すことによって、成果を挙げることのできなかった掃海戦の無念さを、分かち合ってもらいたかったのである。

さて、数日後に掃海艇として、徴用漁船二隻と大発二隻が到着した。海軍の掃海艇には、特設掃海艇と呼ばれた三〇〇トン前後の商船あるいはキャッチャーボート改装の掃海艇があった。これらは防備隊のある港湾を基地として、掃海訓練を実施し、潜水艦の哨戒、航路指示を任務としていた。下関防備隊にも第三十三掃海隊という特設掃海隊があり、ここを基地として任務についていた。これらはまた、第七艦隊の所属艇でもあったが、投下機雷掃海には船体が大きすぎた。

実践で得た掃海作業の感触

関門海峡は潮流の速い海峡である。それに海底障害物の心配もあった。この海域に磁鉀と称する鉄の棒でつくった掃海用具をワイヤで吊し、海底を引きずりながら掃海を実施する。それには、小回りのきく小型の船でなくてはならない。

掃海艇として到着した大発は、本来は接岸のとき兵器弾薬その他を運搬するための小舟であり、また徴用漁船は沿岸漁業に出ていた小舟であった。ともに艇長として准士官が乗って指揮していた。掃海経験があったかどうかは知らないが、熱心に取り組んでいた。

潮の流れの速い、突出物や岩礁のおそれのある海底を、掃海用の鉄の棒が引きずられていく。その「ガリガリ」という音が伝わり、緊張するワイヤのきしむ音すら感じられる。まことに掃海にあたる艇長以下の苦労は、並大抵ではなかった。これら艇長以下の乗組員は、かつては駆逐艦その他の大艦に乗って、南方の海で戦った歴戦の勇士である。勝敗は別としても、輝かしい帝国海軍に生き、運よく生きのびてきた人たちでもある。

それがいま、最後の土壇場にあって、決戦をいどむ敵の最新兵器「感応機雷」に向かって（敵兵は一人もいない）戦いを強いられている。自らの生命の保障はなく、敵兵を討つこともない、いわば一方的な戦闘である。

その掃海具として、三式掃海具二型磁鋲式と呼ばれていたものを積んでいた。鋼索に鉄の棒（磁鋲）を吊り下げ、二隻の掃海艇で引く対艇式であった。さらに発音弾を持っていた。ふつう、初めて作業を行なう場合には、まず机上教育を行ない、それから現場実習にうつる。しかし、この場合はそんな余裕はなかった。艇の用具を調べ、掃海の要領をひととおり説明すると、すぐ出動である。注意事項としては、海底の障害物、潮流に気をつけること、壇の浦近くでは艇の速力を上まわる潮流の時間帯があるので、近づかないこと――などをあげた。掃海索曳航中の、甲乙両艇の間隔が開きすぎると、舵がきかなくなるので、両艇の間隔を一定に保つようにすることも指示した。すでに何回も機雷が投下され、感応沈没する船も多くなっていた。掃海訓練を行なったうえでといった悠長なことはしておれなかった。それだけ周囲の要求は急だった。

ひととおりの打合わせが終わったので、ただちに掃海を開始した。機雷長は対潜学校出身の新鋭であった。私はこの機雷長とともに、まず徴用漁船の甲艇に乗って掃海をはじめた。海防艦を一時留守にして、掃海艇に乗ることに不安はあった。しかし、掃海が軌道に乗るまでは、こうするよりほかに道はなかった。

潮の弱いところで甲乙両艇を横付けして、掃海索を結合し、所定の間隔に開くことができるかどうかを試してみた。この日は海が静かであった。掃海索に鉄棒を吊りさげているが、その他の付属物がないので、順調に海中にすべりおり、操舵、速力に影響は少なかった。両艇は所定の間隔に位置し、掃海索をひくことができた。これは繋維機雷掃海の場合の、大型掃海艇の掃海索の結合作業、航行中の操舵と比較して、容易であることを知った。

甲艇の作業はわかったので、つぎに乙艇に乗ってみた。甲乙いずれの艇も接舷して掃海索の結合をするので、作業は同じであった。大発にも乗って漁船と同様に掃海を行ない、操舵、間隔の維持に問題がないことがわかった。

四隻の掃海艇はしだいに慣れてきた。掃海は日出より日没まで実施した。せまい海域における回頭や、潮の流れの速い海峡での掃海、それに海底の状況に不安があるので、艇の速力に気をつけることを重ねて注意した。

発音弾を投入することによって、掃海艇を損傷しないようにできることもわかった。考えていたよりも作業は順調に運び、艇の行動にも支障はなかった。しかし、自ら掃海をしてみて、この掃海方法ではあまり効果がないことがわかった。部崎付近には多くの機雷が投下されていたが、乗っていた掃海艇により処分したのは、一個だけであった。掃海時間、掃海艇の数のこともあるが、この成果だけを考えると、不安になってきた。

処分した機雷の爆発音およびそれによる掃海艇に伝わってきた振動は大きなものであった。船体がゆすられ、水柱が高くあがった。掃海索のえがいた円の先端の爆発であったので、被害はなかった。近くであったり、掃海艇が感応しておれば、戦死者が出たことであろう。掃海艇はつねにこの危険に直面している。掃海の前途には険しいものがあることを知った。

起爆装置

掃海艇は四隻とも慣れてきて、実施上の不安もなくなった。私も海防艦を離れていることに不安を感じ、機雷長とともに艦へ戻った。

日がたつにつれて投下する米軍機の飛来回数も増えた。レーダーを使っての投下ではあるが、関門海峡は狭すぎた。海岸や水田に投下された機雷もあった。陸上に落下した機雷には「危険、近づくな」と立札に縄を張りめぐらし、住民に近づかないよう注意した。

ある日、士官室に来てくれというので行ってみると、高さ三十センチぐらいの円筒が、机の上に置かれていた。その上面には赤、菫《すみれ》、青、その他の被覆電線がとり付けてある。これが米軍投下機雷の心臓である起爆装置であった。

この起爆装置は機雷科分隊員のなかの、対潜学校出身の士官と下士官が、陸上に落下した機雷を艦を持ち帰ったものであった。そして、彼らはこの機雷の起爆装置をおさめた頭部を、スパナを用いて螺子《らし》（ネジ）をゆるめ、取りはずして調査していたのである。さすがは専門教育を受けた人たちである。有難くこの装置を見、説明を聞いた。そして聞けば聞くほど、この装置の精巧さに驚き入ったものである。反面、有効な対応策をとれない現状に心を痛めた。

岸壁のコンクリートに突きささった機雷は、約七十度の角度で、全長の半分ぐらいが見えなくなっていた。起爆装置は上にあり、螺子で本体に締めつけられていた。また波打ち際に落ちた機雷は、横に倒れていた。水田に落ちた機雷は泥のなかに突っ込んでいたが、頭部は稲の間に出ていた。沈没船に落下した機雷は、その甲板上に横たわっていた。

どのように落下しても、着地と同時に爆発することはなかった。起爆装置をおさめた容器と本体の鋼材は同質で、螺子で締めつけられていた。そして、起爆装置と火薬は分離されていた。起爆装置はスポンジ状の包装用材につつまれ、衝撃から守られていた。起爆装置には電池が用いられ、その電路接続片を離している（電流が通らないようにしてある）のは、塩または砂糖の輪である。これは水に溶けるので、水中では、接続片は自由になって針が上にくっつく（電流が通る状態になる）。

これは、これまでのこの種の兵器に使われている装置で、べつに新しいものではなかった。ところが、この機雷にはもう一つの装置があり、針が自由になっても、電流は流れないのだ。この針に水圧が加わり、針が押し込まれて、はじめて電路が結ばれ、作動状態になる。その水圧が水面下何メートルであるかはわからなかったが、攻撃目標から考え、四メートル以上ではなかったろうか。

ここにもう一つの装置がある。円の一部が切り取られた鉄の輪のなかに、左右に自由に動く針があり、これに外力が働けば針は動き、鉄の輪の一片に触れて電流が流れ、起爆する。この針が鉄の輪に触れると、電路の各部が動きはじめる。ちょうど「かに」か「えび」の足が動くように、かちかちと動いて電路を完結し、火薬に点火爆発する。その外力が、磁気、音響、水圧の変化である。

ただ一つの外力であっても対応は難しいが、この二つを組み合わせた起爆装置、さらに感応を何回か重ねて爆発する回数起爆装置があった。これらを掃海処分するには、船を何回も走らせる以外に方法はなかった。

この起爆装置には寿命があった。酸に溶ける容器に酸を入れ、電気回路の中途に接続する。この容器が溶けると電路が切断され、起爆不能となった。何日で溶けるかはわからなかった。

荒天は機雷を処分してくれた。浪の音、浪の高低差の水圧変化により自爆した機雷は多かった。沈船の甲板上に落下した機雷も、荒天のなかで爆発した。科学兵器も自然には勝てなかったのである。

掃海方法

起爆装置がわかったので、いま使っている掃海用具を考えてみた。関門海峡東部の、潮の流れの弱い海域はいいが、潮の流れの速い狭い海域の海底を考えると、いまの掃海具では不安になった。といって、新しい掃海艇の建造が望めないいま、どうすれば掃海の効率を上げられるか。それはせいぜい掃海索に吊した鉄の棒を綱索に変え、潮の速い海域にも使用できるようにすることぐらいであった。さらには掃海艇を増やすことも必要であった。思い切ってその旨を長官に要望した。

投下機雷の数、爆破沈没した日本の船舶を記録した敵は、新しい攻撃目標を決め手を打ってきた。

足摺岬より関門海峡へと向かう進路は、偵察機も投下機も変わることはなかった。変わったのは夜間における投下機の間隔であった。三晩に一回が二晩になり、毎晩となった。苅田航路を艦船が航行しはじめた晩に、この航路上に投下機が現われ、一機から七ないし九個の機雷が投下された。

足摺岬の電探所は、敵機をとらえて通報して来た。ただちに全員を配置につけ、敵を待った。敵は梅雨の雲の低い夜も、雨の降る夜も、海霧が濃く覆っていても問題にせず、せまい航路に的確に投下した。わが方は目視でとらえ、探照灯を照らし、門司港にいる海防艦の高角砲と機銃を発射するのが精いっぱいの抵抗であった。部崎の東南に投錨した一一九日の間に、撃墜された敵機はただの一機であった。

投下機の侵入針路は、爆音によって見当はついた。晴れた夜は機体さえ見え、その下から落下傘がつぎつぎと開いて落ちてくるのが見えた。落下傘は、人がつけるような大きなものではなかった。落下方向の維持と、頭部を上に向けるためのものであった。着水時には白い泡を残して沈んだ。その方向、位置、個数を確認し海図に記入した。これが翌日の掃海の基本となる資料であった。ただちに司令部に報告した。掃海計画をたてていると夜は更けていった。

機雷による被害

丁型海防艦104号(写真上)と106号(写真下)は、第102号、第154号と共に第7艦隊に編入されて沿岸防備に任じた。艦橋前の迫撃砲は発音弾により敵潜を威嚇する狙いだったが、不評だった

感応機雷による最初の沈没船を見たのは、呉の港内であった。昭和二十年四月四日であった。同じ日に関門海峡で海防艦一隻沈没の知らせがあった。

関門海峡東部の掃海を命ぜられた日には、すでに沈没した船があった。航行可能な海域は、はっきりしなかった。沈没船が増えたので司令部は、苅田港近くまで在来航路の南を航行し、苅田港近くから北上するよう指示した。しかし、この航路にもその夜、機雷が投下された。昼間の偵察、夜間の機雷投下作戦は、敵ながら見事なものであった。

目の前で沈む船、亡くなる人、傷つく人が増えていった。投下機の飛んでくる間隔がちぢまり、機雷の数がふえた。掃海処分もできず、掃海隊の苦悩は増すばかりであった。もっとも心配していたことが起きた。その朝も掃海艇は艦に横付けし、掃海の打合わせをした。打合わせを終わったあと、用心していくように言って、艇の離れていくのを見送った。

しばらく走っていく艇を見守っていたが、その目の前で不意に水柱が上がった。大きな爆音が耳を打った。いま別れたばかりの掃海艇が水柱に呑まれている。ただちに救助艇を出し、浮いている乗組員を救い上げた。軍医長が手厚く手当をしたが、船体が小さいため爆発の衝撃は大きかった。骨折、内出血の傷を負った者が多く、戦争とはいえ、申し訳ないことであった。

船体を目標に近づけるよりほかに掃海の術《すべ》のないこの仕事の困難さを、身をもって示してくれたようなものである。いまさら避けることはできないが、あまりにも残酷な戦闘に気が重くなった。それでも敵が集中的に機雷を投下し、完全封鎖をねらっている関門海峡東部の掃海、航路啓開であることを考えると、なんとしても負けてはいられない。また新たな闘志をかき立てるのであった。

海防艦としての本命である船団護衛、潜水艦の掃討のために兵員、兵器を与えられながら、感応機雷の監視、掃海の指揮という畑ちがいの戦闘に役不足を感じたこともあった。しかし、通航艦船の沈没が多くなり、さらに掃海艇が犠牲になるのを見ると、役不足どころでなく、その責任の重さを痛感した。

このうえはいかなる困難も克服して、米軍機雷を処分してみせる、それが戦死した掃海艇乗組員とその他の艦の乗組員への最良のはなむけであると肝に銘じ、祈る心で掃海を実施した。

しかし、残念ながら掃海の実は上がらず、機雷の数は増えるばかりであった。無人の船の機関を発動させ、遠隔操作《リモートコントロール》により反復航行を行なえば、掃海できるという発想は、誰もが思いついた方法であった。しかし、無人で機関を動かす船を遠隔操作するということは、当時では夢であり、実現不可能であった。内火艇一隻ですら、簡単に手に入れることのできる時ではなかった。

一日の被害十九隻

昭和二十年五月二十五日の朝、連合艦隊司令長官は、瀬戸内海に在った全艦船へ「航路啓開せり、瀬戸内海の全艦船は至急出発せよ」との緊急指令を出した。この電文を見たとき、ついに来るべきものが来たと感じた。この電文が何を意味しているか、理解された。

掃海を毎日実施していても、機雷の処分は思うようにできず、夜ごとの投下によってその数は増えるばかりであった。もはや瀬戸内海に在る艦船は、太平洋には潜水艦と機動部隊が待っているので出ることはできず、唯一の外洋への航路・関門海峡も機雷によって封鎖されている。

掃海は思うように進まず、感応沈没する艦船が増え、このままでは瀬戸内海に在る艦船は、釘付けにされるおそれがある。このまま艦船を瀬戸内海に留めておくことは、見殺しにするようなものである。しかも空襲と機雷感応の危険は、当時の艦船の責任者は知りつくしていた。

来襲機の数を見ていると、瀬戸内海に艦船の留まり得る限界がきたことを知らされた。動ける船は日本海に出て、つぎの行動の準備をととのえる必要があった。ただちに全員を配置につけ、見張りを厳重にし、救助準備をととのえた。遠くても近くても、航行艦船を見落とさないように注意をあたえた。この日の視界はよかった。

そのとき、艦船の常用航路としていた宇部沖よりの南東航路を、部崎に向かって進んでくる商船の一群が見えてきた。視界に入って間もなく、船隊をつつむように水柱が上がった。列は乱れ、各艦は右に左に針路を変え、感応した船を避けようとする。そして、しばらくしてまたもとの列に戻った。

それからいくらも航行しないうちに、またもや水柱が上がった。列はふたたび乱れたが、間もなく隊列はととのった。これを幾度か繰り返し、やっと部崎に近づいた。しかし、最後に大型船一隻が感応し、擱坐してしまった。この日、沈没した商船は十八隻におよんだ。

南東航路の商船とはべつに、南方の苅田航路を軍艦の一群が北上してきた。この軍艦のなかからも水柱が上がった。駆逐艦一隻が列をはなれて東方に引き返していった。直下の感応ではなかったのであろう。巡洋艦を先頭に駆逐艦、伊号潜水艦その他が関門海峡に入っていった。この日の被害艦船は十九隻で、一日の被害としては最大であった。

この日、救いあげた死者、負傷者は多数にのぼった。救助艇は休むことなく走りまわり、泳いでいる人、浮いている人を運んできた。海防艦一隻の救助艇では限度があり、いかに走りまわっても、救助できずに沈んだ人もあったと思われる。士官室も甲板も、負傷者や、すでにコト切れた人で一杯になった。内臓を強く突き上げられたのか、しきりに腹部をおさえて言葉も出せずにいる人、口から、あるいは耳や鼻から血を流す人など、一口では言えない悲惨な状態であった。

それでも救い上げた人は、ほんの一部の人ではなかったろうか。民間の武装もしていない、生活物資を運んでいた一市民も、機雷の犠牲になっていた。それもつい二ヵ月前からであった。この感応機雷という新兵器が現われてからだ。

多数の航空機、大量の機雷、機雷の精巧な起爆装置、そして、これをあの狭い海峡に導いたレーダー――言葉をかえていえば、大量の物と科学によって封鎖された関門海峡。そこに多くの船や人が沈み、死んだ。まさに太平洋戦争の縮図を見る思いがする。

残酷な指令

昭和二十年六月六日、最高戦争指導会議は「本土決戦方針」を採決していたが、戦線にあった者は知らなかった。

司令部には掃海処分の困難なことは説明しておいた。事情はわかっていても、艦船の運行は急がねばならないし、半日も航行禁止をつづけることはできない。司令部は掃海を急《せ》き立てきた。はじめは「掃海を急がれたし」と簡単な信号を送ってきていたが、しだいに信号文も長くなった。司令部が掃海部隊以上に苦しんでいる様子が読みとれた。

この苦衷に応《こた》えねばならなかったが、掃海は一向にはかどらず、司令部の期待に添い得なかった。やがて司令部は「何とかして午前中に航路を啓開せよ」とせっぱつまった命令を発してきた。現場はそれよりもきびしく「全力を挙げて掃海中、いましばらく待たれたし」と返事をするよりほかに方法はなかった。初期には発信できた「掃海完了せり」が出せなくなったのだ。いまかいまかと掃海の終わるのを待ち、艦船を一刻も早く航行せねばならない司令部は、上から決断を迫られるのが一日だけでなく、次の日も、また次の日もつづくようになった。

航路の啓開を待っている船、航行禁止の解除をせき立てる船が多くなった。なかには艦上機の機銃射撃を受けた艦もあり、仮泊中にまた機銃射撃を受けたら……と心配する、理にかなった要望もあった。

仮泊艦船への空よりの攻撃を考慮しなくともよいという状況ではなかった。もし仮泊中の艦船が空襲を受けたら、一隻や二隻どころでなく、多くの船の犠牲を覚悟しなければならなかった。それでなくとも、物資の輸送、軍の作戦上の要求は、長時間の仮泊を許さなくなっていた。集め得るだけ資料をあつめ、掃海艇の実働時間も勘案し、司令部は航行禁止解除の指令を出すことが多くなった。各艦船あてに、「航路啓開せり、五〇トン未満の船は航行せよ」との指令を出し、まず小型船の航行禁止を解いた。

これは大型船よりまず小型船を通過させて機雷の状態を見るというもので、ある意味ではたいへん残酷なものであった。当時、五〇トン未満の船で、動いていたものの一つに機帆船があった。船体は木造で焼玉エンジンを備え、自力で小さな港へも荷物を運ぶことができたので、重宝がられていた。たいてい夫婦で乗り組み、夫が船長、奥さんが機関長をつとめ、子供も乗っていた。帆を張って走ることもでき、天気のよい日には洗濯物を風になびかせ、その下で子供が遊んでいるといった、家族的雰囲気のただよった船であった。

航行禁止が解かれてまず走り出したのは、機帆船であった。無事に航行してくれることを祈って見守っていた。その船が危険区域外に出たのを見届けたときは、思わずホッとして頬がゆるんだ。しかし、不幸にして機帆船が水柱に呑まれ、大きな爆発音が聞こえたときは、棍棒で頭をなぐられたような気がした。その船には、いたいけな子供も乗っているであろうに、なにゆえにこのようなひどいことをするのか、と恨んだ。

こうした犠牲によって航路上の一個の機雷は処分され、つぎの中型、大型の船が航行できるようになるのだった。それだけに掃海部隊の心は重くなった。この苦い思いは、掃海を命ぜられた者の心から永久に消えていかない。

小型船の航行を見たうえで、中型船の航行禁止が解かれた。動き出した中型船のなかには、改正型という戦時標準型があった。小型船が航行できたからその航路は安全かといえば、必ずしもそうでないのが、この機雷である。改正型の船で感応するものが多かった。この型の船が感応すると、水柱のなかに船尾を没し、船首を上に逆立ちしたようになった。そして、水柱がくずれ落ちるにつれて沈んでいった。泳いでいる人もあったが、せまい船内で傷ついた人、コト切れた人もあった。

機帆船も改正型も、その他の中型船も、沈没後はただちに救助艇を出し、泳いでいる人、浮いている人を救い上げ、艦内で手当を行なった。軍医長が、包帯も薬もなくなりました、と唇をかんでいたこともあった。

大型船は感応しても、その場で座洲した。自らの短艇で陸に向かって漕いでいったので、負傷者があったかどうかはわからなかった。航路上に座られては困るので、運用の兵員を連れて乗り込み、投錨されていた錨鎖を切り、曳船の力を借りて海岸に座洲させ、航路を確保したこともあった。

もっとも恐れていたのは、本艦への投下機雷の直撃または至近距離への落下であった。四月いらい同一地点に錨泊している艦を、昼間の偵察機が見落とすはずがない。そのおそれが現実となった。

機雷に狙われた夜

その夜の機雷投下機の針路は、いつもと違っていた。満珠島の方から南に向かっていて、その針路の見当はついた。艦の上を飛ぶことも爆音でわかった。

シュッ、シュッと海に突っ込む機雷は、夜目にもはっきりとわかる水泡を残し、一線となって本艦に向かってきた。最後の六個目と七個目の水泡が本艦をはさんだ。その一個は本艦

第７艦隊に属した丁型154号の僚艦・第102号海防艦（昭和20年１月20日竣工）。戦後ソ連へ引き渡された

に近かった。たとえ艦が振れまわる（錨を引きずって艦はゆらゆら周辺を動く）際、その上を通らなくても、感応距離に在ることは間違いなかった。

艦の安全のため、一刻の猶予も許されなかった。ただちに主機の急速発動を命じた。機関長以下全力をあげて、主機を平常よりも早く発動させ、転錨して危機を脱した。このことがあるのを予想し、第一、第二の転錨地点を決めておいた。しかし、いざ転錨するとなると、闇のなかではあるし、自信はなかった。

第一の安全地点と決めておいたところに投錨し、八月十五日まで、この位置を動くことはなかった。その後、近くで機雷が爆発した。本艦の感応か誘爆かはわからなかった。発電機の調子がおかしくなっただけで、艦体には損傷はなかった。

こうして、私たちは関門海峡東部の機雷投下機ならびに投下機雷の監視、つづいて機雷の掃海という〝機雷〟との戦いに終始した。その間、せまい艦内で、食糧、生活用水を極度に切り詰めた毎日であった。暑さに向かうなか、乗組員の毎日の生活は苦しかった。それでも任務によく耐えた。関門海峡という、日本の海岸線から見ればほんの小さな点にしかすぎない海域にあって、敵はその完全封鎖をねらい、われは海上輸送の最後の動脈として、これを死守しようとした。

その機雷戦の緊迫するなかにあって、未知の科学兵器といわれた感応機雷の頭脳である起爆装置を探し求めて入手し、分解し、ついに作動原理を解明した機雷科分隊の努力は光っている。対策も立て掃海方法も考えていたが、その実施は時間的に間に合わなかった。

第七艦隊司令長官は、連合艦隊司令長官につぎの電報を打っている。

発五、二五、一六二三、第七艦隊司令長官

宛　連合艦隊司令長官

機密第五二五一六二三番電

「海一五四は四月十九日以降部崎付近にありて機雷監視並に掃海に従事中数次に亘《わた》る敵機の機雷敷設に際し艦長以下乗組員一同積極挺身以《もっ》て見張掃海の実地指導重要船舶嚮導等に任ずるとともに創意工夫を凝らして掃海法の研究に専念し関門海峡方面海上交通保護作戦上多大の実効を挙げつつあるは大に可なり」

この電文は読む人が読めば、意義のあるものらしい。電文を持ってきた下士官が非常に喜んでいたのが忘れられない。この電文によって、努力しても自らを満足させることのできない掃海部隊員の心は、いくらか救われた気がした。

同じ場所に錨泊し、見るものは水柱と、くずれた水柱の濁った小波に漂う人々——なにゆえにこのような事をやらなくてはならないのかと、憤りと悲しみの毎日であった。沈没した船の人々は、その場で救い上げた。数日たって浮いて流れてきた人もあった。その流れてきた人は、本艦の乗組員がそっと救い上げた。

しかし、下を向いて浮いていた人の服は真っ黒になり、胸につけていた名札は読むことができない。気の毒にも、無名の戦死者となった。それらの人は、本艦の乗組員が、部崎灯台の下の白砂の上で、流木を集めて丁重に荼毘《だび》に付した。肉身の手向《たむけ》もなく、花も、線香も、読経もなく、遺骨は門司市役所におさめた。

戦争は終わって久しいが、あの酷《むご》たらしさは、いまも生々しく目の前にある。爆発した機雷の水柱の中に消えた船、亡くなった人。それも遠くの海ではない、日本の内海、関門海峡においてである。

門司に真光寺というお寺がある。このお寺に「殉職船員無縁塚」と記された碑がある。関門ならびに洞海湾に関係のある海運業者、その他によって建てられた碑である。関門海峡とその付近に投下された機雷により殉職された船の人々が葬られ、祭られている。碑文に「身《み》許《もと》の確認し得ざる者一九九柱に及べり。悲壮と謂うべし」とあり、また、ひとしおの悲しみを誘う。

昭和二十二年いらい絶えることなく、退職された船の人々、そのほか船に関係のある人々、この地方の人々とによって、七月二十日の海の記念日あるいはその前後に、慰霊法要がいとなまれている。

碑にぬかずき、手を合わせて拝めば、水柱が立ちのぼっては崩れ、また立ちのぼる。あのときの水柱のくずれる海に、亡くなられた人々が、この碑におられる。それでもいまは、この人々と語る術はない。

忘れざる鵜来型「宇久」艦上の九ヵ月

対潜学校卒業すぐに鵜来艦十六番艦に配乗した水中測的兵器員の体験

当時「宇久」水測班艦橋伝令・海軍上等水兵　伊藤　浩

「海防艦って一体どんな艦《ふね》なんかいな?」「なんでも駆逐艦より小さくて、あまり大した艦《ふね》でもなさそうやぜ」

「海防艦に乗るくらいやったら、駆逐艦の方がずっとよいかも知れんなあ」「とにかく、おかしな艦《ふね》に乗るよりも、いっそデカイ艦《ふね》にでも乗せてくれんかいな」

「小さな艦《ふね》はすぐにヤラレてしまうし、それかといって大艦では〝甲板整列〟が厳しいし、どっちにしたって、よう似たもんさ」

こんな囁《ささや》きを交わしていると、同じ上水でもピンからキリまであるが、そのピンの方の石井、清水の二人の上水が「お前らも同じ宇久かや、おたがいに元気でやろうや」と声をかけてきた。同じ志願兵の〝同期の桜〟でも、一日でも早く海軍の飯《めし》にありついていれば、それだけで先輩であり上級でもある。

その清水上水は一見して気の弱そうな風体《ふうてい》で、これには私も内心ヤレヤレと胸を撫でおろしたものだったが、もう片方の石井上水ときたら、いかにも憎々しそうな、おまけになかなかに狡滑そうな面構《つらがま》えをしていて、それが私には一種なんとも名状しがたい不安をかりたてて、早くも全身を圧迫してくるようであった。そしてどうやら、これから先の海防艦宇久《うく》勤務も、そう気楽なものにはなりそうもないと分かって、いささか気が重くなってきた。

昭和十九年十二月四日、これまで横須賀の機雷学校（対潜学校）で十ヵ月ばかり、さんざっぱら鍛えられたあと私は海防艦宇久《うく》の艤装員付を命ぜられて、隊伍旅行もあわただしく、ようやく昼前になって佐世保駅頭に降り立ったばかりであった。

軍港佐世保。今までにもどのくらいこの名を聞かされたことか。しかし、そう呼ばれるだけあって、さすがに娑婆《しゃば》とはちがった風情がそここにあった。往き交う人々の表情も、折りから師走《しわす》のせいか、あるいは暗い戦局のためか、いずれも無表情そのもので、海軍さんで明け海軍さんで暮れてゆくこの街も、兵隊にすぎない私には、ただ海軍の街と感じる以外なにものでもなかった。

ともかく、われわれはその駅前の大道路を、衣嚢をかついで数十名が列をつくって行進した。そのうち工廠にさしかかったのだろうか、はやくも耳を圧するばかりの鋲打ちの轟音や、つんざく数々の唸り音が交互してわれわれを迎えている。また左方の岸壁には大小の艦艇が繋がれていて、一歩一歩と踏みしめるその靴底から、全身に脈動するばかりの、強い気鋭の何物かがしみじみと湧き上がってくるのだった。

やがて、小高い丘にある事務所のような建物にわれわれは落ちついた。ここが各艦艇の艤

宇久と同じ鵜来型の６番艦・屋久。鵜来型は御蔵型をより艦型艤装の簡易化直線化をはかり急速量産化したタイプで20隻が竣工。主砲は高角砲で、前檣に22号、後檣には13号電探が見える

装事務所であり、艤装員の宿泊所ともなっていた。きけば、われわれがめざす海防艦宇久も、いまはこの工廠の岸壁に繋《けい》留《りゅう》されて、日夜艤装が急がれているという。

さっそく工事現場に赴いてみると、水中測的兵器がいままさにきびきびとした規律のもとに取り付けられようとしていた。その懸命な工廠員たちのまなざしに、われわれ将来の水測班員一同は、やがてこの兵器を動かして戦闘配置につく日のことを思い、ただ頭を下げるばかりであった。そして一日も早く完成させようと、われわれも各人各様に配置について忙しく身体を動かし、それこそ工廠員とともに昼夜をわかたず、竣工の日めざして激しい作業を続けたのであった。

海防艦宇久の艦長が艤装員長として到

着したのも、ちょうどこの頃だった。予備将校と思われたが、その堂々たる体軀にはまず、われわれは大いに驚かされた。海軍少佐をしめす肩章がつけられており、名は鈴木清四郎といった。前後して各将校がぞくぞくと到着して来るころ、また下士官や兵もしだいにその数を増していった。

軍需部へ器材調達のために作業員が毎日のように派遣されるようになり、日ごとに宇久の完成が切迫してくるにしたがって、なにか落ちつかない心の動揺が感じられ、一挙手一投足にも強い緊迫感と、焦燥感とが入り乱れるのをおぼえた。

やがて竣工の日がやってきた。つい二、三日前まで艦全体を足の踏み場もないくらいに埋めていた、いろいろの造作道具類もいまでは姿を消して、見るからに軽快な全貌を見せていた。

佐伯からわれわれと一緒に行を共にしてきた水測班長の藤尾上曹は、すでに寝食を忘れるほどの熱意で、毎日、探信儀室で兵器の勉強に余念がなかった。われわれ八名の班員もお相《しょう》伴《ばん》にあずかったことはもちろんである。

当時は、おたがいが宇久の乗員であること以外、だれが一体どこの配置の者やら、同級でも上下の差がわかろうはずもなく、ずいぶんと気を配り、とくに飯時には、それこそ細心の注意をはらったものだった。

数日がたって、宇久は佐伯に回航され、防備訓練隊において猛訓練が行なわれることとなった。いよいよ出航の時期がきたかと、われわれは半喜半憂の思いだった。出航に際して、艦長よりの訓話があった。

本艦の使命――いわゆる商船、船団護衛任務、対潜掃蕩など、とくに海防艦の全機能を最大限に発揮できるよう、水測兵器には、それこそ本艦の浮沈がかかっているゆえ、とくに奮起奮励せられたい――といった話に、一同は思わず武者ぶるい（?）したのであった。

艦内はいかにも新造らしく、一歩、居住区に入ると、塗料の匂いがぷーんと鼻口から喉元までしみ込んでくる。これにはいささか気分をそこねたが、しかし、今日からはわが家と思えば、たかがペンキの匂いぐらい、いちいち気にしていては何もできない。とにかく気にしない気にしない。

われわれ水測班は、電信班と居住をともにすることになった。場所はちょうど、艦橋の真下にあたる右舷であった。左舷の居住区には、操舵、信号関係が入り、ここで〝狭いながらも愉しい我が家〟の生活がはじまったのである。

新型水測兵器で対潜掃蕩訓練
「出航準備」艦橋には早くも艦長をはじめ、航海長、航海士、他に二、三の士官が緊張の面持ちで突ったち、矢つぎばやに号令をとばしている。

「前進微速」舫《もや》いをとかれたわれらの宇久は佐伯湾をめざして、佐世保の岸壁をしずかに離れていった。おもえば幾とせの昔から、艦に乗り組み怒濤を蹴って航進する、あの勇壮な海の男の憧れが今まさにかなえられ、私はいつか甲板上に汐風波風を身にうけ、白波を分けつつ進む艦の快い機関のリズムを恍惚として聞いていた。

佐伯訓練隊――ここには、すでに七、八隻の海防艦が先輩顔をして、われらの宇久を待っていた。海防艦が竣工すると、まずここに集まって、主として潜水艦に対する訓練を受けるものときまっていた。そのさいには呂号潜水艦が仮想敵となり、われわれは聴音、探信の二つを併用してこれを捕捉するのである。

右舷探信儀には藤尾上曹、中央の聴音機は伊藤二曹、そして左舷の探信儀には高等科出身の河本兵長がいた。いつもこの配置ばかりではなかったけれど、ただ伊藤兵曹だけは、全期間を通じて聴音機が専門であった。そして私はといえば、終戦時に退艦するその日まで、大部分を艦橋勤務、つまり探信室からの艦橋伝令として過ごしたのである。

佐伯湾では連日、猛訓練が続けられたものだった。完成したばかりの宇久には、佐世保の工廠員たちも乗り組んでいて、兵器の作動状況、発振器、受信機、影像の調整から各兵器の付属機器の点検調整など、水測兵器の細部にわたる指導のもとに呂号潜水艦を目標にして懸命の訓練が行なわれた。

「対空戦闘」「海上戦闘」を知らせるブザーが、潜水艦捕捉に懸命になっている艦内に鳴りひびく。すると艦橋伝令についている私は、各配置、各部署から艦橋に報告されてくる「何々配置よし」の伝声管からの通報に接するたびに、なにか肩身の広い、しかも「エライさん」にでもなっているような気で、航海長や航海士の当直士官に、つぎつぎと大声で復誦する。これがまた何ともいえないくらい私には嬉しかった。

しかし、狭くるしい探信室で、いかに対潜学校で教えてもらった兵器そのものであってみても、いざ実際にこうして艦内で作動させてみて、現に実際の潜水艦を向こうにまわして探信受聴をやるとなると、なかなか思うようには事は進まなかった。

そもそも海軍が、このような海防艦なるものを本腰を入れて建造しはじめたのは、おそらく昭和十八年の初期ごろからではなかったろうか。それがやがて、だんだんと物資輸送の船がつぎつぎと撃沈されるや、あわてて、この種のいわゆる商船護衛とか、海上護衛とかいう目的にそって、遅まきながら対潜用に好条件の艦が多く造られるようになったのだろう。

だから水測兵器も、旧式な探信儀から新式な探信儀へと研究され、改造されていったから、とうぜん各艦艇に取り付けられるのも遅くなり、この新式探信儀を十分に使いこなせる下士官や兵は、あまり多くいなかったのではなかろうか。

そのためもあって、当時は教える者も、また教わる者も、それこそ懸命の努力をかたむけたのであった。班長の藤尾上曹が、いつも探信室で軍極秘の「赤本」を座右の友として連日連夜、猛訓練と猛勉強をしていたのもその頃のことであった。

「配置につけ」の号令と同時に、ラッタルを猿《ましら》のように三、四段を一気に艦橋まで駆け上がり、伝声管の蓋を開けるのももどかしく、「探信室」と私が艦橋伝令についたことを報告するや、「探信室よろし」と他の配置のどこよりも一番はやく、艦橋士官に報告するのが私には何よりの自慢であり、また水測班の自慢でもあった。

艤装当時は八名だった水測員も、いまは十一名である。兵曹二名。兵長三名。上水が六名。

この六名の上水でも、二名の先任がいるので、私たち四名が最下級者であった。

そのころから、いつも残念に思っていたことは、水測班には一等兵がいなかったことである。おそらく水測、電信関係には一水の補充兵がいなかったのかも知れない。ということは、高度の技術を要し、また年老いた兵では役に立たぬためでもあったのだろうか。

一分隊は砲術関係（機銃もふくむ）。二分隊は水測、爆雷関係。三分隊は操舵、電信、電探、暗号、掌帆運用関係、主計（烹炊庶務）。ほかに応急、工作、木工、看護などがあり、さらに機関分隊（電気、発電）と、どこの分隊にも一、二名の〝糞パッキン〟がいたものである。

糞パッキン——正確にはパッキングだが、このパッキンとは機械器具、その他、物を締めつける場合などにつかわれるゴム製の締付具（ゴム製ばかりでもないが）——締めることを目的としたものだから、そこからこの異名をいただいたものらしい。

海軍では、もっぱらこの異名をいただくのは、主として先任兵曹、役割兵長ぐらいであり、中には少しでもいぶかしい、煙たい奴はすべて糞パッキンと呼ばれて、大いに敬遠されたものであった。はっきり言うと、すべて気にいらぬ、おもしろくない奴は、パッキンと呼ばれたのだ。

わずか九九〇トンで、一二センチ高角砲三門、二五ミリ機銃十二門、速力は最高二十五ノットといわれたが、在艦中に一度もこの最大速力二十五ノットを出した時はなかった。艦橋の速力指示器はたいがい二十ノット以内であった。乗組員は艦長鈴木《すずき》清四郎海軍少佐以下一三〇名前後だったろうか。その当時、私が耳にしたところでは、少佐の海防艦長はめずらしいとのことで、他艦では大尉の艦長が多かったということであった。

私も「なるほどそうかいなあ」と思い、一時は、なんだか肩身の広いような気がしたが、べつに艦長が佐官級だからといって、自分の運命の可否が決定されるものでもないし、進級が早くなるわけでもない。まして思うだけでもいやな、甲板整列が廃止されるわけでもないのだから……と思うと、艦長の階級なんか、どうでもよかった。

宇久一家に出撃命令下る

佐伯での対潜訓練も、約半月ぐらいであった。ぶじに訓練も終えて、われらの宇久は、いよいよその本領を発揮すべく、勇躍して新任務の波濤《はとう》を蹴って警備海面へ進んでいった。水測士が各員の奮起を要望するや、水測員一同は大いに腕の見せどころとばかり、たがいに新たな決意に燃えたのであった。

「班長、兵器の作動は良好だろうね」との水測士の元気な質問に、班長も「はっ、聴音機、探信儀とも良好であります」

「うむ、艦長も水測兵器には大いに期待しているから、みんなでしっかりやってくれな」

「はっ、大いにやります」

班長藤尾上曹の声が凛《りん》としてひびく。だが、横の河本兵長の、心憎いまでに落ちつきはらったその横顔に、私は冷たい陰険な微笑を薄気味わるく感じたのであった。

艤装当時から、艦内の塗料の臭気が食事の時にはいささか気になったが、いまではもはやそんな臭気を気にしている場合でもなく、私はけんめいに艦橋伝令に、兵器の修得にはげんだ。やがて艦は、門司へ回航されていった。ここで野菜、冷凍魚などの副食物の積込作業が行なわれた。そして各分隊から二名ずつの作業員が集められることになった。

二分隊の水測からは、こうした作業のときにはいつも私が、鍛冶兵長から指名され、そのつど内心ひそかに万歳を唱えつつ作業に出かけていった。特に、こうした主計科の作業員として行くには、大いなる野心があったからでもある。それは、言わずと知れた酒保品が必ずといってよいくらいに、搭載されたからである。

つまり乾パン、サイダー、菓子類の荷抜き（?）ができるのが、なんともいえぬ、そのころの楽しみであった。しかもこうした作業仲間は、他の分隊ではいつも一水か、一水の補充兵のオッサン連中ばかりであり、そうした彼らの中で、私ただ一人が上水であった。作業員は主計兵曹一人の下に八名から、多いときでも十二、三名くらいだった。

門司あるいは下関で、ランチに便乗して行く。関門海峡を往き交う船には、どれを見ても買出物が兵とともに山積みされている。

艦内にあっては、毎日毎日、忙しい日課が停泊中に行なわれてゆく。こんな時や配置教育のときなどに、舷門当直の兵から「何々作業員整列」の声がかかるや、私はいつも率先遂行（?）して、役割兵長の鍛冶兵長に「お願いします」と申し出るのであった。艦でかたくるしい思いで「長」「一」「二」の号令で、まだ単独では十分な兵器の操作も訓練も、満足にできない私たちの上水仲間は、少しでもかたくるしい艦内の苦境から遠ざかろうとしていた。

とくに私には、四人の中でもその気持が強かったのかもしれない。

やがて、たびかさなるこうした作業員志望に、同じ上水でも先輩格の石井上水がねたみ出し、清水上水が口ぞえして思わぬ不幸の谷につき落とされる日がきた。悪いときにはわるいことが重なるもので、先任の河本兵長にも、いつとはなしに目をつけられて、パッキンにされて行ったのであった。三名の兵長のうち志願兵の河本兵長が先任格であったので、他の鍛冶、福本両兵長も、けむたい存在であったのであろう。六名の上水では私が年長であったせいか、要領がよかったせいか、終戦の日まで私をかばってくれた鍛冶兵長には、いまもって感謝しつづけている。

ともあれ、宇久は門司港で幾日か停泊していた。やがて本艦に出撃命令が降りたのは、昭和二十年も二月になって、門司の岸壁もなにかと忙しいときであった。乗組員の一人ひとりは、期するところあって、喜色満面の意気と決意が艦内に渦をまいていた。

「酒保開け」の号令で、いっそう歓びが高まったことはいうまでもない。吉竹分隊長以下、前部水測員、後部機雷員が、たがいに交流しあって大いに気炎を上げたものだ。酒に酔い、ビールに口角泡を飛ばし、こよいのこの出陣の門出に、艦内の各居住区は、つきせぬ名残りを惜しむかのように、歌に手拍子にわきたった。宇久は朝鮮海峡か、玄界灘から対馬海峡へ対潜掃蕩の任務につくのであった。

シャゲンキのみが分からんか

昭和19年5月、鵜来の進水式。艦型簡易化、舷側や艦底艦首も直線化した

艦は、深夜の門司を出航した。「両舷前進微速」と令された。私は非番のからだを、夜間の居住区に毛布でつつんで横になっていた。ここちよい機関の振動が、ただ静かな洋上を刻み、体内に流れこんでくる。それから幾時間、寝ていただろうか。

「伊藤、当直十五分前やぞ」と先に当直している素山《すやま》が起こしにきた。兵長以上は釣床に、われわれは板の間に、毛布をかぶってのゴロ寝である。

海上が荒れ模様となり、風浪が立ち騒がしくなってくると、たちまちにして艦は、左右に大きくローリングし、前後にはげしくピッチングし出す。

外界の洋上では、いま風雨をともなっているのか、玄界灘の真っ只中なのか、艦が右に大きくローリングすると、われわれの身体は頭が舷側の方へずり下がってゆき、左にローリングすれば、今度はたちまち舷側の方へ寄っていった身体が、滑り台をすべり落ちるように反対側の通路の方へ降下していく。暗い艦内灯の光を頼みに、元の位置におちつくのに、ずいぶん骨を折らねばならなかった。

「伊藤、五分前になったぞ」

「うん」と眠い身体をむっくりと起こして、「チェッ、こんな荒けた夜なんか当直に立って、敵潜なんか海底に鎮座ましましておるわい」と心のうちでつぶやきながら、当直に立った。

「艦橋ッ」「艦橋」「探信儀交替します」「探信儀交替」「伊藤上水交替しました」「全周探信ナセ」「全周探信します了解」「連続発振ナセ」「連続発振切り替えます」

「カーン、カーン」と、一秒ごとの連続発振。薄紫色の炎の糸が発振音と同時に流れ、反響物体がないから流れては消滅していく。発振、消滅が、ブラウン管上面の距離目盛線上にくり返されるだけであった。

艦は相変わらず前後に、ときに大きくピッチングをつづけてゆく。こうして当直していると、艦首に向かって配置についている関係上、ローリングには、さほどの苦痛も感じないけれども、ピッチングともなると艦首が深く突っ込むごとに「ググッ」「ググッ」と、何ともいえず胸先あたりが圧迫されてきて、それこそいまにも胃の中の物を吐き出しそうだ。

頭の芯が、だんだんと重苦しくなってくるし、両顎の下あたりに、苦ずっぱい唾液《だえき》がたまり出してきて、もはや胃の中のものが逆流してきた。受話器をはずすのも、いまとなってはまるで捨てるがごとく、扉を開くやいなや一目散にラッタルを駆け上がる。すでに胃の中のものが口の中いっぱいに溢れているのだ。私は舷側から身体を半分投げ出して、一気に吐きおろした。

艦首から、大雨のように波濤が襲いかかってきた。瞬時にして私の全身はズブ濡れになってしまった。両袖で顔面をこすって拭いながら、やっとの思いでわれにかえり、探信室にもどると、伝声管からはなにごとか通達されていた。

「探信室！　シャゲンキノミツカウ」「探信室！　シャゲンキノミツカウ」

すばやく伝声管に口をあてた私は「探信室、シャゲンキノミツカウ？」と復誦した。

「シャゲンキノミダ。シャゲンキが分からんかっ」艦橋の当直士官は、いったい誰なのだろう。甲高い罵声が、狭い探信室内に炸裂した。しかし、私はやっとのことで、シャゲンキの意味を了解した。シャゲンキとは「左舷機」だったのだ。しかし、あのとき私はその判断ができなかった。頭全体、いや身体全体がしびれてしまったような恰好でもあったし、伝声管では幾度聞いても、シャゲンキとしか聞きとれず、どうしても左舷とは聞きとれなかった。

同じく当直であった班長は、右舷の探信についていたのだったが、善行章三本のこの上等兵曹といえどもこの荒天の動揺には、いささか参っているらしく、缶の中へ、しきりと吐き込んでいて、顔面たるや、これまた蒼白であった。中央の聴音機についていた沖広も、どうやら甲板へ出て行っているらしく、ずいぶん長いあいだ姿を見せなかった。

胃の中のものを、すっかり空にしていても、なお一層、苦ずっぱい唾液が下顎にたまってきて、絶えずむかむかと、なおも吐き上がるようであった。またも私は飛び出した。死んでも死守すべきこの戦闘配置を、わずか艦酔《ふなよ》いぐらいで、やすやすと配置を離れることが、いかに重大であるかぐらいは百も承知している。が、これも時と場合の臨機応変の処置だったろうか。いまになって、海軍にいた人々の話を聞いてみると、そうした場合の汚物は戦闘帽の中へ吐き出すか、あるいは履いている靴の中、ひどいやつになると伝声管の中へ仕込んだのだそうだ。

何はともあれ、胃袋がよじれて行きそうだし、吐く物がなくなっているのだから、しまいには咽喉がやぶれ、まるで胃ごと吐き出してしまうのではないかと思われるような苦しさであった。

響きわたる対空戦闘のブザー

済州島付近の警備の任についていた海防艦宇久は、やがて東シナ海を接岸航行しつつ一路南下して、基隆《キールン》へと波濤を蹴って進んでいった。そして途中、大した戦闘に遭遇することもなく、基隆港の岸壁に横付けされた。

われわれには一日、上陸が許され、あちこち食べ歩くことができた。そして艦は砂糖を積み飲料水を補給し、名残り惜しいような気持で基隆の港をはなれた。小雨そぼ降る静かなむし暑い日だった。常春の街《まち》基隆、薄日にけむるは小雨の霧なのか、しっとりと濡れたあの道この道。もうしばらくの間でも、停泊していて欲しかった。しかし、艦は静かに岸壁をはなれ、「両舷前進微速」白い長い航跡もあざやかに、雨の基隆の雨の中を去ったのである。

途中、何度か沈没艦を探知しては、それを敵潜と思いちがえて爆雷攻撃を浴びせたりしたが、そのつど艦内は総員わきたった。爆雷投射機から打ち出されるその一個一個の爆雷にたいして、敵潜撃破の成功を祈ったものだった。が、相手が沈没艦では、ただいたずらに魚類を浮き上がらせるだけである。

腹わたにこたえるあの一大爆発の水中震動が、必殺を祈る乗組員総員の願いでもあったのに、その願いはいつもむなしく砕かれてしまった。白い腹を見せ、中には目玉が飛び出した魚の群れの一匹一匹が、せめてもの慰さめでもあるかのように、カッターを降ろして、浮上魚を捕獲しにむかう。あちこちにただよう種々の魚群めがけてである。

「急げ」艦橋から航海長が叫んでいる。うろちょろと、いつまでも魚ひろいをしているわけには行かない。いつ何時、どんな場合でも敵潜がしのび寄ってきているかも知れないのだ。

「カッターあまり遠くへ離すな。急げ急げ」航海長の関大尉が怒鳴る。そしてカッターが舷側につくが早いか、艦は、次第に速力を増して行くのだった。

三十センチ以上もあろうか、赤鯛や黒鯛がその他の名も知れない魚と一緒に甲板上にひろげられた。

「うわぁー凄いのう。今夜ぐらいは全員鯛の刺身にありつけるぞよ」誰かのいったとおり、その夜は夕食に鯛の刺身や切身が食膳を賑わしたことはいうまでもない。

鵜来型10番艦・伊唐。20年4月末竣工後、石川県七尾湾へ回航し触雷航行不能となり、七尾港の岸壁に繋留されたまま終戦を迎えた最後の姿

平穏ぶじな航海がつづいた。が、それでも嵐の波風だけはどうしようもなかった。つらい苦痛の、それこそ木の葉のように揺れるときの夜の当直、飯も喉をとおらぬほどの、いや主計兵さえも烹炊所で飯を炊くことができないくらいの動揺には、ずいぶん悩まされもした。

当直とは名ばかりで、嵐の海の探信や受聴は出来るものではない。そんな時は総員が「寝方用意」であった。艦橋の予備将校の当直連中だって、青色吐息、ゲーゲーをやっているにちがいない。

嵐の夜は過ぎ去った。きょうはきのうとは打って変わった快晴の海原である。まるで夢のようだ。蒼い蒼い大海原、陽光が強く焼けつくように、甲板を照らしつけていた。非番の私は、狭いむさ苦しい居住区に寝ころんでいたのだったが、どうにもやりきれなくなったので、つい甲板に上がって大空を突き上げていた。

こんなときに探信室の配置についていると、電源の熱気にむされて、扇風器さえもただなま暖かい風を送ってくれるだけで、いっこう利きめがない。早く交替の時間にならないものかと、待ち遠しく思うのだった。だが、いまこうして甲板上でさわやかな汐風に吹かれていると、寸刻前のその苦しい、待ち遠しさもすっかり忘れてしまう。

私は、全身を快よい機関の震動のリズムにのせて、ただ茫然と、彼方の水面上を見つめていた。別に見張りをしているわけでもなかったのだが、その時だった。反対側の艦橋上の見張員が、突然「右三〇度。敵機らしいもの。遠く右に行く」

その声が、一瞬、私の全神経を、躍動させた。私は、はッとして艦橋を見上げた。「対空戦闘」のブザーが、けたたましく艦内にひびき渡った。私は何の躊躇《ちゅうちょ》することなく、一散に艦橋に駆け上がった。

「探信室！」大声で伝声管へ怒鳴った。「探信室よし」

ちょうど艦橋にいたその士官は、日ごろ、砲術教練にあっては仮想目標はすべて「左一五度。グラマン、突っ込んでくる。撃て」という調子の、敵機の目標はなんでも、グラマン、グラマンといっていたので、この砲術士のことをグラマン少尉と言っていたものだったが、そのグラマン少尉に、いま各配置の伝令から、「前部砲台配置よし」「後部砲台配置よし」と配置完了が報告されてくる。

見ると敵機は、遙か右前方をゆうゆう旋回飛行しているではないか。そしてその下の海面上に、ほのかな黒煙がゆらめいている。どっしりとした身体の艦長が塩辛声《しおからごえ》を張り上げて、この操舵室に顔を見せた。

「たしかに敵機か？　よく見ろ。艦橋見張り、砲術長に眼鏡で（測距儀のことだった）よく、確かめて見！」と声をかけた。すると、艦橋指揮所にいる砲術長の山田少尉が、測距儀配置にいる山田上水に測らせていたらしく、「敵機にまちがいありません。距離三千！」

艦はにわかに速力を上げた。当直将校の水測士と、副直将校の電探士も、旗旒甲板で双眼鏡で見つめている。

艦はしだいにその現場に接近しつつあった。たった一機の敵機のその下で、火の手が盛んに上がっていたが、私には、いったい何が攻撃されているのか、判断がつかなかった。

突然、艦の一二センチ高角砲が火を吐いた。グラグラッと大きく激しく艦全体をゆさぶった。どのくらい発砲したのだろうか。敵機は、この救援の海防艦に無関心なのか、反撃してくる気配が少しもない。黒い弾幕が、パッパッと敵機の周辺に炸裂するのだが、距離修正が未熟なのか、砲術員の技量が拙劣なのか、とにかく、てんであさってのところで炸裂している。

妙に腹立たしくなってきた。味方の、この一分隊の砲術員は、つね日ごろから配置教育に精励しているくせに、なんだこの射撃のへたくそなことは！　私は思わず舌打ちした。幻滅である。だがそう感じたのは、あながち私一人だけではなかったであろう。

沈没機帆船の救助

攻撃されていたのは、機帆船であった。もちろん機銃で応戦していたが、たった一門で、

鵜来型16番艦・宇久。触雷中破を乗り越え戦後は復員輸送後、米国へ引渡し

しかも船足のおそい木造徴用船では、われわれが現場に到着したときにはすでに遅く、海面から姿を消していた。もちろん敵機も、もう飛び去って見えない。機帆船の破片が、そこここに漂っており、六、七名の傷ついた船員が浮きつ沈みつしながら助けを求めていた。艦は停止こそしなかったが、微速となりロープと竹竿とで機帆船の乗員たちを救助してまわった。

艦橋からは「救助員、急げ急げ」と、なかば叱咤しているかのようであったが、やがて全員が甲板上に収容された。なかでもすごい傷をうけていた兵は、若い志願兵のようであった。右眼が、がっぷりと抉《えぐ》りとられ、見るも凄惨なものであった。そのうえ右の膝を貫通され、ほんのわずかばかりの皮でつながっているだけだった。

横たえたその蒼白い顔、艦内服が血と海水とで洗われ、むごたらしい色彩となり、炎暑の陽光の下に、なに一つ遮蔽してやる物もないままに甲板に横たえられていた。

重傷の身の彼は、海水に浸《ひた》されたとき、苦痛のあまり叫び泣いたであろう。私は、ふしぎな一種の感動にひたされつつ甲板上の傷ついた兵を見ていた。

彼は、ひくく呻《うめ》いていた。一刻も早く、軍医長の手が施されることを待っているのだ。しかし残念なことだが、本艦宇久には中尉の軍医長と、看護兵長一人しか乗り組んでいない。医務室もわずか一坪半ぐらいのものしかなく、収容して手術するにも大した設備もない艦であれば、甲板上がせめてもの〝極楽の場〟であった。

攻撃をうけ、撃破され、みずからも傷ついて海中に投げ出されても、苦しみに負けずにここまで頑張ってきた若い彼であってみれば、きっと命の灯をともしつづけるかもしれない。だが、彼の意識はすでに薄れていた。軍医長の注射にも、ハサミの音にも、もはやなんの反応もしめさなかった。手あきの救助員一同も、軍医長の手許と彼とを交互に見まもっていた。だれもが、この兵のその安否を気づかっている。

時間は刻々とすぎた。その後、私は他の用事ができて、その場を離れていたので、彼をどうして移動させたのか知らなかったが、ふたたび見たときには前部居住区の、もう一段下の電探員居住区に移されていた。

私は心配になって、結果はいかにと、のぞきに行ってみた。ラッタルを一歩一歩降りるにつれて、臭気がただよってくる。軍医長と看護長とが、額を寄せ合うようにしながら、なにかしきりに協議しつつ、処置していた。

この暑い、熱気あふれるような、居住区とは名ばかりの艦内の板の間の上に、彼は横たえられていた。そこは、食事のときなど電探の兵が「居住区ではとても臭くて飯が食えんわい」といっては、わざわざ上の居住に割り込んできて、砲術員と一緒に食事しなければいられないようなところだった。彼としては、もうひと思いに死んだほうがよかったのかもしれない。たとえ一命をまっとうできたとしても、おそらくあの片脚は、切断されてしまうだろう。

そんなことを考えていると、ふいに自分の無疵の身体と彼を比較されてきたりして、なんともいえぬほど、哀れにも悲しい暗い気持になっていった。

これが、明日のわが身の上に起こらぬとだれが言いきれようか。私はしばし暗然としていた。これが戦争というものなのか？　艦は、この重傷者を、乗組員は彼の身を、これから先、どうまもっていこうとするのだろうか？

艦は、広い蒼い海上を前進していた。どのくらい航行したであろうか。やがて本艦の速力を減じたその舷側に、大型の内火艇が横付けされた。「救助者移し方用意」が発せられた。主計科から支給された新しい衣服に身をつつんで、彼らはこれからどこかの海軍病院へ転送されていくのだ。

重傷のあの若い兵も、いまは担架の上で眠っている。余命いくばくもないのか。それとも生き残りうるのか。彼らを見送るわれわれはただ元気になれと祈っていた。自力歩行のできる兵は「有難うございました」といって敬礼し、内火艇に移っていった。

全員の収容を終わると、艇は身軽く舷側からはなれた。彼らがその後どうなったか、もちろん知るよしもないが、どうか元気でいられることを、そして幸せであることを心から祈る。

悲しき三門の一二センチ高角砲

その日も警備のために、門司港を出港しようとしていた。と、そのときB29一機が、市の上空をかなりの低空で飛来してきた。昭和二十年の初夏であった。日本はもう最後の土壇場まで追いつめられていた。B29が低空で悠々と飛行しているのに、一機の迎撃機も上がらない。ただ手をこまねいて、あれよあれよと見ているだけだった。

突如、艦内に「対空戦闘」のブザーが、けたたましく報知された。ソレッとばかりに各員配置に散った。が、港内の、しかもこの門司港内で空飛ぶ敵機に対して、海中測的のわれわれ水測員が配置につくことは、ちょっと解せないことと思われるかもしれぬが、そこはよくしたもの、そのような場合には、水測班員は砲術の、いわゆる運弾員に早変わりするのであった。

門司港に在泊していた船舶はいうにおよばず、他の二、三の海防艦からも一斉射撃がはじめられた。一二センチ高角砲三門、二五ミリ機銃十二梃が、ぶっつづけに火を吐いた。本艦宇久もそれこそ全力の射撃である。各船舶からも機銃が火をふいている。

茜《あかね》色の空はやがて暮れて行こうとしている。そして薄灰色のB29の薄暮の中にくっきり浮かび出されている。山手の方面から、二筋三筋の探照灯の光芒が、B29の機首を、尾翼をと、交互にうまく捕捉しつづけてゆく。だが、いっこうに射撃のききめがない。曳光弾の赤い尾が、どの艦もどの艦もみんな追いかけて行くようで、少しもB29の前方に弾丸が行かなかった。運弾の合い間に見ていると、まるでB29にたいしてなんだか遠慮しいしい撃っているかのようであった。

やがてB29の機影が遠ざかろうとしたとき、艦橋よりの伝令が各砲に各機銃座に飛んできた。それよりも早く「撃ち方止め」の、ラッパが轟音に負けじと鳴り渡った。

「総員後甲板集合」

興奮いまださめやらず、敵機を見ながらにして撃ち方止め総員集合とは、また何事であろうかと、みなは不審の面持ちだった。

集合整列し終わるや、艦長が待っていたぞとばかり開口一番、その怒声が、なかば震えていた。

「ただいまの諸君のあの射撃ぶりは、一体なんだ。なぜもっと敵機の前へ前へと、弾丸を送らないんだ。あのような射撃で、どうして撃ち落とすことが出来るか」「追い撃ちで当たる弾丸はない。今後いっそうの努力と、配置教育も研究されたい」叱咤の戒告であった。「解散してよし」

よほど艦長も、あの射撃ぶりが気にくわなかったらしい。艦長みずからがこうして総員甲板整列をかけたのだから、その後、各分隊にわたって、それこそ血のにじみ出るような甲板整列が砲の横で、機銃座のところで炸裂したことはいうまでもない。

触雷中破も乗り越えて

そのうち宇久も、ついに門司を出港して間もなく磁気機雷にひっかかった。昭和二十年五月九日である。一瞬からだが飛び上がるほどの、衝動であった。艦橋にいた航海長の関大尉は、顎を羅針盤で負傷した。その鮮血が床に滴り落ちていた。

水測室、電信室、電探室、機関室、この中でも、真っ先に心配されたのは、探信儀の発振器が艦底に右舷左舷と二個とりつけられてあるのだが、それが、この強い海中震動によって、たちまちにして壊れ、ここから海水が侵入してきたのだった。

電気兵器は、ことごとく破損倒壊して、すべて用をなさなくなってしまった。そして案じていたとおり、海水がどんどん艦底の発振器取付部から侵入してきた。第二分隊長、いまは代わって小山特務少尉が、持ち前の機敏な神経を、とっさに応用した。探信室の下の発振器室に、砂袋ならぬ米袋を放り込んで、その海水侵入を防ごうとした。が、所詮その効果は満足するにたらなかった。発振器室へは、だんだん浸水量が増してくる。

「全力をふるって排水にかかれ」の一言に、大勢の者がバケツリレー式に、とにかく大いに頑張ってやった。ポンプを使おうにも肝心の発電機がやられているので、電源もなく、こうするより手はなかったのだ。とにかく全員努力の結果、かろうじて沈没はまぬかれた。が、艦の機能は、すべて停止した。曳船に引かれた哀れな艦姿を、下関の彦島三菱船渠に見せたのは、それからだいぶ後のことだった。

入渠中は毎日毎夜、入湯上陸はあったにせよ、旗旒信号、手旗信号の読解に、きょうもあすもと責め悩まされつづけた。上陸して民家の下宿に、くつろいだ身と心を、ゆっくりと寝かせて休む一刻が約一月半の入渠中、ただ一つの楽しみであった。

楽しい上陸であったが、その頃は毎夜のように「警戒警報」が発せられて、ちょうど床についで一寝入りしようとすると起こされてしまう。

「兵隊さん、また警報のサイレンが鳴ってますね、また今夜も早帰りですね。せっかく来られたのにお気の毒ですなあ」「畜生。またこれで艦へ戻らにゃならんなあ。おばさん、もう帰ります。どうも有難う」

家を一歩外へ出れば暗黒の夜、むしょうに腹立たしかった。私は暗い道を駆け足で帰った。暗い艦内でいそがしく衣服を着替え、待機の姿勢にならなければならない。せっかくの上陸

宇久と同じ鵜来型の15番艦・金輪。鵜来型は艦型簡易化を徹底したが掃海具を含む御蔵型の兵装を踏襲した日振型9隻の掃海具を廃し爆雷兵装を強化した

の夢も消え、泣くにも泣けなかった。

そうしている間にも、艦の整備は着々と進行していった。艦は出渠の準備におおわらわで、乗組員一同も意気に燃え、再起の気魄が艦全体によみがえるようであった。

いよいよ纜《ともづな》がはずされるころ、ドック内には満々と海水がたくわえられていた。曳船によって幾日ぶりかで海洋へ出た一瞬、艦内にどよめきが起こった。だが、そうした男の感動の裏側で、私はなにかたまらない憂鬱を感じていた。なぜか。理由は簡単である。艦に乗り組めばまたこの艦上で、あのいまわしい甲板整列のバッターを喰うのかと思うと、憂鬱になってくるのだった。

しかし、そうした私にはおかまいなく、艦は新任務へむかって以前にも劣らぬ快よいほどの艦姿を見せながら、進んだのであった。

いよいよもって、私は緊張した面持ちで、艦橋伝令としての務めにはげんだ。対潜掃蕩に、海上警備に、船団護衛に、それこそ緊張の連続でもあった。だが、はたして私は、私のつとめに最善の努力をつくしたと言えるであろうか？　そうは言えないかもしれない。

しかし、われわれが最善の努力をしてもなお、甲板整列の制裁がこうも私たちの上に襲いかからねばならなかったのだろうか？　これも疑問である。敵機も敵弾も戦いにのぞんだからには恐れずとも、なぜか私は、あのなかば鬼のように見えた兵長の「甲板整列」の一言が身にしみて怖かった。戦い敗れり、の報に私は、それこそ喜色を満面にあらわした。

天佑も神風も、すべてはわが方の恵みにもならず、遂にはかなくかき消えた。敗戦！　軍人の身に魂に、これほどの屈辱が他にあろうか。それでも私は心中ひそかになにか安堵するものがあった。国賊といわれようとも、私は、あの恐怖の甲板整列から解放された喜びが忘れられない。

存命艦艇は、やがて呉軍港に集結した。そして、それこそ最後の「総員集合」が伝えられた。それは、艦長の別れの挨拶でもあり、感謝でもあった。さぞかし、苦しい切ない堪えられない艦長の胸中であったであろう。

艦長鈴木少佐の両眼から、はらはらとこぼれ落ちる、その白い大粒の涙に、居並ぶ将兵の間から、ふと瞼にこぶしを押しあてる者が数多くいた。男と生まれ、この戦争の真っ只中で、海軍軍人として身を祖国の危急に、敵撃滅の悲願を胸に秘めて、昨日も、今日も、また明日もと、ただひとすじの報公あるのみと心にきめた乗員たち一同であってみれば、それも当然であったろう。

しかし、戦いついに敗れたいま、この海防艦宇久の艦長をはじめ全乗組員、いかに思い、いかに処すべきなのか、いい知れぬ複雑な、それこそたとえようのない気持にかられたことであろう。半信半疑、悲しむべきか、喜ぶべきか。電信員でない私には、あの玉音を耳にする機会はなかったけれども。いずれにせよ、私は戦争に敗れたとはいえ、戦い終わった現実には心ひそかに安堵の思いは覆い隠せないものがあったのだ。海軍よさらば、である。

日の丸船団の守護神〝海防艦〟盛衰記

戦局の傾斜と共に急造を迫られた船団護衛専用艦の性能変遷の系譜

戦史研究家　佐藤和正

日本海軍が誕生してから明治期の前半ごろまで、艦艇にかんして日本語による正式の艦種名がなかった。艦種名が制定されるまでは、乗組員の数によって七等に分けられており、一～三等の艦は「大艦」、四～五等は「中艦」、六～七等は「小艦」と呼んでいた。しかし、一般にはその艦の性格によって、フリゲイト、コルベット、スループ、ガンベッセルなどと、外国の艦種名が用いられ、さらに巡洋艦、砲艦、水雷船《すいらいせん》など、日本語名による呼称も用いられていた。

正式に艦種名が決められ、分類されたのは明治三十一年（一八九八）三月で、このときはじめて「軍艦及水雷艇類別等級標準」が制定され、沿岸警備を任務とする艦を「海防艦」と呼称することになった。海防艦は戦艦、巡洋艦の次の三番目にランクされ、砲艦、通報艦、水雷母艦とともに軍艦籍におかれた。つまり菊の御紋章を艦首にいただく独立した軍艦である。このとき海防艦に等級が定められ、一等海防艦は七〇〇〇トン以上、二等は七〇〇〇～

三五〇〇トン、三等は三五〇〇トン以下とされた。この分類に基づいて、日清戦争のときに活躍した鉄骨木皮艦の金剛、比叡（二二八四トン）、また三景艦と呼ばれた松島、厳島、橋立（四二七八トン）が海防艦に列せられた。これらの海防艦は日露戦争にも参加した。

日露戦争以後は、老朽化した艦は解体され、なお余力をもっている旧式化した主力艦や巡洋艦は海防艦に編入され、沿岸や港湾などの局地警備、後方支援などの任務につかせられた。いわば隠居仕事だが、戦艦の三笠、朝日、敷島、富士と、装甲巡洋艦の出雲、磐手、八雲、浅間、吾妻、春日などが大正十年に一等海防艦に編入された。

戦艦群はまもなく特務艦に編入され、三笠は大正十二年に記念艦となった。他の三艦は太平洋戦争にも参加、このうち朝日（工作艦）は昭和十七年五月二十六日、米潜の雷撃をうけてカムラン湾沖に沈没した。また装甲巡洋艦群は、昭和十七年七月一日付で海防艦の籍をはずされ、出雲、磐手、八雲の三艦はふたたび一等巡洋艦に復帰して中国方面の作戦に参加、その後、兵学校生徒の練習艦になった。あとの三艦は練習特務艦として使用された。これら日露戦争の生き残り艦も、終戦まで無傷で健在だったのは八雲だけで、同艦は復員輸送任務についたあと解体された。

新しい護衛艦の出現

昭和五年（一九三〇）のロンドン軍縮条約で、駆逐艦の保有量で制限をうけたため、北洋警備や漁業保護などの任務についていた駆逐艦を第一線部隊に復帰させ、これにかわるものとして、条約制限外の小型沿岸警備艦を、海防艦の名のもとに建造することにした。しかし、予算の都合ですぐには実現できず、昭和十二年の㊂《しむしゅ》計画でようやく四隻の海防艦の建造に着手、昭和十六年三月までに完成した。これが占守型である。

本艦の設計は新設されたばかりの三菱重工業本社艦船計画課に発注された。民間会社が艦艇の設計をおこなうのは、特務艦艇をのぞけば、これが初めてのことである。それも、海軍の援助なしに独力で設計するとあって、三菱の計画課は大いにハッスルした。有能な人材による知能の結集でつくられた第一艦の占守は成功だった。だが設計が慎重すぎて構造が複雑になり、船体工数が多くなって、工事がひじょうに面倒であった。

占守型は、主として北洋警備に使用することが目的とされたが、戦時には船団護衛にもあてられるように、対潜兵装も考慮された。基準排水量はわずか八六〇トン、速力約二十ノット。乗員一四七名である。

本艦の特徴は航続力がいちじるしく大きい（十六ノットで八千浬）ことと、防寒設備が完備していることである。艦が結氷しても重心が下がるよう艦幅を広くし、復原性を良くするため艦の長さを短くした。また吃水を大きくし、凌波性も良好にするため乾舷を大とした。流氷にそなえて艦首から中央部までの水線部付近の外板を厚くし、なお艦の全長にわたって二重底とした。兵装は一二センチ単装砲三門、二五ミリ機銃連装二基、爆雷投射機（両舷用）一基、爆雷十八個搭載というものだった。したがって、砲戦を主に考えられていて、対潜、掃海は二義的なものとされていた。

占守型の性能、実績はきわめて満足すべきもので、きわめて好成績であった。このころ、開戦の気運が切迫して、船団護衛用として本艦型を急速に、しかも大量に建造する必要に迫られたのである。㊂計画で四隻しか建造せず、その後、継続建造の計画がなかったことが重大な失策であった。

改良の各型誕生

昭和十六年十一月、戦時建造計画によって急速に三十隻を建造することになったが、急ぐために占守型の設計の一部を簡易化して起工された。これが択捉《えとろふ》型で、昭和十八年三月から逐次十四隻が完成した。改良された点は、旋回性能を向上するため舵を大きくしたこと、艦首を直線タイプに簡易化したことである。兵装は水中探信儀、水中聴音機などが装備され、爆雷は三十六個に増加しただけで、備砲や機銃は占守型とかわらず、対潜、対空兵装はまだ十分とはいえなかった。

このように海防艦は太平洋戦争に突入するとともに、船団護衛と対潜任務を重点とするようになったため、従来の沿岸警備という目的から、大きく異なったものとなった。これにより昭和十七年七月一日、海防艦は軍艦籍からはずされて、格下げされた。この結果、前述したように海防艦に類別されていた旧式の大艦が、特務艦などに艦種が変更されたのである。

択捉型の建造に着手したものの、開戦してみると海上戦闘は対空戦、対潜戦ばかりで、護衛任務の海防艦は、対空兵装と対潜兵装をより強化しなければならなくなった。そこで対空

繋留中の海防艦群。前檣上22号電探がずらりと並ぶ。手前は丁型海防艦48号

択捉型10番艦・福江。択捉型は水中探信儀と聴音機、爆雷36個を装備した

兵装強化、爆雷数増載の海防艦が設計された。これが御蔵《みくら》型で、昭和十八年十月から十七隻が完成した。うち後半の日振《ひぶり》以降の九隻は簡易急造型に変更され実質上は改御蔵型なので、鵜来型に分類もされているし、また日振型とも呼称されている。

改良された点は、備砲を一二センチ連装高角砲一基、同単装高角砲一基、二五ミリ三連装機銃二基とし、爆雷を画期的に増やして一二〇個とした。また、船体構造が簡易化されて軍艦籍から分離したため、艦長室や居住関係が簡単になり、二重底や耐氷構造を廃止し、航続距離を十六ノット五千浬に減少、基準排水量は九四〇トンと大きくなった。

この御蔵型の出現で、ようやくわが国初の〝護衛艦〟が誕生したといってもよいだろう。本艦の船体部の工事工数は、占守型九万工数の約四〇パーセント減、択捉型七万工数の約二〇パーセント減の五万七千工数であった。

一方、戦局は昭和十七年後半から十八年前半にかけてソロモン方面で苦況となり、多数の小艦艇を喪失した。くわえて作戦の全海面で敵潜水艦の跳梁がはげしく、輸送船、タンカーの喪失は甚大となってきた。いまや戦争の遂行には、対潜護衛艦の量産が必須となった。海防艦急造の要請にこたえて急遽設計されたのが改御蔵型の鵜来《うくる》型である。昭和十九年七月から二十隻が完成した。

大量建造のため、工事の簡易化は船型をふくむあらゆる点におこなわれた。船体外側の大部分は平面とし、曲面は直線と直線を最小限の円弧でつなぎ、鋼板を屈曲するという面倒な工作はできるだけはぶかれた。艤装も簡易化され、電気熔接が多く使われた。徹底的な簡易化により、鵜来は四万二千工数となり、さらに後期の同型艦はいっきょに三万工数まで減じた。

鵜来型に属する御蔵型簡易急造型（日振型）の目斗《もくと》などは、起工から竣工まで一〇五日というスピードぶりで完成された。鵜来型は爆雷兵装を近代化し、新式投射機各八基を両舷甲板下に埋め、電動による揚爆雷装置を装備し、艦尾の投下軌条とともに一投射二十五個を投射できるようにした。この重爆雷投射兵装が鵜来型の大きな特徴である。

以上、占守型（甲型）、択捉型（甲型）、御蔵型（乙型）、鵜来型（改乙型）の四タイプは、いずれも後になって甲型と正式に総称されるようになった。

大活躍の簡易速成艦

昭和十八年度に鵜来型の建造が決定したと同時に、軍令部はこのほかに「現建造計画に影響を与えず、造れるだけ何隻でも造ってくれ」と多数の海防艦建造を要求した。いまや護衛艦の増強は焦眉の急であり、多少性能が低下しても、隻数を早く揃えたいというのが本音であった。

そこで鵜来型をより簡易化した丙型《へい》（第一号型）の設計が昭和十八年七月に決まり、さらにこれを改良した丁型《てい》（第二号型）も決定された。この二種の海防艦はインスタント艦ともいえるもので、これまで小艦艇を建造した経験のない小造船所でも造れるように設計された低速、小型の速成艦である。

丙型は基準排水量七四五トンと小さく、主機械はディーゼル二基（二軸）で速力十六・五ノットと遅くなっている。兵装は高角砲一門が減って一二センチ単装二門、二五ミリ三連装機銃二基とし、爆雷は一二〇個、投射機十二基という対潜重兵装の艦である。航続力は十四ノットで六五〇〇浬。乗員一二五名。一方、丁型のほうは主機械が単式タービン一基（一軸）で、速力は十七・五ノットとやや速い。兵装は丙型とおなじで、航続力は十四ノットで四五〇〇浬と短い。排水量は七四〇トンである。乗員一四一名である。

両タイプとも船体工数は二万四千で、目標は二万工数とされ、四ヵ月で竣工する計画が立てられた。破格の簡易化である。昭和十九年二月末に第一号艦（丙型）と第二号艦（丁型）が完成、丙型は奇数番号艦として終戦までに五十三隻が完成し、丁型は偶数番号艦として六十三隻が完成した。このうち第一九八号海防艦は三菱長崎造船所で竣工されたが、じつに七十三日間で完成するという期間レコードをたてている。

規格大量生産のため、小型の低速艦ではあったが、使用実績は満足すべきもので、各方面で苛烈な戦闘に従事した。低速のために敵潜水艦をみすみす逃したことも多かったが、貧弱な兵装ながら対空対潜に大きな戦果をあげている。

全海防艦一七〇隻の活躍は、機動部隊をのぞくと、他の水上部隊の戦果を上まわる成果をあげているほどだ。なかでも丁型二番艦の第四号海防艦の活躍は、目ざましいものがあった。就役した昭和十九年三月からの一年五ヵ月というもの、休む暇もなく海上護衛作戦に従事し、その間、敵潜撃沈七、ほぼ確実一、撃破一、効果不明五、敵機撃墜十一、撃破多数の戦果を

丁型海防艦198号は20年１月17日、三菱長崎造船所で起工され、２月26日進水、３月31日竣工最短の73日間で完成した。写真は復員輸送ののち中国へ引渡しのため佐世保を出港する198号

長崎香焼島で解体中の丁型124号。簡略化のため甲板上が平坦なのがわかる

あげた。最後に昭和二十年七月二十八日、鳥羽において米機動部隊の艦上機約五十機と対戦して、ついに沈没した。同艦の全期間にわたる戦死者は四十二、戦傷者一〇四、戦病死二、戦病退艦三十三にのぼり、ほとんどの乗員が入れかわるほどの苛烈な戦闘ぶりであった。

海防艦の艦長は、初期の軍艦籍にあったときは兵学校出身の大佐クラスが着任していたが、それ以後、大量生産されるようになってからは少佐クラスで、それも過半数が高等商船、水産講習所出身の予備士官で、商船の船長だった人が応召したのが多かった。航海長や機関長も予備士官がほとんどで、その他の士官も、兵から昇進した者、文科系大学を出た予備学生出身者などが多かった。下士官兵の中には現役の歴戦の勇士もいたが、応召した国民兵で三十歳以上の中年の人もあり、十七歳くらいの少年兵もまじっていた。

いわば素人の戦闘員で構成されていたが、艦長以下、乗員一同は驚嘆すべき強靭な精神力をもって、重要な船団護衛の任務を遂行したのであった。終戦時、残存海防艦は七十七隻であった。これらは特別輸送艦となって復員輸送の任務につき、約二十五万人を日本に送還した。その後、ほとんどが解体されたが、このうち日振型の生名《いくな》、鵜来型の鵜来、新南《しんなん》、竹生《ちくぶ》の四艦が残され、海上保安庁の巡視船おじか、さつま、つがる、あつみとなって、戦後日本の警備にあたったのである。なお、鵜来型の志賀は戦後、掃海作業ののち米軍連絡客艦をへて海上保安庁練習船こじまとなった。

日本海軍甲型海防艦 戦歴一覧

占守型四隻、択捉型十四隻、御蔵型八隻、日振型九隻、鵜来型二十隻の航跡

戦史研究家 伊達 久

占守型（四隻）

占守（しむしゅ）

昭和十五年六月末、三井玉野造船所で竣工。基準排水量八六〇トン、全長七十八メートル、速力十九・七ノット、航続十六ノット八千浬《かいり》、一二センチ砲三門、二五ミリ連装機銃二基、爆雷投射機と装塡台各一基、爆雷十八個、乗員一四七名。

日米開戦時は南遣艦隊に所属し、マレー上陸の陸軍輸送船団を護衛した。昭和十七年一月三日、第一南遣艦隊となり、アナンバス、パレンバン攻略作戦に参加した。七月末よりビルマ方面へ船団を護衛して行動し、その後はシンガポールのセレターを基地として同方面の船団護衛に従事した。昭和十八年十二月二十日、第一海上護衛隊に編入され、シンガポール～内地間の船団護衛に従事した。

昭和十九年十一月、比島オルモック輸送作戦に参加した。十一月二十五日、コレヒドール

占守型4番艦・石垣。新造時から17年7月までは艦首に御紋章を付けていた

島西方において敵潜の雷撃をうけ中破し、昭和二十年一月二十日より舞鶴で修理。この間に千島方面根拠地に編入され、四月はじめより大湊方面に行動した。四月十日、第一〇四戦隊に編入され、ひきつづき北海道方面を行動して終戦を迎えた。復員輸送ののちソ連に引き渡された。

国後（くなしり）

昭和十五年十一月三日、日本鋼管鶴見造船所で竣工した占守型二番艦。開戦時には大湊警備府に所属して、室蘭を基地として津軽海峡の防備に従事した。昭和十七年六月、アリューシャン攻略作戦に協力し、以後、占守島の片岡湾に進出。昭和十八年七月、キスカ撤収作戦に参加した。八月一日、千島根拠地隊に編入となり、昭和二十年四月十日に第一〇四戦隊に編入され、北海道方面の船団護衛に従事して終戦を迎えた。戦後の復員輸送中、静岡県御前崎付近で座礁、放棄された。

八丈（はちじょう）

昭和十六年三月末、佐世保工廠で竣工した占守型三番艦。開戦時は大湊警備府に所属し、北海道釧路東方の厚岸《あつけし》を基地として津軽海峡の防備に従事した。昭和十七年九月より千島方面に進出した。十二月一日、千島特根に編入された。昭和二十年五月十一日、占守島付近で敵機の攻撃をうけ中破。帰途、船団を護衛して小樽に帰港し、ついで青森県陸奥湾内の大湊で応急修理した後、七月二日に舞鶴に回航されてそのまま終戦を迎えた。

石垣（いしがき）

昭和十六年二月十五日、三井玉野で竣工した占守型四番艦。開戦時は大湊警備府に所属して、松輪島を基地として千島方面警備に従事。昭和十七年六月二日よりアリューシャン西方海面を哨戒後、占守島南西部片岡湾に進出した。八月二十五日より大湊で修理、整備作業した後、八戸方面で船団護衛に従事。十一月よりふたたび片岡湾に進出。昭和十八年十二月九日より大湊で改造修理新設工事に着手し、十九年一月十日、大湊を出港して小樽をへて一月二十日、横須賀に入港、二十五日に船団を護衛してトラックへ向かった。帰途も船団を護衛して二月二十九日、横須賀に帰港した。三月四日、大湊に回航され千島方面で船団護衛に従事。五月三十一日、松輪島へ向けて船団を護衛中、松輪島西方において米潜ハーリングの雷撃をうけ沈没した。

択捉型（十四隻）

択捉（えとろふ）

昭和十八年五月十五日、日立桜島造船所（所在地は大阪）で竣工。基準排水量八七〇トン、全長七十七・七メートル、速力十九・七ノット、航続十六ノット八千浬、一二センチ砲三門、二五ミリ連装機銃二基、爆雷投射機と装填台各一基、爆雷三十六個、乗員一四七名。

竣工とともに佐世保鎮守府（佐鎮）付属となり、佐世保にて整備作業した後、六月一日、第一海上護衛隊に編入され、佐世保〜高雄間の船団輸送に従事した。以後、門司〜高雄〜マニラ〜シンガポール間の船団輸送に従事した。昭和十九年十二月、千島特根に編入されたが、一月十一日より二十四日まで入渠修理した。その後、上海へ船団護衛に従事して三月十五日、大湊に回航された。四月十日、第一〇四戦隊に編入され北千島、北海道方面の船団護衛に従事した。無傷のまま稚内で終戦を迎え、復員輸送に従事したのち賠償艦として米国へ引き渡され呉で解体された。

松輪（まつわ）

昭和十八年三月二十三日、三井玉野にて択捉型二番艦として竣工して第一海上護衛隊に編入され、佐世保〜高雄〜マニラ〜パラオ〜マニラへの船団護衛に従事した。以後も内地〜シンガポール間の船団護衛に従事した。昭和十九年八月二十二日、台湾よりマニラへ向かう途中、マニラ湾口の西二十五浬の地点において米潜ハーダーの雷撃をうけて沈没した。

佐渡（さど）

択捉型三番艦。昭和十八年三月二十七日、日本鋼管鶴見で竣工して第一海上護衛隊に編入され、横須賀にて整備作業した後、四月十八日より船団を護衛して門司に回航した。最初は門司〜高雄間の船団護衛に従事し、ついで門司〜シンガポール間の船団護衛に従事した。昭和十九年八月二十二日、台湾よりマニラに向かう途中、マニラ湾口の西二十五浬において、米潜ハーダーの雷撃をうけ沈没。なお佐渡の出撃護衛記録は護衛回数三十一回、艦船数一三五隻、被害五隻であった。

隠岐（おき）

択捉型四番艦。昭和十八年三月二十八日、浦賀船渠で竣工して第四艦隊第二海上護衛隊に編入された。横須賀で訓練した後、四月二十日より横須賀〜トラック間の船団護衛に十往復した。昭和十九年三月よりサイパン、グアムへ向かう船団護衛に従事した。

昭和十九年七月十八日、横須賀鎮守府部隊に編入されて父島、硫黄島に向かう船団の護衛に従事中の十一月二十一日、父島よりの帰途、敵潜の雷撃をうけ曳航されて横須賀に帰港し、昭和二十年三月まで修理を行なった。三月五日、第一護衛艦隊第一〇三戦隊に編入され釜山、鎮海方面にて船団護衛に従事中、終戦を迎えた。復員輸送に従事したのち中国へ引き渡された。

六連（むつれ）

昭和十八年七月三十一日、日立桜島にて択捉型五番艦として竣工して呉鎮守府籍に編入、呉に回航されて訓練に従事した。八月十五日、第四艦隊第二海上護衛隊となり、八月二十一日、横須賀より船団を護衛して八月三十日トラックに入港した。九月二日、トラックを出港して横須賀に向かう途中、トラック北方において米潜スナッパーの雷撃をうけて沈没した。

壱岐（いき）

択捉型六番艦。昭和十八年五月三十一日、三井玉野にて竣工し呉鎮守府籍に編入。六月二十日より佐伯〜パラオ間の船団護衛に七往復した。昭和十九年一月末より改装修理を行ない、

択捉型３番艦・佐渡。12cm砲３門、連装対空機銃２基、対潜用の爆雷36個

門司〜シンガポール間の船団護衛に従事した。四月十日、第一海上護衛隊に編入。五月二十四日、マニラよりシンガポールへ向かう船団を護衛中、ボルネオ西方において米潜レートンの雷撃をうけて沈没した。

対馬（つしま）

択捉型七番艦。昭和十八年七月二十八日、日本鋼管鶴見で竣工して呉鎮守府籍に編入され、呉に回航して整備作業した後、八月十五日、第一海上護衛隊に編入された。門司〜基隆間の船団護衛に従事し、ついでシンガポール、ダバオ、マニラ方面の船団護衛に従事した。昭和十九年十一月十五日、第一〇一戦隊に編入され、門司〜高雄〜海南島方面への船団護衛に従事した。昭和二十年四月より朝鮮方面に行動し、六月二日、佐世保に帰港して入渠修理したが、出渠後は行動することなく佐世保で終戦を迎えた。復員輸送ののち賠償艦として中国へ引き渡された。

若宮（わかみや）

択捉型八番艦。昭和十八年八月十日、三井玉野造船所において竣工し呉鎮守府籍に編入され、呉に回航して整備作業に従事した。八月三十日、第一海上護衛隊となり、門司〜高雄間の船団護衛に従事し、ついでマニラ～サイゴン方面に行動した。十一月二十三日、門司より高雄にむけ船団を護衛中、米潜ガジョンの雷撃をうけ沈没した。

平戸（ひらど）

択捉型九番艦。昭和十八年九月二十八日、日立桜島で竣工して横須賀防備戦隊に編入、北海道室蘭への船団護衛に従事した。十一月一日、第四艦隊第二海上護衛隊となり、横須賀～トラック間の船団護衛に従事した。昭和十九年三月、東松三号船団を護衛してサイパン～パラオ～ダバオ～マニラと行動して六月に佐世保に帰港した。九月十二日、シンガポールより門司に向かう船団を護衛中、海南島東方海面で米潜グローラーの雷撃をうけて沈没した。

福江（ふかえ）

択捉型十番艦。昭和十八年六月二十八日、浦賀船渠で竣工、横須賀に回航して残工事作業を行なった。七月十五日、第四艦隊第二海上護衛隊となり、横須賀～トラック間の船団護衛に従事した。昭和十九年四月十日、第一海上護衛隊に編入され、門司、マニラ、海南島方面に行動した。

昭和十九年七月十八日、大湊警備府に編入され、北海道方面において船団護衛に従事した。昭和二十年一月末より佐世保方面に行動し、三月一日、石垣島付近にて敵機の攻撃をうけ中破、佐世保で修理してふたたび大湊方面に回航した。七月十五日、青森県八戸港外で敵機の攻撃をうけ損傷したが、大湊で終戦を迎えた。戦後は復員輸送ののち英国へ引き渡された。

天草（あまくさ）

択捉型13番艦・干珠。20年８月には元山沖でソ連機と対空戦闘を演じた

択捉型十一番艦。昭和十八年十一月二十日、日立桜島で竣工して第二海上護衛隊に編入され、横須賀〜トラック間の船団護衛に従事した。昭和十九年四月二十七日、東松第六船団を護衛してサイパンに同行した。七月より硫黄島、父島、八丈島への船団護衛、魚雷艇護衛を行なった。昭和二十年二月十六日、伊豆大島東方で敵機の攻撃をうけ損傷した。八月九日、女川港において敵機の攻撃をうけて沈没した。

満珠（まんじゅ）

択捉型十二番艦。昭和十八年十一月三十日、三井玉野で竣工して第二海上護衛隊に編入され、横須賀〜トラック間の船団護衛に従事した。昭和十九年三月より東松船団を護衛してサイパンに同行し、ついで東松五号船団を護衛してサイパン、パラオ、バリックパパンへと給油艦を護衛、第一機動部隊第三補給部隊の護衛に従事。十月、第一海上護衛隊に編入され、門司〜シンガポール間の護衛に従事した。昭和二十年一月三十一日、カムラン湾沖で敵潜の雷撃をうけ中破、シンガポールで修理した後、海南島より香港へ船団を護衛中の四月三日、香港で敵機の攻撃をうけ大破半没した。

干珠（かんじゅ）

択捉型十三番艦。昭和十八年十月三十日、浦賀船渠で竣工して第一海上護衛隊に編入され、内地～シンガポール間の船団護衛に従事した。昭和十九年三月より給油艦を護衛してバリックパパン～サイパン間を往復した。九月よりふたたび内地～シンガポール間の船団護衛に従事した。昭和二十年八月一日、舞鶴を出港して朝鮮方面に行動し、八月十五日、元山沖で触雷損傷して自沈処分された。

笠戸（かさど）

択捉型十四番艦。昭和十九年二月二十七日、浦賀船渠にて竣工し、呉防備戦隊に編入されて訓練に従事した。三月二十日、連合艦隊付属となり、四月六日、横須賀より東松五号船団を護衛してパラオに入港した。四月二十七日パラオ湾口において敵潜の雷撃をうけ中破し、マニラをへて六月十七日、佐世保に帰港して修理を行なった。

十月より門司～シンガポール間の船団護衛に従事し、昭和二十年四月より大湊方面に行動し、六月二十二日、北海道西方において敵潜の雷撃をうけ大破し、小樽で大破のまま終戦を迎えた。

御蔵型（八隻）

御蔵（みくら）

昭和十八年十月末、日本鋼管鶴見造船所で竣工。基準排水量九四〇トン、全長七十八・七七メートル、速力十九・五ノット、航続十六ノット五千浬《かいり》、一二センチ高角砲単装と連装各

一基、二五ミリ三連装機銃二基、爆雷投射機と装塡台各二基、爆雷一二〇個、乗員一五〇名。
竣工とともに第二海上護衛隊に編入され、横須賀～サイパン間の船団護衛に従事した後、昭和十九年二月まで横須賀で整備。三月より横須賀～サイパン方面の船団輸送に従事した。七月、第一海上護衛隊に編入されて内地～マニラ～シンガポール間の船団護衛に従事中の九月二十三日、馬公にて敵機の攻撃をうけて中破、十二月末まで佐世保で修理を行なう。その完了後、ふたたび船団を護衛中の昭和二十年三月二十八日、宮崎県青島沖で米潜スレッドフィンの雷撃をうけて沈没した。

三宅（みやけ）

御蔵型二番艦。昭和十八年十一月末、日本鋼管鶴見で竣工して第一海上護衛隊に編入され、門司～シンガポール間の船団護衛に従事した。昭和十九年三月三十一日、連合艦隊付属となり、サイパンへ輸送船団を護衛し、ついで給油艦を護衛してバリックパパン、マニラをへて門司に帰港した。

昭和十九年九月より門司～シンガポール間の船団護衛に従事した。昭和二十年六月二十日、佐世保帰港後は行動せずに終戦を迎えたが、八月二十一日、門司付近で触雷により航行不能となる。

淡路（あわじ）

御蔵型三番艦。昭和十九年一月二十五日、大阪の日立桜島造船所で竣工し、呉防備戦隊に編入された。二月十五日、第一海上護衛隊に編入されて門司～シンガポール間の船団護衛に従事中の六月二日、台湾南東方において米潜ギタローの雷撃をうけて沈没した。

能美（のうみ）

御蔵型四番艦。昭和十九年二月二十八日、日立桜島造船所で竣工して第二海上護衛隊に編入され、三月二十二日より東松船団を護衛して横須賀～サイパン間を往復した。六月末より大湊方面への船団護衛に従事した。

九月二十六日、千島で敵潜の雷撃をうけて損傷し、大湊で修理した後、十一月より第一海上護衛隊に編入され、内地～シンガポール間の船団護衛に従事した。昭和二十年四月十四日、門司より上海に向かう船団を護衛中、済州島付近で米潜ティランテの雷撃をうけ沈没した。

倉橋（くらはし）

御蔵型五番艦。昭和十九年二月十九日、日本鋼管鶴見で竣工し呉防備戦隊に編入されて訓練に従事していたが、三月十日、第一海上護衛隊に編入、内地～マニラ～シンガポール間の船団護衛に従事した。昭和二十年六月より南朝鮮方面に行動、終戦を迎えた。英国に引き渡され名古屋で解体された。

屋代（やしろ）

御蔵型六番艦。昭和十九年五月十日、日立桜島で竣工し呉防備戦隊に編入された。六月三日、第一海上護衛隊に編入され、内地～マニラ～シンガポール間の船団護衛に従事した。九月十四日、高雄港外で触雷により小破、ついで十月十一日、ルソン島北端で敵機の攻撃をうけて損傷し、釜山で修理した後、十二月末より門司～高雄間の船団護衛に従事中の昭和二十年一月九日、高雄港外で敵機の攻撃をうけて損傷した。昭和二十年二月より中国沿岸の対潜哨戒に従事した。七月より北朝鮮方面に行動し、八月九日、雄基港外でソ連機と対空戦闘を行なった。北朝鮮より内地に向かう途中で終戦を迎えた。戦後、掃海作業ののち中国へ引き渡された。

千振（ちぶり）

御蔵型七番艦。昭和十九年四月三日、日本鋼管鶴見造船所で竣工して呉防備戦隊に編入され、五月十三日、第一海上護衛隊となり門司〜シンガポール間の船団護衛に従事した。十月十五日より比島沖海戦補給部隊を護衛し、十二月二十日より重巡妙高の救難作業に従事した。昭和二十年一月十二日、仏印サンジャック沖において敵機の攻撃をうけ沈没した。

草垣（くさがき）

御蔵型八番艦。昭和十九年五月末、日本鋼管鶴見で竣工し、呉防備戦隊に編入されて訓練に従事していたが、七月一日、第一海上護衛隊に編入となり、マニラ、ボルネオ方面に船団を護衛中の八月七日、マニラ西方において米潜ギタローの雷撃をうけて沈没した。

日振型（九隻）

日振（ひぶり）

建造期間短縮のため構造簡易化をはかった鵜来型の船体に御蔵型と同様の爆雷兵装や掃海具を装備して昭和十九年六月二十七日、大阪の日立桜島造船所で竣工。基準排水量九四〇トン、全長七十八・七七メートル、速力十九・五ノット、航続十六ノット五千浬《かいり》、一二センチ

高角砲三門、二五ミリ三連装機銃三基、爆雷投射機と装填台各二基、爆雷一二〇個、乗員一五〇名。
竣工とともに呉防備戦隊に編入され八月四日、第一海上護衛隊となり門司〜マニラ間の船団護衛に従事した。八月二十二日、マニラ湾口西方において、米潜ハーダーの雷撃をうけ沈没した。

大東（だいとう）
日振型二番艦。昭和十九年八月七日、日立桜島で竣工して第一海上護衛隊に編入され、内地〜シンガポール間の船団護衛に従事した。昭和二十年一月十二日、仏印沿岸で敵機の攻撃をうけ小破、ついで一月十六日、海南島楡林付近で敵機の攻撃をうけて小破し、二月十日、門司へ帰港して修理を行なった。五月より朝鮮鎮海方面に行動し、七月末より北海道方面に行動して船団護衛に従事中、小樽で終戦となった。戦後の十一月二十日、掃海艦として対馬海峡で作業中に触雷沈没。

昭南（しょうなん）
日振型三番艦。昭和十九年七月十三日、日立桜島で竣工し呉防備戦隊に編入。八月七日、第一海上護衛隊となり、内地〜シンガポール間の船団護衛に従事中の昭和二十年二月二十五日、シンガポールよりの帰途、海南島南方において米潜ハウの雷撃をうけ沈没した。

久米（くめ）
日振型四番艦。昭和十九年九月二十五日、日立桜島で竣工して呉防備戦隊に編入。十一月四日、第一海上護衛隊となり、門司～シンガポール間の船団護衛に従事した。昭和二十年一月二十八日、門司より高雄に向かう途中の黄海で、米潜スペードフィッシュの雷撃をうけ沈没した。

生名（いくな）

日振型五番艦。昭和十九年十月十五日、日立桜島で竣工して呉防備戦隊に編入。十一月十五日、第一護衛艦隊二十一海防隊に編入され、門司～マニラ間の船団護衛に従事し、その帰途の昭和二十年一月四日、台湾海峡において敵機の攻撃をうけ損傷。その後、門司～高雄間の船団護衛に従事した。昭和二十年四月十日、長崎港外において米潜の雷撃をうけ六月十五日までかかって修理した。完成後、南朝鮮方面に行動し鎮海で終戦を迎えた。戦後は海上保

日振型7番艦・崎戸。昭和20年6月に朝鮮南方で触雷中破、釜山で終戦。後部高角砲は砲楯がない。その後方に爆雷投射機と投下軌条が見える

安庁の定点観測船となった。

四阪（しさか）

日振型六番艦。昭和十九年十二月十五日、日立桜島で竣工し呉防備戦隊に編入されて訓練に従事していたが、昭和二十年一月二十七日、横須賀防備戦隊に編入され、横須賀〜八丈島間の船団護衛に従事した。五月以降はほとんど行動せず、横須賀で終戦を迎え、復員輸送ののち中国へ引渡し。

崎戸（さきと）

日振型七番艦。昭和二十年一月十日、日立桜島で竣工し呉防備戦隊に編入。二月二十八日より南朝鮮方面にて船団護衛に従事した。六月二十七日、朝鮮西方で触雷し釜山で修理中に終戦となった。

目斗（もくと）

日振型八番艦。昭和二十年二月十九日、日立桜島で竣工し呉防備戦隊に編入され、訓練整備したのち土佐沖で対潜掃蕩に従事。四月四日、関門海峡部崎《へさき》灯台の一六〇度四浬において触雷沈没した。

波太（はぶと）

日振型九番艦。昭和二十年四月七日、大阪の日立桜島造船所で竣工し呉防備戦隊に編入。五月六日、第五十一戦隊に編入され、能登半島中部東岸の七尾湾で訓練に従事中の六月六日、触雷損傷し舞鶴で修理を行なった。七月二十日より南朝鮮方面および日本海西部で船団護衛に従事中、鎮海方面で終戦を迎えた。戦後は復員輸送ののち英国へ引き渡された。

鵜来型（二十隻）

鵜来（うくる）

量産化をはかるべく船型構造を簡易化、電動式揚爆雷筒および十八基の投射機と投下軌条を装備して昭和十九年七月末、日本鋼管鶴見造船所で竣工。基準排水量九四〇トン、七十八・七七メートル、速力十九・五ノット、航続十六ノット五千浬、一二センチ高角砲三門、二五ミリ三連装機銃二基、爆雷一二〇個、乗員一五〇名。

竣工とともに横須賀防備戦隊に編入され、昭和十九年九月十五日には第一海上護衛隊に編入となり門司〜シンガポール間の船団護衛に従事した。

昭和二十年一月十二日、仏印サンジャック付近にて敵機の攻撃をうけて損傷し、内地で修理したのち二月より上海、青島、鎮海方面にて船団護衛に従事した。終戦ちかくに大湊に回航を命ぜられ、大湊に向け航行中に終戦となる。戦後は海上保安庁の巡視船兼定点観測船となる。

沖縄（おきなわ）

鵜来型二番艦。昭和十九年八月十六日、日本鋼管鶴見で竣工し呉防備戦隊に編入。十月三日には第一海上護衛隊に編入となった。十月八日、門司を出港し、上海をへてマニラに船団を護衛し、ついでオルモック輸送作戦に参加。十一月十八日、ボルネオ北東方のパラワン島沖で敵機の攻撃をうけて損傷したが、シンガポールへ船団護衛を行なった。

昭和二十年一月十四日、呉に帰港した後は、門司～基隆間の船団護衛、四月より上海、青島方面への船団護衛に従事した。六月より日本海方面において船団護衛に従事していたが、七月三十日、舞鶴で敵機の攻撃をうけ大破し、そのまま終戦となる。

奄美（あまみ）

鵜来型三番艦。昭和二十年四月八日、日本鋼管鶴見で竣工し呉防備戦隊に編入され、能登半島七尾湾において訓練整備した後、七月五日より大湊、稚内方面にて船団護衛に従事した。北海道より七尾へ船団を護衛中に終戦となり、八月二十二日、舞鶴へ入港した。戦後は復員輸送をへて英国へ引き渡され、広島で解体された。

粟国（あぐに）

鵜来型四番艦。昭和十九年十二月二日、日本鋼管鶴見で竣工し呉防備戦隊に編入され、昭和二十年一月十七日には第一護衛艦隊に編入となり、一月二十二日より門司～香港間の船団護衛に従事した。四月二十一日より対馬海峡方面および日本海方面にて船団護衛に従事し、舞鶴で終戦を迎えた。

新南（しんなん）

鵜来型五番艦。昭和十九年十月二十一日、浦賀船渠で竣工し呉防備戦隊に編入。十一月二十六日には第一護衛艦隊に編入となり門司、比島、高雄、香港への船団護衛に従事した。昭和二十年一月十六日、香港にて敵機の攻撃をうけて損傷した。三月二十六日より対馬海峡方面および南朝鮮方面への船団護衛に従事し、佐世保で終戦を迎えた。のちに海上保安庁巡視

鵜来型４番艦・粟国(右２隻目＝19年12月２日竣工)と鵜来型18番艦・久賀(20年１月25日竣工)。写真は舞鶴に繋留中で、右端に占守型の八丈、久賀の左は丁型　200　号海防艦。粟国は20年５月に被弾、艦首を失い修理中に終戦。久賀は６月25日、山口県深川湾で触雷、航行不能で修理中に終戦を迎えた

船となった。

屋久（やく）

鵜来型六番艦。昭和十九年十月二十三日、浦賀船渠で竣工し呉防備戦隊に編入され、十一月二十五日には第一護衛艦隊に編入となって、十二月二十三日より門司～シンガポール間の船団護衛に従事した。昭和二十年二月二十三日、内地に向けて船団を護衛中、仏印南東沖にて米潜ハンマーヘッドの雷撃をうけて沈没した。

竹生（ちくぶ）

鵜来型七番艦。昭和十九年十二月末日、浦賀船渠で竣工し呉防備戦隊に編入。昭和二十年三月二日には第一護衛艦隊に編入され門司、上海、基隆への船団護衛に従事した。ついで上海、青島方面への船団護衛に従事。終戦ちかく北海道方面へ回航を命ぜられ八月十五日、函館に入港して終戦を迎えた。のち海上保安庁巡視船となる。

神津（こうづ）

鵜来型八番艦。昭和二十年二月七日、浦賀船渠で竣工し呉防備戦隊対潜訓練隊に編入され、四月からは七尾湾にて訓練に従事した。終戦ちかく北海道方面に回航を命ぜられ、八月十七日、大湊に入港して終戦を迎えた。戦後は掃海に従事したのちソ連へ引渡しとなった。

保高（ほだか）

鵜来型九番艦。昭和二十年三月末、浦賀船渠で竣工し呉防備戦隊に編入。五月五日には第五十一戦隊に編入され、能登半島中部東岸の七尾湾に回航して訓練に従事した。七月三日、

横須賀・長浦港に繋留中の各型海防艦。手前は鵜来型８番艦の神津である

大湊に回航して常磐、高栄丸の同方面機雷敷設を掩護した。八月になって朝鮮方面への船団護衛に従事し、舞鶴で終戦を迎えた。戦後は復員輸送ののち米国へ引き渡され浦賀で解体された。

伊唐（いから）

鵜来型十番艦。昭和二十年四月末、浦賀船渠で竣工し呉防備戦隊に編入。五月五日には第五十一戦隊に編入となり七尾で待機した。七月二十三日より船団護衛に従事したが、八月一日、七尾湾口で触雷し七尾に繋留されたまま終戦となる。戦後は秋田港の防波堤となった。

生野（いきの）

鵜来型十一番艦。昭和二十年七月十七日、浦賀船渠で竣工し第五十一戦隊に編入されたが、行動せず横須賀で終戦を迎えた。戦後は復員輸送ののちソ連へ引渡しとなった。

稲木（いなぎ）

鵜来型十二番艦。昭和十九年十二月十六日、三井玉野造船所で竣工し呉防備戦隊に編入、昭和二十年二月一日、第一護衛艦隊に編入となり、門司～シンガポール間の船団護衛に従事した。三月末、関門海峡部崎《へさき》灯台付近で触雷して中破した。四月末より上海、鎮海方面の船団護衛に従事し、七月より大湊方面で行動していた。八月九日、青森県八戸港にて敵機の攻撃をうけ沈没した。

羽節（はぶし）

鵜来型十三番艦。昭和二十年一月十日、三井玉野で竣工して呉防備戦隊に編入された。昭和二十年三月一日には第一護衛艦隊に編入となり、門司、上海、基隆方面への船団護衛に従事した。ついで上海、青島、対馬海峡方面において船団護衛に従事中、終戦を迎えた。戦後は復員輸送をへて米国へ引き渡され、浦賀で解体された。

男鹿（おじか）

鵜来型十四番艦。昭和二十年二月二十一日、三井玉野で竣工し呉防備戦隊に編入。三月二十五日には第一護衛艦隊に編入となり、上海、青島方面にて船団を護衛中の五月二日、黄海において米潜スプリンガーの雷撃をうけて沈没した。

金輪（かなわ）

鵜来型十五番艦。昭和二十年三月十五日、三井玉野で竣工し呉防備戦隊対潜訓練隊に編入され、七尾湾で対潜訓練に従事した。五月五日より対馬海峡方面の哨戒、船団護衛中に終戦となる。戦後は復員輸送をへて英国に引渡しとなった。

宇久（うく）

鵜来型十六番艦。昭和十九年十二月三十日、佐世保工廠で竣工し呉防備戦隊に編入された。

昭和二十年二月八日には第一海上護衛艦隊に編入され、門司～高雄～上海への船団護衛に従事した。四月二十八日、朝鮮黒山諸島の西方において敵機の攻撃をうけ損傷した。五月九日、門司付近で触雷し、七月二十二日まで修理を行なった。その後、内海西部で行動し、呉で終戦を迎えた。戦後は復員輸送をへて米国へ引き渡された。

高根（たかね）

鵜来型十七番艦。昭和二十年四月二十六日、三井玉野で竣工し呉防備戦隊に編入され、七尾湾で訓練した後、五月五日、第五十一戦隊に編入された。七月より津軽海峡付近で対潜対空警戒船団護衛に従事した。七月三十日、舞鶴で敵機と交戦して軽微なる損傷をうけ、舞鶴で終戦を迎えた。

久賀（くが）

鵜来型十八番艦。昭和二十年一月二十五日、佐世保工廠で竣工し呉防備戦隊に編入された。二月八日、第一護衛艦隊に編入となり、三月五日から門司～基隆間の船団護衛に従事した。四月二十五日より南朝鮮方面の船団護衛に従事中の六月二十五日、山口県深川湾において触雷、航行不能となり中破のまま舞鶴で終戦を迎えた。

志賀（しが）

鵜来型十九番艦。昭和二十年三月二十日、佐世保工廠で竣工して呉防備戦隊に編入され、豊後水道で対潜訓練に従事。四月十二日、舞鶴へ回航され、四月二十二日から七尾湾にて訓練した後、対馬海峡方面の哨戒に従事中、終戦となる。掃海に従事したのち海上保安庁練習

鵜来型最終20番艦・伊王(20年3月24日竣工)。復員輸送に従事ののち23年に佐世保で解体。甲型海防艦55隻のうち23隻が沈没、海没処分1隻、5隻が転用、11隻を他国へ引き渡し15隻解体

船となる。

伊王(いおう)

鵜来型二十番艦。昭和二十年三月二十四日、佐世保工廠で竣工し呉防備戦隊に編入され、能登半島の七尾湾で対潜訓練に従事した。五月五日、第五十一戦隊に編入され、六月より北海道への船団輸送に従事。以後、同方面において行動し、七月十五日、八戸港外で艦上機の攻撃をうけたが被害なく、稚内で終戦となる。戦後は復員輸送に従事した。

五百島(いおじま)

支那事変中に拿捕した中国巡洋艦寧海を海防艦に改造して、五百島と命名し、昭和十九年六月二十日、横須賀防備戦隊に編入した。七月二十二日より父島、硫黄島への船団護衛に従事した。九月十九日、父島へ輸送船団を護衛中、八丈島北西方において敵潜の雷撃をうけ沈没した。

八十島(やそしま)

五百島とおなじく中国巡洋艦平海を海防艦に改造して八十島と命名、昭和十九年六月二十日、横須賀防備戦隊に編入した。七月二日および二十二日の二回にわたり父島への輸送に従事した後、九月二十五日、巡洋艦籍に編入されたが、十一月二十五日、ルソン島西岸で敵機の攻撃をうけて沈没した。

（付記）海防艦は占守型四隻、択捉型十四隻につづき兵装強化した御蔵型八隻が建造されたが、護衛艦増強が求められるなか御蔵型の建造が進まず、かわって船体構造簡易化をはかった鵜来型が計画された。この鵜来型のうち本稿ではわかりやすくするため日振型と表記した九隻（ほか大津と友知の二隻が未成）は鵜来型の船体に御蔵型と同じ爆雷兵装や掃海具を搭載した。大掃海具を廃し独自の爆雷兵装をほどこした鵜来型は二十隻が完成した。

最初、占守型と択捉型を甲型、御蔵型と鵜来型を乙型（鵜来型は改乙型とも）と呼ばれたが、のち占守型から鵜来型までを甲型として統一された。

建造期間短縮のため構造簡易化してもディーゼル主機製造能力が及ばず、打開策として低出力ディーゼル主機を搭載した奇数番号艦を丙《へい》型（一号型。基準排水量七四五トン、全長六七・五メートル、速力十六・五ノット、航続十四ノット六五〇〇浬、一二センチ高角砲二門、二五ミリ三連装機銃二基、投射機十二基、爆雷一二〇個、乗員一二五名）海防艦、戦時標準船A型タービンを主機とした偶数番号艦を丁《てい》型（二号型。基準排水量七四〇トン、全長六九・五〇メートル、速力十七・五ノット、航続十四ノット四五〇〇浬、一二センチ高角砲二門、二五ミリ三連装機銃二基、投射機十二基、爆雷一二〇個、乗員一四一名）海防艦と呼んだ。

付・戦力の中核 海軍小艦艇かく戦えり

海防艦、敷設艦艇、駆潜艇、哨戒艇など特設艦船を含む補助艦艇奮戦の全貌

三十五突撃隊隼艇搭乗員・海軍二等兵曹　正岡勝直

昭和十六年十二月八日、支那事変いらい四年有余の戦火は、太平洋戦争へと進展したが、日本海軍は所定作戦計画に準拠して進攻作戦を開始し、真珠湾攻撃、マレー半島、比島上陸作戦に、またグアム、ウェーク、香港など連合軍の拠点占領を目途に砲火の火ぶたをいっきょに切った。長年、月月火水木金金の猛訓練をかさねてきた乗組員は、最高調に達した練度をもって活躍し、数ヵ月をへずして太平洋上、北はキスカより中部太平洋上のギルバート、南海の島々ソロモン群島に、そして西方はインド洋上に軍艦旗を掲げ、制海制空権を確保したのであった。

全世界が刮目《かつもく》した日本海軍破竹の進撃は、空母を中核に戦艦、巡洋艦など主戦力はもとより、駆逐艦、潜水艦を投入した作戦完遂の根底には、それらの先兵となり、あるいは補給兵力として活躍した影の戦力を忘れることはできない。その戦力は開戦時、前記各艦種二五〇隻に対し、小艦艇一五〇隻のほか、七〇〇隻を数えた特設艦船が日本海軍の総兵力であった。

日本海軍は昭和十六年九月、時局に即応して戦時編成を発令、順次、所要の部隊に艦艇を投入して開戦を迎えたのであった。快調の進撃を展開した全進攻部隊は固有艦艇の総力であり、小艦艇も、その大部分が各戦場で戦力の一翼として活躍した。

上陸作戦にさいしては、本隊の前路嚮導、陸軍輸送船団の護衛に従事するため掃海艇は機雷原に突入し、駆潜艇は敵潜水艦撃滅に文字どおり捨て身の戦闘を敢行した。また旧式駆逐艦を改装した哨戒艇は、その軽快性を買われ、局地上陸戦に投入された。その一群の中には、平時は商船や漁船の姿であった船舶が小口径砲を武装し、劣速ながら不足する小艦艇の助っ人として縦横の奮戦をしたが、はやくも消える船舶もあった。一方、敷設艦や水上機母艦は、強行機雷敷設や部隊直衛水偵の母艦となった。要地占領後、敷設艦は根拠地隊の主力として局地防備に任じたが、水上機母艦は空母不足に即応するため役務をはなれた。

日本本土防衛を担当する内戦部隊は、固有艦艇の総力を外戦部隊に投入されている現状から、少数の旧式駆逐艦をのぞいて、敷設艇、哨戒艇、電纜敷設艇が戦力のすべてであり、主力を特設艦船にもとめざるを得なかった。本土東方洋上の哨戒任務も、それに充当する艦艇は皆無な状況であったから、漁船や小型貨物船を改装して任務を遂行しなければならなかった。補給戦力である特務艦は、膨大な作戦遂行上には数百隻におよぶ特設特務艦船を必要とし、進攻作戦をささえる活躍を行なった。

日本海軍は戦前、対米作戦計画策定にさいし、艦隊決戦による速戦即決を目標に演練をかさねてきたが、開戦後は日本軍が占領した島々をめぐる攻防戦へと激化し、戦争の様相は長期戦化し、日本海軍は戦況にともない三式弾の火力を投入した戦艦主砲による陸上への殴り込みも敢行したが、戦争の主導権はしだいに航空戦力に移行し、物量を大量投入する消耗戦へと大変革していった。

資源、生産力で米国に劣る日本は、破竹の進撃で占領した南方地域からの戦略物資の内地還送を強化したが、米潜水艦は日本海軍がいだいたその戦力軽視をあざ笑うように、資源輸送路上に、また占領地に対する補給路上に、熾烈なる航空機による集中攻撃を行ない、相次いで船舶を撃沈して日本の生産力を低下させ、戦争続行を不能にして戦争の早期終結を目論んだのであった。

日本海軍は開戦時、対潜掃蕩戦力である駆潜艇を二十三隻保有したが、広大なる作戦海域に応ずることは不可能であり、捕鯨船、小型漁船改装の特設駆潜艇にたよらざるを得なかった。この予期せぬ米潜水艦の活躍に驚愕し、対潜掃蕩、船舶保護方策確立をせまられた海軍は、第二線戦力と考えられていた小艦艇群の大量建造促進となり、しだいに太平洋戦争の主役へと変身していった。

かくて簡易量産型である海防艦の建造、米軍占領地に対する逆上陸作戦用の輸送艦、さらに局地防備を目的とする木造特務艇である駆潜特務艇、哨戒特務艇などの建造がいそがれたのである。

ミッドウェー海戦敗退後のあ号作戦、比島沖海戦では、航空戦力および技量の極度の低下により、日本海軍は敗亡の道を余儀なくされた。かつては数万トンの軍艦を建造した日本海

太平洋戦争における小艦艇増減一覧表

艦種	開戦時	戦中増	合計	戦中減	残存
水上機母艦	5	2	7	6	1
潜水母艦	5	0	5	4	1
敷設艦	10	1	11	8	3
海防艦	4	168	172	72	100
砲艦	13	6	19	5	14
水雷艇	12	0	12	9	3
掃海艇	19	18	37	26	11
駆潜艇	23	38	61	33	28
敷設艇	11	10	21	15	6
哨戒艇	12	8	20	14	6
輸送艦	0	70	70	54	16
特務艦	23	21	44	25	19
敷設特務艇	11	5	16	2	14
哨戒特務艇	0	27	27	2	25
駆潜特務艇	3	217	220	74	146
掃海特務艇	0	29	29	8	21
電纜敷設艇	4	0	4	3	1
魚雷艇	6	375	381	73	308
合計	161	995	1,156	433	723

備考、水上機母艦、潜水母艦、敷設艦の戦中減には6隻の他艦種に変更したものを含む

軍であったが、昭和十九年後半以降の戦況は、本土決戦への準備として二〇トン、一四トン級魚雷艇の量産に入り、守勢一本となった戦況下での航空兵力の劣勢を挽回する神風特別攻撃隊に呼応する海上特攻隊である震洋、回天、蛟龍が、ついに日本海軍の主戦力に変身し、さらに昭和二十年三月、全海軍艦艇をもって特攻戦隊を編成した。

その先陣として四月七日、大艦巨砲時代の頂点であり、日本海軍栄光の戦艦大和以下、最後の連合艦隊は菊水作戦で潰滅した。それから四ヵ月にわたる特攻訓練も、本土周辺は連合軍機動部隊の攻撃、またB29による連日連夜の空襲により、その成果を発揮する機会もなく敗戦を迎えたのであった。

戦後の二大業務の主役

残存する戦艦、巡洋艦は防空砲台として島かげに繋留され、対空戦闘もむなしく相次ぐ艦上機の熾烈なる攻撃により沈没や沈座してしまい、付近海域には、戦況の急激なる悪化にともない未成状態で放置されている空母が、その残骨をさらしていた。連合軍命令で母港に急

ぐ日本海軍艦艇は、海防艦以下の小艦艇であった。

開戦時、雑軍艦をふくめ小艦艇を一五五隻保有していた日本海軍は、開戦後、この種の艦艇を新造、拿捕などにより約一千隻が増加した。その内容は、魚雷艇をふくめ木造特務艇が七〇パーセントを示し、海防艦一六八隻が次いでいる。戦禍による喪失は保有量の四〇パーセントの四二七隻であり、七二三隻が残存した。しかし海防艦、哨戒特務艇、駆潜特務艇、魚雷艇などには終戦直前に竣工し、戦歴のない艦艇が多かった。

終戦にともない、艦艇はすべて連合軍に接収されたが、外地には餓死寸前の軍人や在留する民間人がおり、その引揚げが急務であり、その実施は人道上からも問題であった。一方、日本本土の周辺には日本海軍が敷設した機雷、B29の投下による感応機雷などが多数放置され、船舶運航が困難なところ、また不能な海域の掃海作業を急がねばならなかった。連合軍は、これら二大終戦処理業務の遂行上、残存艦艇を一時、日本海軍に使用することを許可し、兵装撤去のうえ管理運営を委託した。

昭和二十年十一月三十日、海軍省は廃止され、十二月一日、第二復員省に改称したが、乗組員は旧軍人であり、その人たちの運航により、小艦艇による引揚業務、掃海作業を開始した。

昭和二十年十二月一日、五十五隻の海防艦以下の総計一一九隻が特別輸送艦に、海防艦二十一隻以下の総計一一七隻は掃海艦と改称され、また特設艦船で解雇を延長された特設病院船氷川丸以下の二十九隻が投入され、一年有余にわたる小艦艇群の活躍があった。

護衛艦艇の不足を補うべく戦時急造された丙型海防艦第１号(19年２月29日竣工)。写真は20年４月６日、厦門南方でＢ25による直撃弾をうけ右へ横転し沈没寸前で、舷側に乗員の姿がある

丙型45号海防艦。20年７月28日、三重県尾鷲で米軍機と交戦、浸水擱座着底したまま終戦を迎えた姿で、前後の単装高角砲２門が見える

二大業務を終了した小艦艇は、連合軍側の戦利艦として特別保管艦の名称で日本側による責任で旧軍港に繋留された。かくて賠償艦に指定された一三一隻の海防艦以下の艦艇は、昭和二十二年七月より十月にかけ、米、英、中、ソの四ヵ国に配分され、各国の指定港への最後の航行をもって、日本海軍の実質的な活躍は終わったのである。一方、掃海艦業務に従事した艦艇のうち、哨戒特務艇、駆潜特務艇は、雑役船である飛行機運搬船とともに掃海船として海上保安庁に、一部は海上自衛隊草創期の中核として活躍し、飛行機運搬船が一隻、役務こそ異なるが長く残存した。また南極調査の初期に活躍した宗谷は日本海軍の旧特務艦の後身である。

戦艦、空母、巡洋艦のように、太平洋戦争を通じ華々しい活躍の戦場であった有名な各海戦など、その表街道こそ歩かなかった小艦艇群は、用兵上、その軽快性を買われ各地に転戦し、対潜掃蕩、船団護衛、局地防備に活躍したのであった。したがって小艦艇に関する戦歴は、開戦当初の進攻作戦に始まる日本海軍の攻勢時代を前段とし、昭和十八年以降、海防艦以下、小艦艇の量産建造をもってする守勢時代に区分して、その奮闘ぶりを述べてみよう。

中部太平洋方面

▽真珠湾攻撃

開戦劈頭の真珠湾攻撃の戦果は、冬期の厳寒強風の北方航路三千浬《かいり》の長航程と、奇襲攻略の作戦をぶじに成功したことに基因するが、空母六隻を中核とする大部隊に対する燃料補給を完遂した高速タンカーの活躍、さらに千島択捉《えとろふ》島の単冠《ひとかっぷ》湾にあって、機動部隊出撃前後の警備を完遂した大湊警備府部隊麾下の艦艇群の存在を忘れることはできない。

真珠湾攻撃に出撃する大部隊を開戦前、安全かつ秘密裏に所定海域までの進出可能な航路を諸条件から研討して北緯四十度付近とし、また、その大部隊の艦隊を集結できる場所として、北西風に対し冬期は静かで水域が広い停泊錨地として単冠湾が選定された。海防艦国後《くなしり》艦長の指揮のもと、大湊警備府麾下の主戦力である駆逐艦などは、訓練の名のもとに十一月より同湾や付近海域の警備哨戒に任じ、二十六日、全艦隊が出撃するまで連日連夜、休みなく機密保持につとめたのであった。

一方、三十隻におよぶ艦隊のなかには、航続力が短い蒼龍、飛龍のほか、駆逐艦に対して洋上補給をおこなう給油艦の随伴を必要とするため、航海速力十六ノット、最高速力二十ノット以上、載荷重量一万二千トンの性能をもつ、一万トン級高速タンカー七隻をくわえた。すなわち、極東丸特務艦長指揮のもとに、補給部隊として次のように編成された。（＊印は船舶改善助成施設などによる建造）

第一補給隊……＊極東丸（飯野海運）、＊健洋丸（国洋汽船）、国洋丸（国洋汽船）、＊神国丸（神戸桟橋）

第二補給隊……東邦丸（飯野海運）、＊東栄丸（日東汽船）、日本丸（山下汽船）

昭和十六年九月下旬より十月にかけて、各タンカーの艤装がおこなわれ、洋上曳航給油が可能のように改装、甲板上に蛇管用ローラーの設置、蛇管の増設、横曳《よこびき》用デリック、防舷物の装備、曳索、船尾にスリップを設けた。十月中旬より極東丸、健洋丸をもって機動部隊の各艦は三回ほど給油訓練を実施したが、艤装の遅れたタンカーは呉、徳山で燃料満載後、十一月十八日に佐伯を出航して二十二日の択捉島単冠湾到着まで、洋上曳航給油の訓練を休むまもなくおこなった。この訓練は二十六日の出撃後もなされ、当初九ノットでおこなう給油は、速力を十二ノットまで上げることが出来た。

天象状況の悪い冬期洋上での作業は、タンカー乗員たちにとって苦労のほどは大変なものだったが、任務の重大さからぶじ作業を完了し、十二月六日に第二補給隊が、また七日に第一補給隊が最後の給油をおこなった後、機動部隊との集合点である北緯三四度、西経一六二度に反転し、燃料満載した機動部隊の各艦は速力二十四ノットに増速して発進地点へ急いだ。

大戦果に輝く部隊は十二月九日に補給隊と会合し、二十三日と二十六日、呉に帰投した。日本本土に近づくにつれ、第五艦隊、横須賀、呉鎮守府部隊の前路掃蕩などの護衛が開始された。これら七隻のタンカーはその後、しばしば機動部隊に随伴して作戦に参加したが、昭和十九年九月、極東丸の沈没をもってすべて海没したのであった。

▽南洋方面の作戦

開戦とともに、内南洋海域の防備に任ずる第四艦隊は軽巡鹿島《かしま》を旗艦に第十八戦隊、第十九戦隊、第六水雷戦隊、第七潜水戦隊、第二十四航空戦隊のほか、四隻の特設艦船を付属させた。その麾下にパラオ、トラック、サイパン、クェゼリンには根拠地隊を編成して局地防備をおこなったが、配属する艦艇は特設敷設艦、特設砲艦以下、すべて特設艦船で編成されていた。これら戦力が、南洋方面に点在する連合国のグアム、ウェーク、ギルバート諸島、ナウル、オーシャン島、さらにカビエン、ラバウルへの攻略、ソロモン群島、ニューギニア攻略の主力戦力となった。

グアム島攻略はサイパンを基地とする第五根拠地隊を主力に、第六戦隊、特設水上機母艦聖川丸《きよかわまる》の支援で、陸軍南海支隊との協同作戦をもって十二月十日、奇襲上陸作戦は成功したが、ウェーク島攻略は大発の泛水失敗、また駆逐艦の喪失により、支援部隊の強化をもって再度の攻撃で占領した。

▽ウェーク島強行上陸作戦

第十八戦隊の支援、第六水雷戦隊のほか特設巡洋艦金龍丸、金剛丸、第四艦隊の作戦指揮下の第三十二号、三十三号哨戒艇に陸戦隊を乗艦させ、海軍単独で上陸作戦を開始し、水雷戦隊の警戒により十二月十日、ウェーク島に到着したが、風浪は激しくて乾舷の高い特設巡洋艦からの大発泛水が困難となり、そのため作戦が順調に進展せず、旗艦夕張《ゆうばり》以下、駆逐艦は砲門を開いたが、かえって駆逐艦二隻が撃沈され、第一次攻撃は失敗した。

そこで第六戦隊を増強し、二十日にクェゼリンを出撃した第二次攻略部隊は、陸戦隊を第三十二号と三十三号哨戒艇、金龍丸に分乗させ、総員が決死隊の覚悟で二十二日午後九時三十分、ウェーク島に到着した。午後十時四十四分、大発の発進を開始したが、風速十五メートルの洋上では大発泛水が困難で、いたずらに時間を経過させることは戦期を失う恐れがあり、いまや再度の失敗はゆるされぬ状況であった。そこで哨戒艇は陸戦隊員を乗艇させたまま前進全力をもってリーフを突破して、海岸線に強行擱座を敢行したのであった。

小さなウェーク島占領に、陸戦隊員三〇〇名を戦死させ、駆逐艦、哨戒艇各二隻の喪失の犠牲はあまりにも大きかった。

▽マーシャル方面の戦闘

第十九戦隊の敷設艦沖島《おきのしま》は麾下の天洋丸（特設敷設艦）のほか、特設砲艦長田丸を指揮して、十二月十日にマキン島を占領し、マーシャル群島方面にたいする側方の脅威はなくなったが、米機動部隊は昭和十七年二月一日、空母、巡洋艦、駆逐艦をもって同群島に初空襲を敢行してきた。

特設砲艦豊津丸は午前三時五十分より午前九時十八分まで、重巡、駆逐艦、水偵と交戦して沈没した。また第六十四駆潜隊の鹿島丸、第十昭南丸（日本水産捕鯨船）は撃沈された。

▽ミッドウェー作戦

ミッドウェー作戦は日本機動部隊の空母四隻の喪失で敗退に終わり、ミッドウェー上陸作戦部隊である攻略部隊麾下の占領隊も、六月四日B17哨戒機に発見され、特設給油船あけぼの丸は軽微な損傷をうけて、五日、北西方に退避し作戦は中止された。この部隊には上陸部隊を輸送した優秀船あるぜんちな丸（のち空母海鷹となる）、ぶらじる丸の姉妹船、高速貨物船など十三隻が編入されていた。第一号、二号、三十四号、三十五号哨戒艇、宗谷なども戦力として参加しており、補給部隊として特務艦（給油艦）三隻、高速タンカー十二隻が各部隊に配属されていた。

特に注目すべきことは、ミッドウェー占領後、防備戦力となる特殊潜航艇と魚雷艇を搭載した水上機母艦千代田、日進が主力部隊の特務隊に編入され参加した。千代田はのちキスカに進出している。

南太平洋方面

▽第二十四戦隊の活躍

第一段作戦計画において、交通破壊戦を目的として大阪商船がアフリカ航路用に建造した一万トン級高速貨客船の愛国丸、報国丸を戦時編成発令とともに特設巡洋艦として徴用、一五センチ砲八門、五三センチ連装発射管二基、水偵二機を装備してサモア、豪州方面の海上交通破壊戦従事のため、昭和十六年十一月十五日に呉を出港し、ヤルート経由の後、十二月八日、開戦日をツアモツ諸島(サモア東方トゥアモトゥ諸島)東北海面で迎えたが、はやくも十三日に米国商船ブインセント(六二一〇トン)、そして翌年一月二日にはマラヤ(六〇〇〇トン)を撃沈する戦果をあげ、一月四日、トラックに入港し、十四日、呉に帰投した。

戦場をインド洋に移した戦隊は五月八日、愛国丸はオランダのタンカーであるゼノアを拿捕(のち特務艦大瀬となる)する戦果をあげた。

▽ラバウル、カビエン攻略

米国は昭和十七年一月、反撃作戦として飛行機を豪州へ輸送し、ポートモレスビーを主基地とする飛行隊がラバウルを中継基地として、グリニッチ島(トラック南方カピンカラマンギ島)方面に来襲しようとしている戦況に応ずるため、ラバウル、カビエン方面の攻略がいそがれた。

作戦部隊をR方面攻略部隊と呼称し、ラバウル攻略部隊は敷設艦の沖島を旗艦に、カビエン攻略部隊は軽巡天龍を旗艦に指定して、駆逐隊のほか主力を第四根拠地隊艦艇として一月十四日より出撃、二十三日に両要地の無血上陸は成功した。

▽**東部ニューギニア攻略**

ラバウルを占領した日本軍は、ニューギニア要地のポートモレスビー攻略を目的とし、前進基地としてラエ、サラモア占領を計画したSR作戦を策定して、海軍はラエ、陸軍がサラモアを攻撃することを協定した。支援部隊として第六戦隊と十八戦隊を投入して、攻略部隊は軽巡夕張を旗艦に、第二十九駆逐隊の警戒をもってラエ攻略の陸戦隊、設営隊を天洋丸、金剛丸、黄海丸に分乗させ、敷設艦津軽、駆逐艦三隻、特設水上機母艦聖川丸《きよかわまる》、第十四掃海隊をしたがえて三月五日、ラバウルを出撃し八日早朝、無血上陸を敢行、ただちに高角砲を設置し、戦闘機基地の整備を開始した。

その日の早朝に米機一機が来襲した後、三月十日午前七時二十分、艦上機、B17、ロッキードの合計一二〇機がラエに来襲、午前九時四十分まで対空戦闘がおこなわれた。米機は雷爆撃、機銃掃射をおこない、この攻撃で天洋丸は直撃二発をうけ、ラエ海岸に自力座礁して沈没した。金剛丸も被弾して沈没。第二玉丸も沈没した。津軽は命中弾一発、至近弾四発により左舷煙突付近を大破し、駆逐艦も中、小破し、戦死一一八〇名、重軽傷者二四五名を出した。

聖川丸搭載の水上機は少数ながらこれを邀撃し、十一機を撃墜した。二十四航空戦隊の戦闘機は、同隊補給に充当された特設給油船第二号海城丸の沈没にも基因し、ラエに進出したのは、その日の正午ごろであった。

この戦闘は、連合軍の反撃作戦が開始されたもので、しだいに戦況の激化を思わせた。南西方面と異なり、警戒部隊も小型巡洋艦、旧式駆逐艦であり、上陸部隊もほとんど特設艦船であり、兵装とくに対空火器の劣勢が今後の戦闘の熾烈化を思わせた。

▽ツラギ攻略（ＭＯ作戦）

ポートモレスビー攻略と同時に開始されたツラギ攻略は、ガダルカナル島北方の小島であるツラギが八月七日の米軍の上陸作戦以後、太平洋戦争敗退の一里塚となろうとは日本軍が予想もしなかった無血上陸だが、ラエ、サラモアと同様、ツラギに対しても占領後、連合軍の反撃が開始された。その反撃はまた熾烈そのものの様相であった。

沖島を旗艦とし、菊月、夕月のほか、哨戒部隊として新造の第一号、第二号掃海特務艇のほか、ラエ攻撃に従事した第十四掃海隊が先行し、飛行艇基地設営の陸戦隊や設営隊と資材を高栄丸（特設敷設艦）、吾妻山丸（特設運送船）に分乗分載させ、特務隊とし四月三十日ラバウルを出撃し、五月二日午後十時ツラギ湾外に到着した。三日早朝までにツラギに上陸、ただちに陸揚作戦を開始した。沖島は駆逐艦、掃海艇群を指揮し、哨戒と警戒に従事していた。

だが五月四日午後六時三十分、ヨークタウンを発進した艦爆と雷撃機三十六機が来襲してきた。睦月型駆逐艦の菊月は魚雷が命中して擱座し、特務隊は荷揚作業を中止して一時退避を命ぜられた。一方、サボ島付近に行動中の第一号、第二号掃海特務艇と玉丸は被弾して相ついで沈没し、高栄丸は漂流する乗組員の救助にあたった。なお艦上機は熾烈なる銃爆撃を対空砲火の中にあびせ、そのため午前十一時五十一分、睦月型駆逐艦夕月は損傷をうけラバウルに帰投した。被弾した敷設艦沖島は、さらに至近弾により船体人員の被害が増していった。一時避退していた吾妻山丸は、攻撃の間隙をぬって午後三時までに作業を完了させ、ラバウルへ帰投した。同船は軽微なる被害をうけていたが、応急修理をうけた後、ポートモレスビー攻略部隊に参加して出撃した。

漂流する乗組員の救助にあたっていたため、高栄丸は荷揚作業を終了させることはできなかったが、この間、菊月も被弾して沈没した。四日夜半、味方機動部隊の進出によって危険は去り、高栄丸も作業を再開し、沖島とともにラバウルに帰投した。一方、吾妻山丸は、他の輸送船とともにガダルカナル島にたいする強行輸送作戦に参加し、十月十五日タサファロング海岸で沈没した。

▽ナウル、オーシャン攻略

これはＭＯ作戦の一環として計画されたが、珊瑚海海戦によりツラギ攻略のみで中止された。しかしながらツラギ方面に対する米機動部隊の来襲により、ラバウル北東方に位置するナウル、オーシャンの攻略を決した日本軍は、敷設艦沖島を旗艦として第二十三駆逐隊（夕月、卯月）、金龍丸、高瑞丸をもって五月十日にラバウルを出撃した。

十一日午前三時四十七分、沖島は増速転舵中、ブカ島クインカロラ港の二七〇度三二浬

（ブカ西方）で第一罐室、下部機雷庫付近に魚雷が命中し、火災発生と同時に浸水した。すぐに沈没することはなかったので、金龍丸をして曳航を開始するとともに、高瑞丸を先航させた。しかし被害状況の悪化から午前五時四十六分、将旗を夕月に移揚し、対潜警戒として夕月、卯月は煙幕を展張し、また爆雷投射を行なった。

五ノットの速力で曳航が行なわれてクインカロラ港に向かっていたが、沖島は浸水もしだいに増加し、午前六時四十八分、ママルル島南端の二四五度四四〇〇メートルでついに全没した。珊瑚海で撃沈された空母祥鳳につづく大型艦の喪失であった。

ウェーク島攻略いらい活躍した金龍丸も、八月、ルンガ沖でガダルカナル島強行輸送作戦中に喪失した。米軍のツラギ上陸いらい、昭和十八年二月のガ島の日本軍撤退まで、輸送作戦協力戦力として南西方面で局地防備にあたっていた小艦艇や、新造木造特務艇がぞくぞくと投入され、ソロモン海域に戦場が移動した後は、少数ながら魚雷艇の進出もあった。

一方、米軍の反撃作戦は文字どおり物量を投入して、島伝いで拠点を占領する戦法で、強力な航空兵力をしたがえ、制空権が米軍側に移るとともに、米軍は多数の魚雷艇をも投入させた。防備にあたる日本軍は、局地戦むきの小艦艇のみならず、大発、艦載水雷艇までも戦力として頼らなければならず、しだいに圧迫された日本艦艇はラバウル付近に集結を余儀なくされ、戦場は内南洋、南西方面、日本本土防衛へと後退していった。かくて、日本軍をラバウルに置去りにし、反撃をつづける米軍は日本攻略戦のテンポをはやめた。

北太平洋方面と本土防衛戦

▽キスカ防備戦

昭和十七年六月七日、キスカを占領した日本海軍は、防備戦力として潜水隊と第十三駆潜隊、監視艇五隻が配備されたほか、兵力増強として、あるぜんちな丸による陸戦隊員の輸送、そして水上機母艦の千代田により特殊潜航艇六隻の輸送がおこなわれた。

一方、敷設艇浮島《うきしま》、石埼《いしざき》、特設砲艦まがね丸は湾口に機雷敷設をおこなった。すなわち米軍機による空襲は連日のようにあり、また湾外には潜水艦が遊泳しており、しばしば艦艇への攻撃をおこなっていた。七月十五日、哨戒中の第二十五号、二十六号駆潜艇は雷撃により一瞬にして沈没した。

戦力強化として比島攻略に参加した第五駆潜隊が投入されたが、米軍の攻撃強化、また冬期気象状況から十一月、日本本土防衛に転出した。しかし、同方面の対潜掃蕩作戦も活発で、六月から八月の間、米潜水艦二隻を撃沈したが、日本側も駆逐艦、潜水艦を喪失したのであった。

▽日本本土防衛戦力

日本本土の防衛は全作戦の策源地としてその重要性を認めていたが、支那事変いらいの軍事処理、内南洋方面の防備強化策により、開戦までに十分な作戦準備ができず、まして開戦後の予想以上の戦況進展は、本格的な本土防衛体勢の構築がおくれ、進攻部隊に対して第二義的にならざるを得なかった。

残したがって本土防衛を担当する鎮守府、警備府部隊麾下戦力は、一部の旧式駆逐艦をのぞいて特設巡洋艦、砲艦が主力であった。主要湾口、水道の直接防備を任務とする防備隊には少数の敷設艇が配属され、機雷敷設をおこなって敵潜水艦の侵入阻止をおこなった。

局地哨戒監視の強化としてトロール船、捕鯨船などを特設掃海艇に、一〇〇トン前後の漁船を特設駆潜艇として充当したが、劣速、弱小兵装の防備艦艇では爆雷を増載するくらいで、そのため連合艦隊麾下の艦艇が日本本土との往復途上において対潜哨戒や掃蕩にできるだけつとめ、海上交通保護への協力を要請したが、次期作戦への準備、新作戦地への出撃に際し、相手の見えない地味な作戦は百戦錬磨の外戦部隊乗組員にとっては、あまり好意をもって迎えられなかった。

昭和十七年四月、第一段作戦の進捗状況にもとづいて戦時編成の改定がおこなわれ、順次、内戦部隊に水雷艇、掃海艇、駆潜艇が増強されたり、防備強化策として機雷堰の構成がおこなわれた。三陸沖では昭和十七年十月以降、順次にこれが敷設艇により実施され、対潜掃蕩艦艇の活躍も活発となった。この機雷堰では昭和十八年三月以降、五隻の米潜水艦を機雷と爆雷攻撃により撃沈したが、米潜水艦の攻撃もはげしく、キスカより転出した第十三号駆潜艇、沿岸監視の任務にあった特設砲艦第一号の明治丸が四月に沈没した。

▽東方洋上哨戒戦

米軍の来襲にそなえるため、敵発見の報より反撃に転ずるまでに要する時間を勘案し、本土東方洋上六〇〇～七〇〇浬に哨戒線を展開すべく、第五艦隊麾下、第二十二戦隊と呼称した監視艇隊が編成され、監視艇として一〇〇トン前後の漁船約九十隻が、母艦、付属艦は二〇〇〇トン以下の特設砲艦が、そして支援艦として高速貨物船改装の特設巡洋艦が配属された。

その初陣にひとしい昭和十七年四月十八日の早朝、第二十三日東丸は「敵空母発見」の第一報を発信した後、消息を断った。この報にもとづき陸攻による索敵飛行、また所在艦艇が出撃した。しかし大本営は空襲を翌朝と判断し、本土に空襲警報を発令しなかったが、ホーネットを発艦したB25の編隊は土曜日の昼間、日本本土奇襲を敢行した。

監視艇隊は昭和二十年五月初旬に作業中止命令がくだるまで、北千島の荒海に、あるいは鳥島付近でのB29の早期発見などに、休みなき任務をつづけた。

南方進攻作戦

開戦当初、航空部隊による真珠湾攻撃と時を同じくして比島、マレー、つづいて蘭印を攻略し、戦争遂行上に必要な燃料や資源を獲得するため南方要地を占領、持久不敗の戦略態勢にみちびく作戦では、第二艦隊司令長官指揮のもと、マレー攻略は南遣艦隊、比島攻略は第三艦隊が中核となり、第一艦隊、第二艦隊麾下の戦艦、空母、重巡が支援する強力な上陸作戦であった。マレー上陸は陸軍が徴用した高速貨物船十九隻をふくむ二十六隻。比島方面は七十六隻の大船団が海軍部隊の護衛のもとに海南島三亜のほか、高雄、馬公、奄美大島、パラオを出撃した。海軍が保有する艦艇の大半以上を投入した部隊であった。

マレー方面は上陸地点が局限されており、海岸線の状況から重巡と特型駆逐艦からなる強力な支援戦力であった。護衛兵力や基地設置の兵力は、敷設艦初鷹《はつたか》以下の小部隊である第九根拠地隊が参加したが、戦況にともない内戦部隊からの増強もあった。

比島方面は地形の関係で攻撃拠点が点在しており、海面状況から第三艦隊麾下の前進根拠地隊として編成された第一、第二根拠地隊に配属された敷設艦、駆潜隊、掃海隊のほか各種からなる特設艦船が多数参加し、つづいて行なわれた蘭印攻略作戦へと転戦したのであった。

▽マレー上陸作戦

陸軍輸送船団の前路掃蕩、泊地侵入時の機雷除去を任務として、第一掃海隊、第十一駆潜隊麾下の九隻が参加し、全作戦終了までに北ボルネオ作戦で掃海艇二隻を失った。

一方、上陸部隊には特設水上機母艦相良丸《さがらまる》、山陽丸、讃岐丸が水偵を発進させ、上空直衛と偵察を行なった。このような戦況下の開戦直前に、二隻の商船が海南島三亜を出港していた。

▽マレー半島沖機雷戦

開戦とともにシンガポールに所在する英艦隊の北上が想定され、その阻止の目的から、特設砲艦長沙丸が十二月一日、北ボルネオから、また三日には特設敷設艦辰宮丸が、マレー半島南部東方沖のアナンバス諸島西方に機雷強行敷設作戦を隠密裏に敢行した。

六日には英蘭の飛行機が触接したので、長沙丸は反転して帰投した。辰宮丸のみ飛行機の退去を待って、夜半よりアナンバス諸島、チオマン島間に機雷の敷設を完了し、ぶじ帰投した。

▽S作戦

マレー半島に上陸した陸軍部隊は、快進撃でシンガポールに向かっていた。同地には艦隊、航空兵力の増援があり、反撃の恐れもあった。そこでシンガポール圧迫の目的と補給地確保としてマレー半島南部東岸のエンドウに航空基地をつくった。

一月二十六日、アナンバス諸島に補給基地を設営すべく、掃海隊の突入でエンドウを、第九根拠地隊兵力でアナンバス諸島を占領した。シンガポールのみならず、北スマトラ攻撃の側面、前進基地確保の戦果は大きかった。

▽マラッカ海峡機雷掃海作戦

昭和十七年二月十五日、シンガポールの占領により艦隊の入泊を急ぎ、かつ次期作戦にそなえて輸送船団を同地に進出させるため、機雷掃海作戦をおこなうことになり、敷設艦初鷹を旗艦として特設掃海艇、監視艇、大発、内火艇を投入して、シンガポール水路は二月二十日より二十四日、マラッカ海峡は二十六日より三月一日にかけ終了した。これによりビルマ、アンダマン攻略への水路確保ができ、南西方面の基地としてのシンガポール再興の基礎を完成させた。

比島攻略作戦

開戦とともに、日本航空部隊は比島所在の米空軍基地に連続攻撃を敢行し、北部、中部の拠点にたいする上陸作戦をもって比島攻略作戦を開始した。

▽北部比島リンガエン上陸作戦

十二月八日バタン島、十日に行なわれたアパリ、ビカン攻略は駆逐艦山雲、軽巡名取、那珂をそれぞれ旗艦として、第三艦隊麾下第一、第二根拠地隊配属の水雷艇、掃海艇、駆潜艇、哨戒艇のほか、多数の特設艦船が投入された。この部隊は一年ちかく、支那事変当時から前進根拠地隊としての訓練を兼ねた上陸作戦、編隊航行など、艦隊勤務の乗組員と同様に月月火水木金金の猛訓練をかさねた上陸作戦の精鋭であった。この作戦は成功したが、ビカンで第十号掃海艇、アパリで第十九号掃海艇を喪失し、両艇で一五〇名が戦死した。

各部隊はいったん高雄、馬公に帰投した後、十二月二十二日、比島本島のリンガエン湾上陸に向かった陸軍輸送船団の先陣として突入した。水雷艇四隻、掃海艇七隻、駆潜艇九隻、そのほか特設特務艇も参加して泊地確保に従事した。船団の水路嚮導は特設砲艦があたり、船団が入泊した後、若鷹以下の機雷敷設艦艇はただちに防禦機雷の敷設に、また急設網艦は防潜網敷設をおこなった。かくて日本軍の損害は、陸軍輸送船巴洋丸一隻のみであった。

▽中部南部比島攻略

パラオを出撃した第一根拠地隊司令官指揮のもとに巡洋艦、特型駆逐艦の護衛、また水上機母艦千歳《ちとせ》、瑞穂《みずほ》の搭載する水偵に直衛されながら輸送船七隻を護衛した第七号、第八号掃海艇、第三十四号、第三十五号哨戒艇は十二月十二日、ルソン島南端東岸のレガスピー攻略後、中部東岸ラモン湾上陸部隊の輸送船二十四隻を護衛のため奄美大島へ帰投し、軽巡長良《ながら》と駆逐隊の協力をうけ、敷設艦蒼鷹《あおたか》、第一、第二駆潜隊、第七号、第八号掃海艇が随伴して二十四日、上陸を成功させた。

ミンダナオ島ダバオ占領とともに三方面の作戦は終了したが、蔭の作戦である機雷戦を忘れることはできない。第十七戦隊の敷設艦厳島《いつくしま》、八重山は外洋よりの交通を遮断するため十一日、サンベルナルジノ海峡に機雷三〇〇個、スリガオ海峡に一三三個を、それぞれぶじに敷設作戦を敢行した。

蘭印攻略戦

▽タラカンの激闘

シンガポール占領と南比占領により、戦争遂行上に不可欠な石油資源獲得戦である蘭印攻略は、昭和十七年三月十日、ジャワ、スマトラなどの完全占領まで、各海域に小艦艇は転戦し、その終了後、第二南遣艦隊麾下の根拠地隊戦力となった。この作戦中、掃海艇、哨戒艇、特設砲艦のほか運送船が撃沈破される戦闘があったが、ボルネオ島タラカンやバリックパパンなど、石油産出地での攻防戦は小艦艇の捨て身の戦闘であった。

タラカンでは敵軍の全面降伏後の戦闘であり、バリックパパンの戦闘は、敵駆逐隊による日本輸送船団にたいする殴り込み作戦での戦闘であった。その後、米、蘭連合艦隊を全滅させた各海戦のかげに咲いた戦闘で、タラカン攻略で死を賭し、味方艦艇を守りぬいた掃海艇の活躍を述べてみよう。

石油産出の重要地タラカンの早期占領を目的として、昭和十七年一月七日、攻略部隊はダバオを出撃し、十四隻の輸送船団に分乗した陸軍と海軍陸戦隊は、旗艦那珂《なか》以下、駆逐隊二隊、第十一、第三十掃海隊、第三十一駆潜隊、哨戒艇四隻の護衛によりボルネオ北部東岸のタラカンに向かった。

一月九日夜半、港外に到着した部隊は、ただちに船団泊地確保のため駆逐隊、掃海隊が掃海作業を開始したが、機雷敷設がないと判断して、十日夜、上陸を開始した。敵が火を放った油田は爆発と大黒煙につつまれ、戦況は思うように進展しなかったが、右翼上陸部隊の進撃による突破口を得て、十二日朝、敵を全面降伏させた。

ただちに油田確保のため、また船団のタラカン港入港のため、湾口の水路啓開作戦を午前十一時より開始すべく第十一掃海隊司令の指揮のもとに掃海艇六隻は第十三号を先頭に港内に向かった。正午ごろ、敵は突如カロンガンの隠蔽砲台より砲撃をあびせてきた。先頭の第十三号につづき第十四号も応戦したが、第十五号、第十六号掃海艇は射界外に変針回避した。

第二弾は第十三号艇に命中し、艦橋付近に炸裂したが、一二センチ砲は一斉に砲火をひらいた。第十四号艇は第十三号艇が取舵に変針したので先頭に位置し、そのためたちまち敵弾は各所に命中した。火災が発生し爆雷も誘爆を起こしたが砲撃をつづけ、砲台に肉薄攻撃するように突入していき、午後零時五分ごろ、ついに沈没した。第十三号艇も満身創痍ながらも砲撃を止めず海岸線にむかったが、第十四号掃海艇に遅れること十分ぐらいでついに沈没した。

その夜、白露型駆逐艦山風、第三十九号哨戒艇は同港を脱出したオランダ敷設艦を一八〇

○メートルの近距離で撃沈し、両艇の仇討を果たしたのである。

防備戦の主力

第一段作戦で戦略物資である資源産出地帯を確保した日本海軍は、第二段作戦策定にもとづくミッドウェー攻略での予期せぬ大損害、さらに昭和十七年八月以降、十八年二月のガダルカナル島撤退までにいたる戦況が、海軍にとっては全兵力をソロモン群島の一角に結集せざるをえず、南太平洋、ハワイ方面への進攻はもちろん、広大な占領地防備の充足は困難で、米軍が開始した本格的な反撃作戦に対処するには、戦略目的の転換をはからなければならなかった。

日本海軍が長年にわたり演練してきた速戦即決を目標とした艦隊決戦は、いまや大きく後退し、かつ近代戦の主役となった母艦航空兵力の損耗補塡は、日本が有する工業力の限度、さらに熟練する飛行機搭乗員の急速補充が困難なこともあって、積極的作戦の実施には所要の準備と整備が必要であった。

ガ島の失陥以後、連合軍の圧倒的な航空兵力に制圧され、しだいに防禦戦へと移行し、作戦の主導権は連合軍に握られるようになった。こうした戦況に対処して、大本営はすでに昭和十八年三月二十五日、第三段作戦の方針を戦略的守勢方策とするよう連合艦隊司令長官に指示したが、山本司令長官は四月十八日に戦死し、つづいて五月にアッツ島玉砕、七月末のキスカ島撤退など戦況は急激に悪化する一方、中部ソロモン、西部ニューギニアのラエ、サラモアよりの撤退と、戦線は大きく後退し、八月十五日、連合艦隊は第三段作戦命令を下令した。

南東方面の作戦は基地航空兵力をもって主作戦をおこない、陸軍と協同して邀撃態勢を確立する。連合艦隊海上兵力の大部分は内南洋に集中させて敵艦隊の来襲にそなえ、各部隊は訓練をかさね、戦力を練成することを定めた。さらに九月二十五日、御前会議は千島、小笠原、父島、内南洋、西部ニューギニア、スンダ海峡、ビルマを結ぶ線をもって、絶対国防圏とし、連合軍の攻撃を阻止することを決したのであった。

しかし、絶対国防圏に点在する拠点に対する兵力増強、補給に要する船舶不足に対処すべき新規徴用は、ソロモン方面で多数喪失した陸軍徴用船への補充問題がからんで困難であり、さらに民需用船舶が戦時計画造船が軌道に乗らず不足がちであり、輸送船の増勢を望むことはできぬ相談であった。そこで補助艦艇である小艦艇の協力兵力として活躍する特設艦船のうち、一群の船舶を輸送用に流用しなければならなくなり、小艦艇戦力が一時的に低下した。

一方、米潜水艦は不良魚雷の改善につとめるとともに、ぞくぞくと竣工する新造潜水艦、さらに大西洋より転進してきた一群をふくめ、日本本土と占領地間の輸送路海域で本格的な通商破壊戦を開始し、日本本土沿岸だけでなく、昭和十七年秋にはオホーツク海、黄海の奥深く旅順付近まで侵入し、また時には犬吠崎や紀伊水道沖に機雷を敷設し、日本海軍の対潜方策を模索しつつ戦力を増加する情勢となった。このような戦況に対し、実戦部隊はしばしばその攻撃力に関する戦訓を発したが、大本営は戦前から米潜水艦に対する軽視感と、緒戦期の戦果や予想外に少なかった船舶の被害に、抜本的な対策に遅れをとったのである。

対潜艦艇や護衛艦に充当できる小艦艇は、第一段作戦終了後もすべて占領地の防備兵力として配備され、戦況の変化でわずかながら前線から内戦部隊に増強されたが、不足する小艦艇を助ける特設艦船の劣速、貧弱な兵装には限度があった。ガ島攻防戦が激化した当時、対潜艦艇の主力である駆潜艇は毎月平均一隻、掃海艇、敷設艇などにいたっては開戦以降二〜三隻が竣工、護衛艦となる海防艦はようやく数隻が起工されたにすぎなかった。

日本海軍が作戦遂行上、小艦艇の必要性を認識したのは、二五〇隻が建造された駆潜特務艇のほか、昭和十八年四月の海防艦三三〇隻の建造計画以降で、戦況の進展にともない輸送艦や魚雷艇などの急速建造となった。これら艦艇は、平時に保有することは国力の限界や軍事費の問題がからみ、第二義的であったことは致し方なかったし、開戦前、このような作戦計画もなかったのが真相である。

戦闘艦艇では、ミッドウェー海戦で喪失した空母の急速建造措置として水上機母艦千歳《ちとせ》、千代田の改装工事が進行する一方、正式空母雲龍《うんりゅう》、天城が建造中であり、大鳳はすでに進水ずみであった。機動部隊の直衛艦である駆逐艦は、ソロモン方面で輸送作戦に投入されたが被害が続出し、毎月竣工する艦より喪失する方が多く、艦隊編成が困難でもあった。

このようにして日本海軍は、新戦局に即応すべき防備艦艇充足を急ぐ転換期を迎え、それまで第二線級とみられた小艦艇が、いよいよ表舞台に登場するようになった。

強化された海上護衛戦力

日本海軍では戦前における海上交通保護に関する訓練は、対潜掃蕩訓練のときに副次的におこなわれたぐらいで、各鎮守府、要港部所定により実施する方針となっており、元戦艦や巡洋艦を海防艦に格下げして兵力とした程度で、昭和十五年から十六年に建造された占守型四隻の海防艦は、北洋漁業保護を目的としており、開戦時は一隻の護衛艦さえもなく戦争に突入した。海防艦は㊄計画で四隻の建造計画があったにすぎず、掃海艇十隻、駆潜艇十八隻、敷設艇八隻と、数字が示すように局地防備用艦艇を重視していた。

開戦後、米潜水艦による戦訓もあり、昭和十七年三月、改㊄計画は海防艦三十四隻、掃海艇三十六隻、敷設艇八隻、駆潜艇三十隻と変化した。

四月十日、南西航路護衛の第一海上護衛隊、またトラック航路護衛の第二海上護衛隊が編成され、それぞれ南西方面艦隊と第四艦隊に編入され、日本海軍にはじめて海上護衛隊が誕生した。兵力は防備戦隊で沿岸防備哨戒に従事する旧式駆逐艦、水雷艇鷺《さぎ》、隼《はやぶさ》、特設巡洋艦、特設砲艦六隻をもって任務にあたることになった。この少数兵力では作戦遂行に限度があり、関係鎮守府の協力もあったが、各部隊とも自隊任務に手一杯で、原則として低速船や高速船は無護衛としなければならず、非常に心細い状態であった。その後、少数の駆逐艦が、海防艦竣工までの戦力として編入された。

昭和十七年後半、米潜水艦による船舶の被害が予想以上に増加したところから、十八年四

断末魔の丁型134号海防艦(19年9月7日竣工)。シンガポールから内地へ向かう船団を護衛中の20年4月6日、厦門南方でB25に襲われ、苦闘中の姿で、右舷方向から2機が迫っている。この日、僚艦の丙型1号海防艦や陽炎型駆逐艦の天津風とともに、爆弾の雨に襲われて遂に第134号も沈没

月以降、豊後水道とパラオ間（呉鎮守府担当）、佐世保と上海間（佐世保鎮守府担当）に一貫護衛が開始された。この新しい作戦は、全国の木造造船所を動員して建造された駆潜特務艇が順次に竣工しだい防備戦隊へ編入され、それまで対潜哨戒掃蕩に従事していた艦艇に、余力がでてきたものと考えられる。佐世保防備戦隊は上海方面の護衛を駆逐艦峯風《みねかぜ》のほか、敷設艇燕《つばめ》、那沙美、平島、鷹島をもって護衛本隊として充当し、駆潜特務艇第五号など五隻があらたに哨戒隊として編入された。

建造中であった海防艦も昭和十八年三月には択捉型の松輪、佐渡、隠岐が竣工し、四月に海上護衛隊へ編入され、松輪、佐渡は十月までの六ヵ月間に、十六〜七回の船団護衛を実施したが、松輪は五月、佐渡は八月に、はやくも潜水艦攻撃の戦果を発揮する戦力となり、つぎつぎと投入される護衛艦である小艦艇の活躍にともない、船舶の被害が一時は減少したが、米潜水艦も狼群作戦へと戦力を強化し、潜水艦を護衛艦が発見して船団をはなれて攻撃に反転するや、それをやりすごして船団を集中攻撃するという新戦法へと転換していった。

このような戦況は、海上護衛強化策として、昭和十八年十一月、海上護衛総司令部を発足させ、司令長官は連合艦隊司令長官と同格で、天皇に直隷する体制となった。第一、第二海上護衛隊が編入されたが、旧式駆逐艦十三隻、海防艦十隻、水雷艇二隻などにすぎなかった。

このような海上護衛も、既成艦艇の急速整備工事が多忙で、戦力となる海防艦の増勢が少なかったので、工程の短縮、簡易量産型の丙《へい》型、丁《てい》型をもって昭和十九年二月ごろより急速に戦力として投入された。対潜、対空兵器が増備された小艦艇はつぎつぎと船団に充当され、ようやく昭和十七年四月より二ヵ年目にして、海上護衛は戦力として飛躍的に拡大された。

あ号作戦の敗退、サイパンの玉砕によりトラック航路を中止せざるを得ず、米機動部隊は南西方面を行動圏としてきた。そこで南西航路強化策として、第二海上護衛隊の護衛艦を第一海上護衛隊へと編入させて、本土、台湾、比島、蘭領東インド、英領マレー半島の一貫護衛に海防艦三十六隻を投入した。

一方、石油、鉄鉱石、ゴム、錫《すず》など重要資源輸送を専門とする船団の編成をおこない、空母、巡洋艦、航空隊をも協力させる海上護衛隊は、建制の護衛艦隊がおこない、第一〇一戦隊が巡洋艦香椎《かしい》を旗艦として、海防艦六隻をもって昭和十九年十一月に第一海上護衛隊（十二月に第一護衛艦隊に昇格）が編成され、第一〇二戦隊、第一〇三戦隊が編入されたが、すでに南西航路が逼塞《ひっそく》する昭和二十年一月であった。

沖縄失陥以降の海上護衛隊の作戦は、日本海、対馬海峡へと大きく後退し、第一〇四戦隊、第一〇五戦隊が増強、また新造の海防艦が順次編入され、訓練をかさねたのち津軽海峡より宗谷海峡へと転戦していたが、まもなく終戦を迎えた。

▽海防艦以外も護衛戦に

内戦部隊は昭和十八年の中期以降に竣工の掃海艇、駆潜艇、駆潜特務艇などが編入されて防備戦隊も海上護衛隊として強化され、新型探信儀、水中聴音機を搭載した各艦艇は、本土沿岸や父島列島への兵力増強作戦に充当されたが、トラック大空襲から以降、連合軍の進攻作戦にそなえ、南西諸島に点在する防備拠点である沖縄、奄美大島や南大東島などへの緊急輸送が開始されたが、そのころ米潜水艦の出現は連日連夜にわたって攻撃を敢行する情勢であったので、昭和十九年四月、佐世保防備戦隊配属艦艇のうち富津丸（特設砲艦）、水雷艇友鶴、真鶴、掃海艇第十五号、駆潜艇第四十九号、第五十八号をもって第四海上護衛隊を編成し、沖縄方面根拠地隊、大島防備隊麾下の燕《つばめ》以下の艦艇をくわえ、局地護衛を第一海上護衛隊とは別に開始した。

一方、阪神〜京浜間の航路は、艦隊のみならず重要船の運航が多く、とくに紀伊半島沖合から遠州灘方面は伊勢防備隊の小部隊で担当する有様で、米潜水艦の活発な行動により船舶の被害も続出するようになり、昭和十九年五月、横須賀鎮守府麾下に第三海上護衛隊を編成し、潜水母艦駒橋《こまはし》、駆潜艇第十四号、敷設艇成生《なりゆう》、哨戒艇第四十六号など開戦以来のベテランが編入され、熊野灘より東京湾付近までの一貫護衛を開始した。

この二隊に対しては、所轄鎮守府麾下の駆潜特務艇以下の小艦艇が随時投入され、昭和二十年五月の解隊以後は、本土決戦用の特攻戦隊へと変更していった。

護衛戦力となった海上護衛隊は、海防艦は約八十隻のほか、水雷艇六隻、掃海艇二隻、駆潜艇三隻、哨戒艇四隻、特設艦船十一隻などであったが、航洋性に少し欠けるが敏速な運動性を有す水雷艇は、護衛艦としてのみならず、対潜艦艇として米潜水艦から恐れられた。

掃海艇は二十ノットを発揮して駆逐艦に準ずる船体構造や兵装は有効であったが、五〇〇トン未満の駆潜艇は耐波性に難点があり、荒天のときには護衛不能の場合もあった。敷設艇は局地機雷敷設を任務としていたので護衛の機会は少なかったが、駆潜艇より速力がはやく有効であった。これらのほか旧式駆逐艦改装の哨戒艇は有効で、南東方面では第一段作戦終了後に相当数が使用された。

特設艦船で充当された船舶のうち、能代丸（特設巡洋艦）の十八ノットをのぞいては十二～十四ノット、兵装の一四～一二センチ砲二～四門は、船団随伴としては問題がなかったが、対潜兵装が劣っていたため潜水艦の発見に際しては、速力の点とともに戦力として限度があった。第二海上護衛隊編入の金城山丸（特設巡洋艦）は、初陣で撃沈される有様であった。

局地護衛にはキャッチャーボート改装の特設駆潜艇があたり、兵装は貧弱であったが旋回性、耐波性はかなり良かった。

海上護衛戦に投入された小艦艇は、戦闘艦艇のように華々しい戦果を見ることなく、船団を護衛して見えざる敵に対決する心理的苦悩を秘めた数々の戦訓を残したが、護衛をうける船団側でも、貴重な戦訓を多く残しているが、そのうちの記録に残る目立った例を述べてみよう。

昭和十九年七月二十三日、マニラを出港して門司にむかったヒ六八船団は、空母大鷹を中心に高速タンカー、高速大型船をふくむ十四隻の船舶を択捉型海防艦平戸《ひらど》を旗艦に、御蔵型の倉橋、草垣、御蔵、丙型第十一号、丁型第十二号、水雷艇鵯《ひよどり》をもって編成されていた。出航前の船団会議で、陸軍徴用船一万トン級安芸丸《あきまる》船長は、船団の速力、原速十一・五ノット（実速は十一ノット以下）の決定に対し、十七ノットを発揮する同船の除外を申し入れたが却下され、出港した。聖川丸、陸軍M型船の摩耶山丸、玉津丸のほか東山丸、香椎丸、

御蔵型５番艦・倉橋（19年２月19日竣工／写真手前）と御蔵型６番艦・屋代（19年５月10日竣工）写真は横須賀長浦に繋留中で、倉橋は英国へ引渡し。屋代は損傷しつつも沈まず中国へ引渡し

日昌丸、厳島丸（タンカー）など高速船も同航したが、七月二十六日の早朝、安芸丸、摩耶山丸、大鳥山丸が被雷により沈没、聖川丸は中破した。
数日後、マニラを出航した浅間丸船団は、全船が高速船で編成されていたので、ぶじ内地へ到着した。重要なる高速船を、低速船との同一船団に編成するのは危険であることを、船長はたびたび提案していた。真相はわからぬが、昭和十七年当時から船会社の船長報告に多く見られる。

作戦輸送

海上護衛戦は軍事輸送と称した陸海軍に属する人員物件の海上輸送のほか、民需輸送に従事した船団を対象としたが、作戦輸送戦とは、作戦正面で実施する海上輸送、作戦正面と前進根拠地間を往復する軍隊および、これと同時に運送する物件の海上護衛、艦隊司令長官が護衛部隊を特派して実施する海上輸送戦のことである。これらの輸送目的は戦闘行為への第一段階であり、その計画、準備、実施の成果は進展する作戦に重大な影響があり、会敵することなく無事に目的地に到着させることが、作戦での勝利である地味な戦闘行為であった。

すでに述べた開戦当初の陸軍大兵団のマレー半島、比島リンガエン湾上陸への輸送が、その第一歩で、陸軍の奇襲上陸作戦に対する海軍の協同作戦が成功した実例である。

ガダルカナル島に対する作戦輸送は、米艦上機による熾烈な攻撃により、低速だった小艦艇の出番はなく、駆逐艦によるネズミ輸送を行なった。戦況の進展にともない南西方面根拠地隊に配属された駆潜艇の半数は、ラバウル方面に転進する陸軍輸送船団の護衛を兼ねて九隻が同行。さらに掃海艇も数隻が投入され、ショートランド付近にいたる局地護衛に従事した。哨戒艇は第八艦隊麾下に入り、一部はガ島への輸送にあたった。このうち第三十五号哨戒艇はガ島にむかった後、ショートランドよりサンタイサベル島レカタへ輸送中の昭和十七年九月、第一号哨戒艇はタンカーあけぼの丸を直衛中、カビエンの西方で被雷により喪失した。

陸軍は相次ぐ総攻撃の失敗に対し、ガ島にたいし大兵団を投入し、米軍の反撃を阻止せんとする一方、海軍も戦艦以下の主力艦をもって海上より砲撃戦をおこなったが、護衛する基地航空部隊は損耗がはげしく、またニューギニア方面でもオーストラリア軍の反撃が活発化し、攻撃する海軍航空兵力の低下にともない、陸軍航空兵力を増援させるため南西方面より西部ニューギニアをへて、海軍航空隊に協力してきた。そして連合艦隊は陸軍のこれら協力作戦の返礼とも考えられる、作戦輸送戦を開始した。

▽丙号輸送作戦

陸軍はソロモン方面に対する兵力輸送を昭和十七年九月より十八年一月にかけ、沖輸送、八号演習輸送、六号輸送と呼称し、船団の速力は平均八ノットをもっておこない、海軍はこの船団に対し、通過海面防備担当の各部隊所属の掃海艇、哨戒艇などを、ときには駆逐艦などをもって護衛し、各船団は二週間かかってラバウルに到着していた。

このような作戦輸送は戦況の進展にともすれば遅れるので、連合艦隊はインド洋で活躍した第二十四戦隊の特設巡洋艦の愛国丸、報国丸ほか清澄丸に、九月二十六日、シンガポールで第三十八師団の将兵を乗船させ、高速を利して十月六日、ラバウルへ上陸させる措置をおこなった。

しかし、つぎつぎとソロモン方面に増強した陸軍も、ガ島では敗色濃く、逼迫する戦況を立てなおすため連合艦隊司令長官は、昭和十七年十二月十一日、第九戦隊司令官を指揮官に、九戦隊の軽巡大井、北上、駆逐艦二隻のほか、愛国丸、護国丸、清澄丸、相良丸、讃岐丸、聖川丸、靖国丸など大型高速船をふくむ特設艦船十二隻に第二十師団と第四十師団を釜山と青島より乗船させ、ソロモン方面へ急送する作戦を開始した。

各輸送船は所定の兵装を有していたが、無護衛にひとしい作戦輸送は、太平洋戦争中唯一の強力な作戦であった。各船の速力に応じて三船隊に区分し、一部はラバウルに向かったが、ニューギニア増勢兵力として、パラオを経由してウエワクに対し、昭和十八年二月までに二回輸送作戦を行なった。佐世保防備戦隊では、敷設艇平島《ひらしま》と哨戒艇第三十八号、第一掃海隊を北緯二四度付近まで派して護衛を行なったが、護衛よりむしろ、前路哨戒や対潜警戒が主任務であった。

緊急作戦輸送

▽松船団輸送

昭和十八年秋いらい中部太平洋正面にたいする米機動部隊はマキン、タラワ、ついで昭和十九年初頭、クェゼリンに上陸作戦を敢行してきた。さらに二月には内南洋の重要拠点トラックに大空襲を行なうという戦況に、日本側は中部太平洋方面に軍隊と所要物件の緊急作戦輸送を決定し、最優先的輸送として昭和十九年三月よりマリアナ沖海戦直前の五月にかけ、松輸送と称して実施した。トラック航路経由でマリアナ、カロリン方面輸送を東松号、パラオ航路経由は西松号と区分し、東松船団は八個船団、西松船団は二個が実施された。

この作戦は海上護衛隊のような運航指揮官による場合と異なり、船団指揮官のほか参謀をつけた戦隊にひとしい船団で、輸送船一〇〇隻四十七万トンのうち喪失は三隻一万トンに止めることができた。護衛艦である小艦艇は、海防艦十九隻、駆潜艇八隻、掃海艇二隻、水雷艇二隻、敷設艇四隻、特設艦船三隻のほか軽巡と駆逐艦が充当され、択捉型海防艦の隠岐、平戸など十一隻は、この期間のうちは休むことなく任務に従事し、択捉型海防艦笠戸《かさど》が東松五号船団の復航のとき、パラオ出港後に被雷中破した以外、小艦艇の被害はなかった。

船団は運航のつごうもあったが、船舶のトン数、速力を考慮して編成され、参謀の綿密なる作戦計画により行なわれたので、この作戦が成功したのであって、各船団とも実施ごとに得た戦訓を重要視したのであった。

▽竹船団輸送

昭和十九年四月二十一日に上海沖を出撃した船団十六隻は、北支方面所在の第三十二師団と第三十五師団をダバオ経由、西北部ニューギニアへの緊急輸送作戦であった。竹船団輸送と称したが、旗艦を敷設艦白鷹《しらたか》とする海防艦三隻、掃海艇、駆潜艇各一隻、砲艦宇治、安宅、特設駆潜艇一隻のほか駆逐艦三隻を護衛艦とした。だが、はやくも四月二十六日、第一吉田丸が被雷して沈没し、前途に不安を感じさせた。

マニラからは白鷹、蒼鷹《あおたか》、駆潜艇第三十七号、第三十八号のほか、駆逐艦三隻をもって九隻の船団を護衛し、五月一日に出撃したが、輸送船四隻が相次いで沈没し、ついに船団は西部ニューギニア輸送を中止してハルマヘラ島行きと変更せざるを得ず、この作戦の失敗が、その後のニューギニア作戦に影響したのであった。

▽多号作戦

この多号作戦こそ太平洋戦争中、唯一の強行作戦輸送であり、陸海軍が有する上陸用艦艇を投入した熾烈な戦闘であった。一等輸送艦や二等輸送艦が作戦の主力となって決行したのであった。これら輸送艦は、ソロモン方面以後の戦況に応じて逆上陸や強行上陸作戦のために昭和十八年春より計画され、十九年三月より順次竣工、ただちにパラオへの輸送をはじめ、戦況にともない父島や硫黄島への輸送に充当され、とくに硫黄島では米艦上機の来襲がはげしく、出撃そうそうに撃沈される艦もあった。

あ号作戦の敗退以後は、米軍の進攻作戦が比島方面に向けられ、輸送艦も新戦場である同方面へと転進する戦況となった。いわゆる捷号作戦の開始であり、レイテ島を中心とする日米両軍の攻防戦が激化していったのである。これにともない連合艦隊は、昭和十九年十月二十七日、陸軍と協同して兵力をレイテ島に輸送し、敵を撃滅すべく作戦を発令したが、すでに前日の二十六日、輸送艦第六号、第一〇一号、第一〇二号、第一三一号はオルモックに突入し、陸兵を揚陸していた。

十月二十九日、第三南遣艦隊はレイテ増援輸送作戦を発令して「多号作戦」と呼称し、比島南部への米有力部隊の出現から作戦中止まで、マニラを前進基地としてオルモック方面との連続輸送作戦を敢行した。一等輸送艦四隻、二等輸送艦八隻、海防艦四隻（沖縄、占守、第十一号、第十三号）、駆潜艇八隻、掃海艇一隻、哨戒艇一隻のほか、陸軍輸送船十九隻、陸軍上陸用SS艇三隻などであった。

十一月九日に突入した第四次多号作戦まではオルモック突入に成功したが、第五次以後は出撃途中で空襲による被害などにより、到達できない場合もあった。最後の輸送で、かつ成功した第九次多号作戦は、輸送艦一四〇号と一五九号に逆上陸作戦用の特別陸戦隊五〇〇名を乗艦させ、歩兵第五連隊三千名は輸送船三隻に分乗し、十二月九日にマニラを出撃し、第三十駆逐隊（夕月、卯月）と丁型駆逐艦桐《きり》、駆潜艇第十七号と第三十七号を護衛艦としたほか、甲標的二基を搭載してセブに向かう輸送艦第九号が途中まで同行した。同艦はこの作戦五回目の出撃であった。

十一月十一日、睦月型駆逐艦夕月、桐、輸送艦はオルモックへ突入して揚陸作業中、敵巡洋艦が来襲して交戦となり、夕月は沈没、桐は損傷、輸送艦第一五九号は陸上砲により大破した。しかし輸送船は突入できず、オルモックの北方パロンポン付近に睦月型駆逐艦卯月《うづき》と駆潜艇の護衛により上陸を行なった。

米軍に制海制空権を握られた海域を突破する作戦は、オルモック突入ごとに米軍の包囲線が接近してくる戦況の中で強行され、輸送艦で大破沈没したもの九隻、駆潜艇など六隻は帰投しなかった。このほか軽巡鬼怒、駆逐艦九隻、輸送船は到達できなかった場合もあり、十隻が沈没した。

補給部隊の戦闘

▽あ号作戦

昭和十九年五月現在、真珠湾攻撃に参加した補給部隊で生き残っていたのは国洋丸、極東丸のみで、それまでに米海軍は、日本海軍のタンカーを主要攻撃目標として多数撃沈したのである。海軍が艦隊随伴給油艦として建造した風早《かざはや》は、すでに昭和十八年十月に沈没し、第二艦である速吸《はやすい》は十九年四月二十五日竣工し、同艦は補給空母として艤装がおこなわれていた。第三艦の針尾は竣工前であり、不足分は戦標船である一万トンタンカーを充当していた。

戦況は米艦隊のマリアナ方面への出現を想定し、日本海軍も空母の再建ができて巡洋艦、駆逐艦に対する機銃増備工事も短期間に完了し、五月下旬以降、絶対国防圏への米機動部隊

多号作戦オルモック輸送をともに戦った一等輸送艦第9号(写真手前／19年9月20日竣工)の向こう側に横付けしているのが鵜来型の2番艦・沖縄(19年8月16日竣工)。建造期間短縮のため構造の直線化をはかった鵜来型の雰囲気が、艦橋から高角砲楯にかけて感じられる。前檣上に22号電探

来襲にそなえて第一機動部隊、第一航空艦隊の戦備は概成した。

昭和十九年五月三日、大本営はあ号作戦の方針を指示し、同日、連合艦隊司令長官は作戦計画を下令した。その後、刻々と変化する戦況は、まさに戦機熟す感ありというところまで迫り、六月十五日早朝、米軍はサイパンにたいする上陸作戦を開始した。同日の午前七時十七分、連合艦隊司令長官はあ号作戦決戦発動を令し、各部隊は所定の計画にもとづいて行動を開始した。補給部隊は速吸、鶴見、洲埼《すのさき》、特設給油船八隻をもって三補給隊に区分していたが、はやくも建川丸、日邦丸が作戦前に被害をうけて戦列からのぞかれたので、五月九日、新規特設給油船が充当され、鶴見と洲埼を除外して編成替えが行なわれた。

各隊は六月十五日、所定の集合地点で大和、武蔵以下、機動部隊への燃料補給を終えた後、第一、第二補給隊は合同し、速吸艦長が指揮官となって速吸以下五隻は、雪風など駆逐艦を護衛として集合地点に移動した。六月二十日、本隊に合同してただちに補給を開始したが、米艦上機の来襲警報により西方に避退していたが、三十数機が来襲して玄洋丸は大破（卯月の砲撃で処分）、清洋丸は大火災発生（雪風の雷撃で処分）、速吸は被弾により小破して死傷者十三名を出し、ただちに呉へ反転した。残りの三隻は海戦未参加の二隻と合同し、択捉型海防艦満珠《まんじゅ》、第二十二号海防艦、駆逐艦二隻が護衛して七月二日に呉へ帰投した。

▽捷号作戦

あ号作戦以後、十月十八日、捷一号作戦発令までに特設給油船五隻と速吸の沈没により、艦隊随伴タンカーが減少したので、大和、武蔵以下の連合艦隊が戦闘するには燃料補給が困難であった。そこで陸軍に対しタンカーの新規徴用の要求を提示したが、これを行なうと、十月分の内地へ還送する石油が皆無となるとの理由で拒絶された。このことは海軍にとって水上部隊の出撃を基本的に断念せざるを得ないことを理由に、かさねて要請し、ようやく十月二十日になり陸軍は海軍の要求に応じた。燃料とタンカー不足が国力維持だけでなく、作戦遂行までも影響するという、それまでの作戦では考えられない情勢であった。

このような逼迫する戦況下に、すでに連合艦隊麾下の各部隊は行動を開始し、栗田第二艦隊（第一遊撃部隊）司令長官は、大本営で陸海軍の協議中、内地へ向かう船団に加入されてシンガポールで待機中であった雄鳳丸と八紘丸（海軍配当船）を独断でブルネイに回航するよう命じた。それとともに麾下各艦にタンカーの入泊前に集合を命じ、十月二十日、戦艦、重巡からそれぞれ重巡、駆逐艦に燃料を移載した。そして明くる二十一日、両タンカーが入港するや大和、武蔵に横付けを命じてただちに補給を行ない、作業終了は艦隊出撃の三時間前であった。

栗田中将は、両船および連合艦隊司令長官の命令でシンガポールを発したタンカー四隻、海防艦千振、第十九号海防艦、第二十七号海防艦、敷設艇由利島をもって第一補給部隊を編成し、ブルネイに集結させた。

栗田中将はさらに独断で、タンカー日栄丸に海南島三亜に待機するよう命じ、陸軍との協議成立とともに、海防艦倉橋、第二十五号海防艦を護衛艦としてウルガン（パラワン島）にむかわせ、一方、良栄丸には海防艦満珠、三宅をつけて二十日、馬公に入港させ、一時間前

択捉型12番艦・満珠。マリアナ沖やレイテ海戦では艦隊随伴給油艦の護衛に任じ、昭和20年4月、敵機の攻撃で大破のまま香港で終戦をむかえた

に入港していた第五艦隊（第二遊撃部隊）に補給を行なって出撃に間に合わせ、この二隻をもって第二補給部隊が編成された。

一方、機動部隊は徳山を出撃し、補給部隊を命ぜられた二隻のタンカーは、陸軍との協定や護衛艦の充当などに手間どり、そのうえ豊後水道を出撃した後、一隻は撃沈され、二十五日に奄美大島に一隻が入港した。

この一隻では作戦終了部隊に対する補給が困難であったが、壊滅にひとしい連合艦隊の残存艦が入港したときは、その数が少なく、一隻で補給ができるような状況であった。

海上防備作戦

太平洋戦争中、第三段作戦以後の戦況は、護衛作戦をのぞけばほとんど防備作戦で、外戦部隊、内戦部隊に所属する根拠地隊、防備戦隊が担当海域で任務についた。

外戦部隊では敷設艦、駆潜隊、掃海隊などが主力となり、特設艦船が一部編入された（内南洋は特設艦船が主力）。内戦部隊は旧式駆逐艦による駆逐隊、敷設艇、電纜敷設艇、駆潜艇、哨戒艇が配属されていたが、当初は特設艦船が全艦艇の八割であったが、しだいに固有艦艇が増強され、掃海艇、駆潜艇などが主力となり、さらに掃海特務艇、駆潜特務艇などが新造とともに充当されていった。

これら小艦艇の任務は、港湾防備の機雷や管制機雷の敷設、来攻する敵艦艇、航空機に対する哨戒警備、交通保護など多種多様で、艦隊決戦などの華々しい戦闘はないが、敵潜水艦を発見したときに激しい爆雷攻撃をくわえ、海上に異物が漂流するのや、油の浮流によって潜水艦攻撃の戦果を判断したり、敵潜水艦や航空機から散布された機雷の掃海戦など、あくまで待ちの戦争であった。

▽対潜掃蕩

昭和十七年八月、米潜水艦が岩手県釜石付近のある湾に侵入し、町の競馬場を潜望鏡からながめた乗組員の話題が、真珠湾潜水艦基地で広まった。このことはミッドウェー海戦の敗退、ソロモン方面の日本軍がうけている苦戦の事実すら知らなかった日本人には、想像もつかないことである。緒戦いらい東南アジアを占領し、大東亜共栄圏の盟主を自負する日本人は、日本海軍が世界第一、最強であり、制海権下の日本沿岸に米潜水艦が出現するなどとは有り得ないと信じ、夏の同じ海で平和な時代のように泳いでいた。

昭和十七年一月、伊豆半島沖で貨物船を雷撃していらい、その数は少ないが、米潜水艦の活動は勇敢であり、攻撃は巧妙であった。

昭和十七年四月十二日、豊後水道沖の沖ノ島付近で、呉を出撃してインド洋へ向かう特設巡洋艦愛国丸《あいこくまる》の攻撃に失敗した米潜水艦グリーンリングは、翌日、汽船を撃沈し、なお哨戒にあたっていた。四月二十五日には室戸岬一六〇度十二浬付近で峯風型駆逐艦汐風《しおかぜ》を攻撃したが失敗し、哨区にあった哨戒艇第四十六号はただちに制圧に向かった。

二十七日は早朝より風速二十メートル、視界不良の悪天候をついて哨戒中、午後七時五十分、足摺岬一三五度四十浬付近で左舷正横八千メートルに黒影を発見し、十六ノットに増速して近接中、一二〇〇メートルで浮上潜水艦と判断し、いちおう味方識別信号を発信したが応答がなかった。

双眼鏡にとらえた艦型は、備砲の位置や艦橋構造から米潜水艦パーチ型と断定し、ただちに攻撃を命じた。近接中、左五度五〇〇メートルで急速潜航に入ったその真上で爆雷六個を投射、さらに到着した敷設艇の那沙美と夏島、哨戒艇第三十一号と連続攻撃を行なっているうち、深度四十五メートル調定の爆雷の爆発は高さ十メートル、黒色の水柱を上げたが、夜間であり沈没が明らかでなく、付近海面に止まって威嚇射撃を行なった。

その翌朝、付近の海面には多数の油紋が見られたが、撃沈の確認はできなかった。グリーンリングはこの攻撃に、一時は危険となったが、からくも脱出することができた。

▽米潜ボーンフィッシュ撃沈

昭和十八年七月、米潜水艦はオホーツク海を潜航して宗谷海峡を突破し、日本海へ侵入した。さらに十月ふたたび日本海に侵入したが、ウエーホの喪失により、それ以後、米潜水艦の姿は見なかったが、昭和二十年六月九日、九隻の米潜水艦は三群にわかれ、日本機雷堰をぬけ対馬海峡から日本海へ進入し、朝鮮沖、日本沿岸にそって北上して船舶攻撃をおこない、二十四日、宗谷海峡付近に集合して霧中の海峡を浮上航行で突破したが、一隻が欠けていた。

一方、能登半島七尾湾付近で対潜掃蕩中の第三十一海防隊（海防艦沖縄、第六十三号海防艦、第二〇七号海防艦）は六月十八日、富山湾へ侵入する米潜水艦を探知し、十二基の三式爆雷投射機から爆雷を投下し、一隻の潜水艦を撃沈した。この朝、ボーンフィッシュは富山湾において日中潜航索敵の許可を求めて単艦行動をとっていたが、その最後であった。

▽機雷敷設

日本海軍は開戦直前、所定作戦計画にもとづき浦賀水道、紀伊水道、豊後水道などへ機雷敷設をおこない、進攻部隊は占領した重要拠点は敷設艦をもって機雷敷設作戦をおこなった。保有する敷設艦は、すべて南西方面と南東方面の前線で使われ、内戦部隊は敷設艇が主力で、補助的に特設艦船が使用された。しかし、特設艦船は順次に特設運送船に役務変更され、第三段作戦当時は高栄丸と新興丸が特設敷設艦として使用されていた。

内戦部隊の作戦は、護衛戦力が少なく米潜水艦の出現が多い東京湾外より三陸方面にかけ、昭和十七年十月より機雷堰構成作戦が開始された。

一方、台湾付近、南西諸島方面に対する米潜水艦の侵入を阻止する対潜水艦用機雷堰の敷設作戦は昭和十九年一月、敷設艦常磐《ときわ》を旗艦に高栄丸と新興丸をもって第十八戦隊を編成し、昭和二十年にかけ断続的におこなわれた。

本来なら厳島、津軽などが前線より引き揚げてきて任務につくのであるが、悪化する戦況はそれをゆるさず、特設艦船を充当したのであった。

敷設作業は米潜水艦の攻撃にさらされながら、十ノットの低速をもって行なわれる危険な作戦であったが、つぎつぎと機雷堰は構成され、昭和二十年当初は常磐と高栄丸の二艦となっていた。戦場はすでに対馬海峡に入り、敷設艇の協力により続行された。機雷戦は本土決戦への重要作戦ともいえ、敷設艦の建造、海防艦の一部敷設艦への改装をおこなって所要の海域で使用された。

機雷戦は昭和十八年四月より三陸方面でおこなわれ、対潜艦艇が追跡して機雷堰へ追い込んで撃沈した米潜水艦も多く、南西諸島方面へは米潜水艦の出現が減少し、その効果はあがったと思われる。

この機雷作戦に対し、連合軍は日本封じ込め作戦として、B29による瀬戸内海西部、対馬海峡、日本海への磁気機雷投下は、日本の満州や中国大陸へ対する海上交通の麻痺をねらったものであった。これに対して駆潜特務艇や、哨戒部隊に編入される目的の哨戒特務艇が、哨戒作戦中止にともない特設監視艇とともに磁気機雷掃海に投入され、終戦まで休みなく行なわれた。

小艦艇の最後

▽機雷掃海作業

昭和二十年八月十五日、日本の敗戦により連合軍は進駐および航路再興にそなえ、昨日までの機雷敷設作業が掃海作業へと変換され、昭和二十年十二月一日、復員省開庁とともに接収された艦艇の一部は終戦処理に使用するため、海防艦二十一隻、掃海艇二隻、敷設艇一隻のほか駆潜特務艇など木造船八十一隻の合計一一七隻が掃海艦に指定され、昭和二十一年八月までにいちおう掃海作業を終了した。駆潜特務艇、哨戒特務艇の中には海上保安庁、海上自衛隊へと作業が引き継がれ、草創期の戦力となった。また鵜来型海防艦竹生《ちくぶ》など五隻は任務終了後に気象観測船として、その姿を晴海桟橋にみせていた。

この作業は、敗戦後の国民には知られない決死の作業で、日振型海防艦大東《だいとう》が昭和二十年十一月、対馬海峡壱岐付近で機雷で沈没したほか、掃海艦の沈没は米海軍駆逐艦などとともに、終戦処理の悲惨な一コマであった。

▽復員輸送

終戦時、海外には多数の部隊が残存しており、昭和二十年十月より本土への引揚げを開始し、十二月には海防艦五十五隻のほか小艦艇二十八隻、駆逐艦二十九隻、軍艦七隻を特別輸送艦と総称し、一一九隻をもって引揚げ業務を開始して、遠くはラバウルやシンガポールへむかい、当初四ヵ年を要す計画も、米軍による船舶貸与もあって一年有余で終了した。

掃海作業、引揚げ業務を終了した艦艇は、特別保管艦として所定の軍港に繋留された。これらの艦艇は、米、英、中、ソの四ヵ国への引渡し命令をうけ、敷設艦一隻、海防艦六十六隻、輸送艦八隻、駆潜艇五隻、運送艦四隻、掃海艇五隻、水雷艇一隻、敷設艇五隻、特務艇十六隻をふくむ一三五隻が昭和二十二年七月より十月にかけ、佐世保と舞鶴を出港して太平洋戦争を生き抜いた戦歴を秘め、ふたたび見ることのない日本をあとにした。

中には引渡し国の命令で解体された艦もあり、多号作戦の生残り一等輸送艦第九号も、その一艦である。

※本書は雑誌「丸」に掲載された記事を再録したものです。執筆者の方で一部ご連絡がとれない方があります。お気づきの方は御面倒で恐縮ですが御一報くだされば幸いです。

単行本　平成二十九年一月　潮書房光人社刊

NF文庫

海防艦激闘記

二〇二一年十二月二十二日　第一刷発行

著　者　隈部五夫他
発行者　皆川豪志
発行所　株式会社　潮書房光人新社
〒100-8077　東京都千代田区大手町一-七-二
電話／〇三-六二八一-九八九一㈹
印刷・製本　凸版印刷株式会社
定価はカバーに表示してあります
乱丁・落丁のものはお取りかえ致します。本文は中性紙を使用

ISBN978-4-7698-3242-3　C0195
http://www.kojinsha.co.jp

NF文庫

刊行のことば

第二次世界大戦の戦火が熄《や》んで五〇年——その間、小社は夥しい数の戦争の記録を渉猟し、発掘し、常に公正なる立場を貫いて書誌とし、大方の絶讃を博して今日に及ぶが、その源は、散華された世代への熱き思い入れであり、同時に、その記録を誌して平和の礎とし、後世に伝えんとするにある。

小社の出版物は、戦記、伝記、文学、エッセイ、写真集、その他、すでに一、〇〇〇点を越え、加えて戦後五〇年になんなんとするを契機として、「光人社NF（ノンフィクション）文庫」を創刊して、読者諸賢の熱烈要望におこたえする次第である。人生のバイブルとして、心弱きときの活性の糧《かて》として、散華の世代からの感動の肉声に、あなたもぜひ、耳を傾けて下さい。

＊潮書房光人新社が贈る勇気と感動を伝える人生のバイブル＊

NF文庫

大空のサムライ 正・続

坂井三郎

出撃すること二百余回——みごと己れ自身に勝ち抜いた日本のエース・坂井が描き上げた零戦と空戦に青春を賭けた強者の記録。

紫電改の六機 若き撃墜王と列機の生涯

碇　義朗

本土防空の尖兵となって散った若者たちを描いたベストセラー。新鋭機を駆って戦い抜いた三四三空の六人の空の男たちの物語。

連合艦隊の栄光 太平洋海戦史

伊藤正徳

第一級ジャーナリストが晩年八年間の歳月を費やし、残り火の全てを燃焼させて執筆した白眉の〝伊藤戦史〟の掉尾を飾る感動作。

英霊の絶叫 玉砕島アンガウル戦記

舩坂　弘

全員決死隊となり、玉砕の覚悟をもって本島を死守せよ——周囲わずか四キロの島に展開された壮絶なる戦い。序・三島由紀夫。

『雪風ハ沈マズ』 強運駆逐艦 栄光の生涯

豊田　穣

直木賞作家が描く迫真の海戦記！　艦長と乗員が織りなす絶対の信頼と苦難に耐え抜いて勝ち続けた不沈艦の奇蹟の戦いを綴る。

沖縄 日米最後の戦闘

米国陸軍省編
外間正四郎訳

悲劇の戦場、90日間の戦いのすべて——米国陸軍省が内外の資料を網羅して築きあげた沖縄戦史の決定版。図版・写真多数収載。